藍小說 935

海邊的卡夫卡（下）

村上春樹—著
賴明珠—譯

海邊的卡夫卡(下)

目錄

海辺のカフカ

第24章

從神戶出發的巴士停在德島站前時，時刻已經過了夜晚的8點。

「好了，這裡已經是四國了，中田先生。」

「是的。眞是非常氣派的大橋。中田生平第一次看到這麼大的橋。」中田先生說。

兩個人下了巴士，坐在車站前的長椅上，暫時沒做什麼，只是看看周圍的風景。

「那麼，接下來要到什麼地方去做什麼事情，你有沒有接到類似神的指示呢？」青年問。

「沒有。中田還是完全不知道。」

「那就傷腦筋了。」

中田先生好像在想什麼似地用手掌頻頻摸著頭。

「星野先生。」他說。

「什麼事？」

「眞不好意思。中田好想睡覺。非常睏。好像在這裡就快要睡著的樣子。」

「等一下噢。」青年急忙說。「要是在這裡睡著的話，我會很傷腦筋。我馬上去找個住的地方，請稍微忍耐一下。」

「好的。中田會稍微忍耐一下不要睡覺。」

「很好。那麼吃飯怎麼辦？」

「不用吃了，我只想睡覺。」

星野青年急忙查觀光指南，找到一家附早餐價格不太貴的旅館，打電話確認還有空房間。因爲旅館在離車站還有一點距離的地方，於是兩個人就叫了一部計程車到那裡去。而且進到房間之後立刻請女服務生先把棉被幫忙鋪好。中田先生也沒洗澡，脫了衣服就鑽進棉被裡，下一個瞬間已經發出熟睡的安詳鼻息了。

「中田大概會睡很久，請你不用擔心。只是在睡覺而已。」睡覺前中田先生這樣說。

「噢，好的，我不會吵你。你就盡量睡吧。」青年朝著轉眼之間已經睡熟的中田先生答應道。

星野青年慢慢地泡個澡，然後一個人走出街上。先在附近漫無目的地散步，大概掌握了這個城市的感覺之後走進一家壽司店，喝了一瓶啤酒，吃了些東西。青年並不太會喝酒，喝下一瓶中瓶啤酒之後覺得很舒服，臉頰也紅了起來。然後走進柏青哥店，玩了一小時左右花了3000圓。在那之間一直戴著中日龍隊的棒球帽，所以有幾個人很稀奇地看看他的臉。青年想在德島還戴著中日龍隊棒球帽走在街上的大概只有我一個人吧。

回到旅館，中田先生還是維持同樣的姿勢熟睡著。房間裡雖然電燈還點亮著，不過這似乎絲毫不妨礙他睡覺的樣子。這個人一派樂天眞好，青年想。然後脫下帽子，脫下夏威夷衫，脫下牛仔褲，只剩內衣鑽進棉被裡去。並把電燈關掉。可是也許因爲換了地方情緒高昂吧，不太睡得著。眞要命，早知道就到風化區去找個女孩子發洩一下也好，他想。不過在黑暗中聽著中田先生發出的安詳而規則的鼾聲之間，開始覺得懷著性慾好像是極不恰當的行爲似的。也不知道爲什麼，青年對於自己居然會有想去風化區的念頭本身，都覺得可恥了。

睡不著而望著房間黑暗的天花板時，對於和素昧平生的奇怪老人兩個人投宿在德島市內的便宜旅館的自己這樣的存在，信心逐漸動搖起來。本來今天晚上應該正在開著卡車返回東京的途中。這個時分大概應該開到名古屋了。他並不討厭工作，在東京只要打電話也有願意跟他見面的女朋友。可是他把貨物交到百貨公司之後，幾乎就在一股衝動之下跟神戶的工作夥伴聯絡，請他代班把車子開回東京。打電話到公司，勉強請了三天假，就那樣跟中田先生一起來到四國。小旅行袋裡暫時只放了換洗衣褲和盥洗用具而已。

一開始星野青年會對中田先生感興趣，是因爲他的容貌和說話的樣子和過世的爺爺很像。可是相處一段時間之後，跟爺爺很像的印象逐漸淡化下去，青年反而開始對這位叫做中田先生的人本身開始懷有好奇心。中田先生的說話方式確實相當脫線，說話的內容就更脫線了。不過這脫線方式裡頭，有某種牽引人心的東西。他想知道中田先生這個人接下來到底要去什麼地方做什麼事。

星野青年出生於農家，是全部男生的五兄弟中的老三。讀到中學爲止還算正常，不過進了高工之後卻交到一些壞朋友，開始光幹一些不正經的事情。有幾次還被警察逮到。雖然總算混到畢業，可是畢業後卻找不到正當職業，又跟女人扯不清，沒辦法只好進了自衛隊。其實他很想開戰車，可是在資格考試中被刷掉，所以在自衛隊裡的期間，主要在開運輸用的大型車輛。3年後退出自衛隊，在貨運公司找到工作。從此以後的6年間，就繼續開著長途卡車到現在。

開大型卡車很適合他的個性。他本來就喜歡跟機械有關的東西，而且坐在卡車高高的駕駛座上握著方向盤時，會有一種固守自己城堡似的心情。當然工作是很辛苦。工作時間也亂沒規律的。不過如果要每天早晨到寒酸的小公司上班，一面在上司的監督下做著卑微的工作，那種規律的上班生活他也實在無法忍受。

從前他的個性動不動就容易跟人家打架。因爲個子又瘦又小，看起來不像會打架的樣子，可是他很有力氣。一旦爆發起來就會壓制不住，眼睛開始露出瘋狂的神色，到了實戰對峙的時刻，大多的對手都會因此而畏縮。在自衛隊裡的時候，和當起司機之後，都打過不少架。當然有贏，也有輸。可是打架不管打贏或打輸，都不能得到什麼。最近他才開始明白這個事實。唉，過去居然沒有受到大傷，自己都覺得很慶幸。

在心情頹廢而暴躁的高中時代，被警察逮到時，一定都是爺爺來接他。向警察低頭行禮，把他保出來帶回去。在回家的途中總是帶他到餐廳讓他好好的吃一頓美味的東西。這樣的時候，他也沒有半句說教的話。父母親從來沒有爲他走過一次。因爲貧窮光要顧飽三餐都來不及了，實在沒有閒功夫再去管到不爭氣的老三。要不是有爺爺的話，自己不知道會變成什麼樣子，他有時候會這樣想。只有爺爺至少還記得他的存在，還關心著他。

雖然如此，那時候他從來也沒有感謝過祖父一次。一方面不知道該如何感謝，一方面在那之前滿腦子只想到自己該如何活下去。進了自衛隊不久，祖父就得癌症死了。癌症後期頭腦開始糊塗，看到他的臉也已經認不得他了。祖父死了以後，他沒有回過一次家。

星野青年第二天早晨8點醒來時，中田先生依然以同樣的姿勢熟睡著。鼾聲的大小和那規則的節奏，都和昨夜一樣。青年走下樓，在大廳和其他客人一起吃早餐。很簡樸的早餐，只有味噌湯和白飯是無限量供應的。

「您的同伴，不吃早餐嗎？」女服務生問。

「還在呼呼大睡。應該是不用吃早餐了。不好意思，棉被可以先不整理嗎？」他問。

直到中午以前中田先生依然繼續在睡，所以青年決定在這家旅館多住一天。然後走出外面進到一家小麵館，吃了一客親子丼。吃過飯在附近散散步，走進一家喫茶店，喝了咖啡，抽抽菸，看了幾本店裡放的漫畫週刊雜誌。

回到旅館中田先生還在睡覺。時刻已經將近下午2點了。青年有點擔心起來，試著用手摸摸中田先生的額頭看看。並沒有什麼不對的樣子。沒有發燒，也沒有發冷。鼾聲依然安詳而規律，臉頰一副健康的紅潤。看來沒有一點不對勁的樣子。只是安靜地睡著而已。連翻身都沒翻一下。

「睡這麼久沒關係嗎？是不是身體不舒服？」來看看情況的女服務生也擔心地問。

「他很累。」星野先生說。「他想睡多久就讓他睡吧。」

「噢。不過我第一次看到睡這麼熟的人。」

到了晚餐時間中田先生還在睡。青年到外面走進一家咖哩屋，吃了大碗的咖哩牛肉和沙拉。又到昨天那家柏青哥店，打了1小時的小鋼珠。這次花不到1000圓就贏了兩條 Marlboro 香菸。他拿著那兩條菸回旅館時已經是9點半了。令他驚訝的是，中田先生還在睡覺。

青年試著算一算時間，這樣一來中田先生已經睡了24小時以上了。雖然他說過會睡很久不必擔心，不過這也未免太久了。他難得地不安起來。如果中田先生就這樣不再醒來的話，那該怎麼辦才好？

「傷腦筋。」他說著搖搖頭。

不過第三天早晨7點青年醒來時，中田先生已經起來，正在眺望著窗外。

「喲，歐吉桑，你終於起來了啊。」青年鬆一口氣地說。

「是啊。才剛剛醒過來。不知道睡了多久，不過中田覺得好像睡了相當久的樣子。甚至覺得好像重新活過來了似的。」

「不是相當久這麼簡單而已喲，你從前天的9點過後就一直睡。大概一連睡了有足足34個小時吧。簡直像白雪公主一樣嘛。」

「是的。中田肚子餓了。」

「那當然會餓囉。因爲有將近2天什麼也沒吃啊。」

兩個人走到樓下的大廳去，吃早餐。中田先生的飯量讓女服務生大吃一驚。

「這位先生很會睡覺，不過一旦起來以後也很會吃飯啊。您吃了兩天份的飯呢。」女服務生說。

「是的。中田不好好吃飯不行。」

「您眞健康啊。」

「是的。中田雖然不識字，不過一顆蛀牙也沒有，也從來不用戴眼鏡。從來沒有看過醫生。不會腰酸背痛，每天大便也很通暢。」

「噢，眞了不起。」女服務生佩服地說。「那麼，您今天一天要做什麼呢？」

「要往西邊走。」中田先生斷然地宣布。

「噢，往西邊走啊。」女服務生說。「您說從這裡往西的話，那麼就是高松的方向囉。」

「中田頭腦不好，地理方面搞不清楚。」

「總之到高松去看看吧，歐吉桑。」星野先生說。「以後的事情到時候再來考慮好了。」

「好的。總之就到高松去看看。以後的事情到時候再來考慮。」

「兩位客人好像在做很特別的旅行噢。」女服務生說。

「老實說就是這樣。」青年說。

回到房間之後，中田先生立刻去上廁所。在那之間星野先生還穿著浴衣趴在榻榻米上，看著電視上的新聞節目。沒有什麼不得了的新聞。中野區著名雕刻家被刺殺的事件搜查還沒有進展。沒有目擊者，遺物也沒有提供什麼線索。警察正在調查從事件發生不久以前就行蹤不明的15歲兒子的去向。

「要命，才15歲呢。」星野先生想。為什麼最近都是15歲的少年在犯下凶惡的罪行呢。他15歲時偷了一輛停著的機車還沒有駕照就騎著到處跑。所以也沒資格說別人什麼。當然借騎機車，和刺殺父親事態不一樣。不過話說回來，事情演變下來自己能夠沒有刺殺父親，還眞是幸運也不一定，他想。因爲他以前也常常挨揍。

新聞報導剛好結束時，中田先生從廁所出來。

「噢，星野先生，可以問你一個問題嗎？」

「什麼事？」

「星野先生。你會不會腰痛？」

「會呀，因爲長時間開車嘛，腰當然會痛。開長途的司機沒有一個腰不痛的。就像沒有一個投手肩膀不痛的一樣。」青年說。「怎麼，爲什麼突然問這問題呢？」

「我看到星野先生的背，忽然有這種感覺。」

「哦。」

「可以讓中田摸一下看看嗎？」

「可以呀。」

中田先生像騎馬般騎到還趴著的青年腰上。用雙手抵住腰骨的稍上方，就那樣安靜不動。青年在那之間看著電視綜藝節目的藝人閒話。說一個著名女明星，和一個不太有名的年輕小說家訂婚的事。這種新聞實在沒什麼趣味，可是也沒有別的可看，於是他就那麼看著。據說女明星的收入有作家收入的十倍以上。小說家既不英俊，也不見得有多聰明。星野青年覺得很奇怪。

「嘿，這種事應該不會很順利吧。一定有什麼地方沒搞清楚。」

「星野先生，你的骨頭有一點歪。」

「長久之間過著不正常的人生嘛。所以這一點歪總是難免的。」青年一面打著呵欠一面說。

「這樣放著不管的話可能會變嚴重噢。」

「是嗎？」

「頭會痛，大便也會不通，還會閃到腰。」

「嗯，那就傷腦筋了。」

「會痛噢，沒關係嗎？」

「沒關係。」

「老實說，相當痛噢。」

「噢，歐吉桑，我從小到大，不管在家裡、在學校、在自衛隊，都一直挨打到現在。不是我吹牛，沒有挨打的日子，眞是屈指可以數得出來。現在不論是痛是熱是癢是麻是甜是辣，都不在乎啦。放馬過來吧。」

中田先生瞇細了眼睛，集中精神，小心地確認按在星野先生腰骨上的兩根拇指位置。把位置設定好之後，剛開始一面觀察反應情形一面慢慢地逐漸加重力氣。然後哈地猛吸一口氣，便像冬鳥一般發出短促的聲音，將渾身的力氣灌注到手指上，使勁壓入骨頭和肌肉之間。這時候襲擊青年的痛楚，可是超越道理的劇烈無比。只覺腦袋裡閃過一道巨大的閃光，意識隨著轉成一片空白。呼吸停止。感覺就像被人一舉從高塔尖頂扔到地獄最底層似的。連叫都叫不出聲來。實在太痛了，什麼都沒辦法想。一切思緒都燒焦迸散了，一切的感覺都凝聚到痛裡去了。只覺得身體的結構整個已經四散分解了似的。好像連死掉都沒這麼具有破壞性。眼睛都睜不開。依舊那麼趴著，不知所措地淌著口水。眼淚撲簌簌掉下來。這種淒慘狀態大約持續將近30秒鐘。

然後青年好不容易才吸進一口氣，用手肘勉強支撐著坐起身來。榻榻米像暴風雨來臨前的大海般不祥地搖晃著。

「很痛嗎？」

青年好像要確認自己是不是還活著似地，慢慢搖了幾次頭。「喲，這不是痛不痛的問題。感覺就像被剝掉一層皮，用竹籤穿透，又用擂槌研磨過，再被一大群憤怒的牛從肚子上奔跑踐踏過似的。你到底做了什麼啊？」

「我把星野先生的骨頭調回原來的位置。這樣一來暫時沒問題。不會再腰痛了。大便也會很順。」

劇痛像潮水般退去之後，青年的確發現腰部輕鬆多了。平常的那種沉沉的倦怠感忽然消失。太陽穴一帶也感覺神清氣爽起來，呼吸變得很輕鬆。一留神時居然便意也來了。

「嗯，確實不一樣，覺得到處都舒服多了。」

「是啊。全都因爲這腰骨有問題。」中田先生說。

「不過眞的好痛噢。」星野先生說著嘆了一口氣。

兩個人從德島搭乘JR的特快車到高松。住宿費和電車票都是星野青年用自己的錢付的。中田先生主張自己要付，但青年不肯。

「我先付好了，以後再慢慢算。我不喜歡一個大男人爲了付帳的事情囉哩囉唆的。」

「是的。中田對錢的事情不太清楚，所以就交給星野先生來辦好了。」中田先生說。

「不過啊，中田先生。因爲你幫我指壓的關係我現在輕鬆多了。應該讓我表示一點感謝的意思。我好久沒有這麼舒服了。簡直像變成一個新人似的。」

「那眞好。你說的指壓是什麼東西，中田不太清楚，不過骨頭總是很重要的。」

「不知道是指壓、整體還是整脊什麼的，名稱我也不太清楚，不過你好像對這個相當有才華。如果用這來作生意的話，我保證可以賺很多錢。光是介紹我的司機同行就可以賺一大把呢。」

「我看星野先生的背，就知道骨頭歪了。有什麼東西歪了，中田就想要這樣子，把它調正回來。因爲長期製造家具也有關係，如果看到眼前有彎曲的東西時，不管是什麼我都想把那矯正過來。這是中田從以前到現在的習性。不過把骨頭調正這還是第一次。」

「所謂才華大概就是指這種東西吧。」青年佩服地說。

「我以前還會跟貓說話。」

「哦。」

「可是不久以前忽然變成沒辦法跟貓說話了。那大概是因爲 Johnnie Walker 先生的關係。」

「原來如此。」

「你知道中田因爲頭腦不好，所以困難的事情不太清楚。可是最近，老是發生一些困難的事情。例如很多魚還有螞蝗從天上掉下來。」

「哦。」

「不過星野先生的腰痛好了，中田非常高興。星野先生覺得心情好，中田就覺得心情好。」

「我也非常高興噢。」

「眞是太好了。」

「喲，對了，關於上次在富士川休息區的螞蝗那件事。」

「是的。螞蝗的事中田也還記得很清楚。」

「那會不會，跟中田先生有關呢？」

中田先生很稀奇地稍微沉思了一下。「這中田也不太清楚。只是中田這樣把雨傘張開來時，就有很多螞蝗從天上掉下來。」

「哦。」

「不管怎麼說，殺人總不是一件好事。」中田先生說。然後斷然地點頭。

「那當然。殺人並不是一件好事。」青年也同意。

「是的。」中田先生再一次斷然地點頭。

在高松車站兩個人下了車。走進車站前面的烏龍麵店，兩個人一起吃了烏龍麵當午餐。從麵店的窗戶可以看見港口有幾台大吊車。吊車上停著許多海鷗。中田先生一面看一面很規律地一條一條品嚐著烏龍麵。

「這烏龍麵非常好吃。」中田先生說。

「那太好了。」星野先生說。「怎麼樣，中田先生，地點是不是就在這一帶呢？」

「是的。星野先生，好像在這裡就行了。中田這樣覺得。」

「地點對了。那麼，接下來要做什麼？」

「我想找入口的石頭。」

「入口的石頭？」

「是的。」

「哦。」青年說。「那一定又是說來話長囉。」

中田先生把麵碗端起來，把麵湯喝到最後一滴爲止。「是的。說來話長。不過太長了，中田也搞不清楚什麼是什麼。我想只要實際去到那裡之後大概就會知道吧。」

「照例又是，去到那裡就會知道噢。」

「是的。就是這樣。」

「你是說不到那裡還不知道？」

「是的。不到那裡中田也還完全不知道。」

「好吧。老實說，長話我也不在行。總之只要找到那入口的石頭就行了對嗎？」

「是的。就是這樣。」

「那麼，那個在哪一帶呢？」

「中田也不知道。」

「多此一問噢。」青年一面搖頭一面說。

第25章

短短地睡著一下就醒來，又再短短地睡著又醒來，這樣重複好幾次。我想捕捉她出現的瞬間。可是當我一留神時，少女已經坐在和昨夜同一張椅子上了。放在枕邊的時鐘夜光針正指著3點稍過一會兒。上床之前確實應該已經拉上的窗簾，同樣不知道什麼時候又拉開了。和昨夜一樣。不過月亮沒有出來。只有這點不同。雲層很厚，也許還下著一點雨。房間裡比昨夜暗得多，只有遠方的庭園燈光，透過庭園的樹木之間微弱地照到而已。在那黑暗裡眼睛花了一點時間才習慣。

少女的手在桌上托著腮，看著掛在牆上的油畫。穿的衣服也跟昨夜一樣。因爲房間裡很暗的關係，即使凝神注目還是看不清楚臉。不過因此，身體和臉的輪廓則清晰到不可思議的程度，帶著深度從昏暗中浮現出來。在那裡的正是少女時代的佐伯小姐，這已經沒有懷疑的餘地了。

少女看來好像在深深地尋思著什麼。或者只是在做著一個長而深的夢也不一定。不，也許她自己就是佐伯小姐的長長的深深的夢**本身**也不一定。不管怎麼樣，我都盡可能一直屏住氣息以避免去擾亂那當場的均衡。身體一動也不動。只偶爾用眼睛確認一下時鐘的時刻而已。時間緩緩地，但均一而確實地過去著。

突然間沒有任何預告地，我的心臟開始猛烈地發出聲音。像有誰在一連繼續敲著門似的，發出乾乾硬硬的聲音。那聲音帶有某種意志，在深夜安靜的房間裡確實地響遍週遭。那聲音令我自己比誰都更驚訝，差一點就從床上跳起來。

少女的黑色剪影稍微動搖一下。她抬起臉，在黑暗中側耳傾聽。我心臟所發出的聲音傳到她的耳朵裡。就像森林裡的動物集中注意力在聽著某種沒聽慣的聲響似的，少女輕輕歪著頭。然後她轉頭朝向我所在的床上。然而那眼裡其實沒有映入我的身影。這個我知道。我並不包含在她的夢中。我和那少女，被一道眼睛所看不見的界線分割在兩個不同的世界裡。

終於我那激烈的心臟鼓動聲，就像來的時候一樣又急速隱退而去。呼吸也恢復正常。我回到不動聲色的存在。而少女也不再側耳傾聽。再度將視線轉回〈海邊的卡夫卡〉上。和剛才一樣在桌上托著腮，她的心又再回到畫中那個夏天的少年身上去了。

大約在那裡停留了20分鐘之後，那個美麗的少女就離去了。和昨天一樣赤著腳從椅子上站起來，無聲地往門的方向移動，沒有開門就消失到門的另一邊去了。我仍以相同的姿勢暫時等一陣子，然後才起床。沒有開燈，在夜的黑暗中，我在少女剛剛坐過的椅子上坐下來。雙手放在桌子上，置身於她留在房間裡的餘韻中。我閉上眼睛，掬取還留在那裡的少女心的震動，讓那滲入我自己心中。我閉著眼睛。

那少女和我之間至少有一個共通點。我想到了。我們兩個人都同樣愛戀著已經從這個世界上消失的對象。

稍過一會兒我睡著了。不過睡得並不安穩。身體渴求著深沉的睡眠，然而另一方面意識卻不肯睡。

我在那之間像鐘擺似的搖擺。不過到了天將亮未亮的時分，庭園的鳥開始熱鬧地活動起來，因爲那聲音的關係我完全清醒過來。

我穿上牛仔褲，在T恤衫上穿上長袖襯衫走出外面。早晨的5點過後，附近還沒有人走動。我穿過古老的街坊，穿過用來做防風林的松林，走過防波堤來到海邊。肌膚上幾乎感覺不到風。天空被整片灰色的雲所覆蓋，不過現在還沒有立刻要下雨的跡象。是一個安靜的早晨。雲彷彿變成一層吸音板般，將地上的各種聲音全吸了進去。

我在沿著海邊的人行道上一面走著，一面想像那畫中的少年，可能也把帆布椅搬出來坐在這沙灘的某個地方吧。不過我無法確定那是哪個地點。畫中所畫出的背景，只有沙灘、水平線、天空和雲而已。還有島。可是島有好幾個，我無法清楚地想起畫中島的形狀。我在沙灘坐下來，用手指試著朝向海框出適當的畫面。試著把坐在椅子上少年的身影放進去看看。無風的天空，飛來一隻白色的海鷗，好像有點猶豫地掠過。微小的波紋規則地拍打著岸邊，在沙灘上畫出柔柔的曲線，留下小小的泡沫引退而去。

我發現自己竟然在嫉妒著畫中的少年。

「你在嫉妒著畫中的少年噢。」叫做烏鴉的少年這樣在我耳邊悄悄地說。

就在快要20歲的時候，居然被誤認成別人而毫無意義地被殺掉——而且那已經是30年以前的事情了——對於這樣一個可憐的少年，你竟然在嫉妒他。強烈得快要窒息的程度。對一個人懷有嫉妒的感情，

這還是你有生以來的第一次。你現在終於可以理解，所謂嫉妒到底是什麼樣的東西了。那會像野火般燃燒你的心。

你有生以來，從來沒有羨慕過任何人，也沒有想過要變成其他的什麼人。但是你現在，卻打從內心裡羨慕那個少年。如果可能，還想變成那個少年。就算事先已經知道會在20歲時遭受拷問，就那樣被鐵管打死也無所謂。就算那樣也甘心，你願意變成那個少年，想要無條件地去愛從15歲到20歲的活生生的佐伯小姐，想被她無條件地愛。想跟她盡情擁抱，一再相交。想用手指撫摸她身體的每一個部分。想要她的手指觸摸你身體的每個部分。而且希望死了以後，還能以一個故事以一個形象，永遠烙印在她心中。想在回憶中仍然夜夜被她愛著。

對，你正置身於一個非常奇怪的地方。你正愛戀著一個應該已經逝去的少女的身影，正嫉妒著一個已經死掉的少年。雖然如此，那想望還是比你到目前為止在現實中所經驗過的任何感情都要來得更真實，更悲切。而且那裡沒有出口。連找到出口的可能性都沒有。你正迷失到一個時間的迷宮中去。比什麼都嚴重的最大的問題是，你完全沒有想從那裡出來的心情。對嗎？

大島先生比昨天晚一點的時刻才到。我在他來之前用吸塵器吸過一樓和二樓的地，用濕布擦過桌子椅子，把窗戶打開擦過，打掃洗手間，清空垃圾筒，把花瓶的水換新。打開室內的電燈，把查資料的檢索電腦開關打開。只剩下還沒開門。大島先生一一檢查過我的工作，很滿足似地點點頭。

「你記性不錯，做事動作也快。」

我燒了開水，幫大島先生泡咖啡。我和昨天一樣喝伯爵紅茶。外面開始下起雨來。相當大的雨。甚至聽得見遠方有打雷聲。還不到中午，週遭卻像傍晚一樣暗。

「大島先生，我想拜託你一件事。」

「什麼事？」

「有什麼地方可以找到〈海邊的卡夫卡〉的樂譜？」

大島先生想一想。「如果在網站上的樂譜出版社目錄上有的話，付一點費用也許可以下載。等一下我幫你查查看。」

「謝謝。」

大島先生在櫃檯的一端坐下來，往咖啡杯裡放進一塊非常小的方糖，用茶匙細心地攪拌著。「怎麼樣，那曲子喜歡嗎？」

「非常喜歡。」

「我也喜歡那首曲子噢。優美的同時，還很獨特。既坦誠，又有深度。一種類似創作者的人格的東西可以立刻傳過來。」

「不過歌詞好像象徵意味很濃。」我說。

「詩和象徵性，自古以來就是分不開的東西。就像海盜和蘭姆酒一樣。」

「你想佐伯小姐以前就知道那詞句意味著什麼嗎？」

大島先生抬起頭側耳傾聽著遠方的雷聲，測量著距離，然後看我的臉。並搖搖頭。

「不一定。因爲象徵性和意義性是不同的東西。她可能跳過了意義和理論之類的冗長手續，得到應該在那裡的正確語言。就像溫柔地捕捉住飛在空中的蝴蝶翅膀一樣，抓住了夢中的語言。所謂藝術家，就是指具有迴避冗長性的資格的那些人。」

「換句話說，佐伯小姐可能是從別的空間——例如夢中——找來那歌詞的語言是嗎？」

「所謂優越的詩，或多或少是這樣的東西。如果在那裡的語言，找不到和讀者之間具有預言性的隧道的話，那就沒有達成詩的機能了。」

「可是也有很多只是裝成那樣的詩。」

「沒錯。想要裝成那樣，只要掌握訣竅的話並不是多麼困難的事情。只要使用類似象徵性的辭彙，就會看起來像是詩了。」

「不過〈海邊的卡夫卡〉的詩中，可以感覺到某種很眞切的東西。」

「我也這樣覺得。其中所用的辭彙並不是表層的東西。其實在我腦子裡，那詩已經和旋律結合成一體了，所以已經變得無法純粹只拿那詩的形式，來正確判斷裡面有多少獨立的語言上的說服力了——」大島先生說。然後輕輕搖頭。「不管怎麼樣，她擁有豐富而自然的天賦才華，很有音樂天份，又具備能抓住遇到機會的現實性才能。要不是發生那個可憐事件，讓她從人生舞台上走下來的話，那才華應該能有更大發揮才對的。在很多意義上那都是一個很遺憾的事件。」

「那才華到底到哪裡去了呢？」我問。

大島先生看看我的臉。「你問的是，男朋友死了以後，佐伯小姐心中的才華跑到哪裡去了，是嗎？」

我點點頭。「如果才華是像自然的能源一樣的東西的話，那是不是會在某個地方找到出口呢？」

「我也不知道。」大島先生說。「才華這東西是無法預測去向的。有時只是單純地消失掉。有時會像地下水一樣潛進深深的地下，就那樣不知道流到什麼地方去。」

「或者佐伯小姐，把那能力不用在音樂上，而集中使用在別的事情上了也不一定。」我說。

「別的事情？」大島先生意味深長地皺皺眉。「例如什麼事情上？」

我一時語塞說不出話來。「不知道。我只是這樣覺得而已。例如——無形的事情上。」

「無形的事情？」

「也就是說，別人眼裡看不到的，只為自己而追求的東西。應該可以說是一種內在的作業吧。」

大島先生把手伸到額頭上，把掉落額前的頭髮往後撩。頭髮從纖細的手指間又滑落下來。「很有趣的意見。確實佐伯小姐從這個城市出走以後，可能在我們所不知道的地方，把才華或能力轉向如你所說的，某種無形的東西上也不一定。不過她畢竟有25年之久消失無蹤，如果不去問本人的話，也沒辦法知道是在什麼地方做了什麼事情。」

我猶豫了一下之後，鼓起勇氣開口。

「嗯，我可以問一個非常傻的問題嗎？」

「非常傻的問題？」

我臉紅了。「很荒唐的。」

「沒關係。很荒唐的傻問題我也一點都不討厭。」

「大島先生，這種事情居然說得出口，我連自己都難以相信。」

大島先生輕輕歪一下頭。

「有沒有可能佐伯小姐是我的母親？」我說。

大島先生沉默不語。依舊靠在櫃檯上，花時間尋找話語。在那之間我只是側耳傾聽著時鐘的聲音。

他說：「我大致整理一下你想說的事情，也就是說佐伯小姐20歲時在絕望之下離開了高松，不知道去什麼地方一個人過活，碰巧認識了你的父親田村浩一，然後結婚，順利生下了你，4年後又因爲某種原因而放下了你離家出走，然後暫時有一段神祕的空白，後來終於再回到故鄉的四國來——是這樣嗎？」

「對。」

「不能說沒有可能。或者說，目前這個階段暫時也沒有根據可以否定你的那種假設。她的人生長期包在謎裡。有人說她在東京生活。而且她跟你父親年齡差不多。只是，她回到高松時是一個人。當然就算有女兒，也有可能已經獨立了住在別的地方。嗯，你說你姊姊幾歲？」

「21歲。」

「跟我一樣嘛。」大島先生說。「不過我好像不是你的姊姊。我有我的父母親，有哥哥。都是有血緣關係的，對我來說他們都是好得過分的人。」

大島先生交抱著雙手，看著我的臉一會兒。

「不過我倒想問你一個問題。」大島先生說。「你以前有沒有去查過自己的戶籍？這樣一來，你母親的名字和年齡應該也很容易知道吧。」

「我查過啊，當然。」

「你母親的名字是什麼？」

「沒有名字。」我說。

大島先生聽了似乎嚇了一跳。「沒有名字？應該不會這樣吧。」

「可是就是沒有。眞的。爲什麼沒有，我也不知道。不過總之從戶籍上看的話，我是沒有母親的。也沒有姊姊。戶籍簿上只有記載著我父親的名字和我的名字而已。換句話說我在法律上是所謂的庶子。也就是私生子。」

「可是現實上，你確實有母親和姊姊。」

我點點頭。「在4歲以前，我確實有母親和姊姊。我們4個人是以一家人同住在一個房子裡的。我還清楚記得這件事。並不只是想像的，或那一類的。到了我4歲後不久，她們兩個人就離家出走了。」

我從皮夾裡拿出我和姊姊兩個人在海邊玩耍的照片來。大島先生看了那張照片一會兒，露出微笑，還給我。

「『海邊的卡夫卡』。」大島先生說。

我點點頭。把那張舊照片放回皮夾。風在舞著，雨有時打在窗玻璃上發出聲音。頂上的燈光把我和大島先生的影子照落地上。那兩個影子，看來好像在翻轉的世界裡正在做著不祥的密談似的。

「你不記得母親的容貌嗎？」大島先生問。「既然4歲以前和母親住在一起，她的臉長成什麼樣子應該多少還記得一點吧？」

我搖搖頭。「我怎麼也想不起來。不知道爲什麼，我的記憶裡，只有母親臉的部分是黑暗的，像影子般被塗掉了。」

大島先生對這一點想了一下。

「嘿，你認爲佐伯小姐可能是你母親的推測根據，可以說得詳細一點嗎？」

「不用了，大島先生。」我說。「我們別再談這件事了。我覺得一定是我想太多了。」

「沒關係。你想到的事情全部說來聽聽看。」大島先生說。「至於你是不是想太多了，之後兩個人再來判斷就行了。」

地上大島先生的影子，隨著他的一點小動作而移動。那動態顯得比實際上的本人看來似乎誇張了一點。

我說，「我和佐伯小姐之間，有太多符合的地方，多到讓我嚇一跳的程度。每一樣都像是一張拼圖遊戲中所缺失的一片般吻合。我聽著〈海邊的卡夫卡〉時，就很清楚地知道了。嗯，首先第一點我好像被某種命運牽引著似地，來到這家圖書館。從中野區到高松來，幾乎是一直線。想起來眞是非常不可思議的事情噢。」

「確實好像是希臘悲劇的劇情一樣。」大島先生說。

我說，「而且我愛上了她。」

「佐伯小姐？」

「是的。我想大概是。」

「大概？」大島先生說著皺一下眉。「這是指你大概愛上了佐伯小姐嗎？還是指你愛上的大概是佐伯小姐？」

我又臉紅了。「我不太會說明。」我說。「這非常複雜，很多事情我也還不太清楚。」

「不過你大概在戀愛，而愛上的大概是佐伯小姐，對嗎？」

「對。」我說。「非常強烈。」

「雖然是大概，不過卻非常強烈。」

我點點頭。

「同時，還留有她可能是你母親的可能性。」

我再點一次頭。

「以你還是個鬍子都還沒長出來的15歲少年來說，實在一個人背負了太多事情了。」大島先生小心地喝一口咖啡，把杯子放回碟子。「不是說這樣不行。不過一切事情都有所謂的臨界點。」

我沉默不語。

大島先生手指壓著太陽穴，暫時落入沉思。然後雙手的纖細手指在胸前交叉。

「我會盡早幫你找到〈海邊的卡夫卡〉的樂譜。其他工作讓我來做，你可以回自己房間了。」

午餐時間，我代替大島先生坐在櫃檯。因爲雨一直下個不停，所以來利用圖書館的客人比平常少。

大島先生從午休回來之後，交給我一個裝了樂譜影本的大型封套。這是從電腦上列印下來的。

「眞是方便的世界。」大島先生說。

「謝謝。」我道了謝。

「方便的話，可以幫我端一杯咖啡到二樓嗎？你泡的咖啡相當美味。」

我新泡了一杯咖啡，用托盤裝著端到二樓佐伯小姐的地方去。沒放砂糖和奶精。就像平常那樣門是敞開的。她面對著書桌正在寫著東西。我把咖啡放在桌上，她抬起頭來微微一笑。然後把鋼筆套子蓋上放在紙上。

「怎麼樣，稍微習慣這裡一點了沒有？」

「漸漸習慣了。」我說。

「你現在有時間嗎？」

「有時間。」我說。

「那麼你在那邊坐下來。」佐伯小姐指著桌子旁的一張木椅子。「我們談一下吧。」

雷聲再度響起來。雖然還很遠，但好像逐漸接近這邊的樣子。我依照她說的在椅子上坐下來。

「對了，你說你幾歲，16歲嗎？」

「其實是15歲。不久以前才剛剛滿15歲。」我回答。

「你是離家出走到這裡來的？」

「是的。」

「你有什麼非要離家出走不可的明確理由嗎？」

我搖搖頭。到底該怎麼說才好呢？

佐伯小姐拿起咖啡杯，在等我回答以前喝了一口咖啡。

「留在那裡，覺得自己好像會被損傷得無法挽回的樣子。」我說。

「損傷？」佐伯小姐說著瞇細了眼睛。

「是的。」我說。

她稍微停頓一下，然後說：「像你這樣歲數的男孩子會使用被損傷這樣的話，我覺得有點不可思議。也可以說很感興趣……那麼，說得更具體一點的話是怎麼回事呢？你所謂的被損傷是指什麼？」

我尋找著適當的話語。我首先尋找叫做烏鴉的少年的影子。但他卻不見蹤影。我只好自己尋找語言。這花了一些時間。不過佐伯小姐安靜等著。一陣閃電，然後過一會兒聽得見遠方有雷聲傳來。

「我是指會變成自己不該有的樣子。」

佐伯小姐興趣濃厚似地看我。「可是只要有時間這東西存在，任誰終究都會損傷、會改變樣子的不是嗎？只是遲早而已。」

「就算是遲早總會損傷，也有必要找一個可以挽回的地方。」

「可以挽回的地方？」

「我是指有挽回價值的地方。」

佐伯小姐一直正面注視著我的臉。

我臉紅了。不過鼓起勇氣抬起臉來。佐伯小姐穿著海軍藍色的短袖洋裝。她似乎擁有各種色調的藍色洋裝。戴著細細的銀色項鍊，和黑色皮帶的小手錶，裝飾品只有這樣。我在她身上尋找15歲少女的身影。那身影立刻就找到了。少女在她內心森林裡像隱身畫似地躲藏著，悄悄地沉睡著。可是凝神細看時可以看得見那身影。我的心臟再度發出乾乾的聲音。有人正用鎚子，在我的心壁上敲進長釘子。

「以你才剛滿15歲來說，講話非常有條理喲。」

不知道該怎麼回答才好。我沉默著。

「我15歲的時候也常常想眞希望能到什麼別的世界去。」佐伯小姐微笑著說。「到一個誰也找不到的地方去。到一個時間不會流逝的地方去。」

「可是這個世界上並沒有這樣的地方。」

「沒錯。所以我還這樣活著。在這個事物繼續在損傷，心繼續在變動，時間不停在流逝的世界裡。」她彷彿在暗示著時間的流逝似地，閉上嘴一會兒。然後又再繼續說：「可是15歲的時候，我以爲世界上某個角落一定會有那樣的地方。應該可以找到能進入那樣一個個別的世界的入口。」

「佐伯小姐很孤獨嗎，15歲的時候？」

「在某種意義上，是的。我是很孤獨。雖然不是一個人孤伶伶的，但還是非常孤獨。要說爲什麼，因爲知道自己再也沒辦法變得更幸福了。只有這點我知道得非常清楚。所以希望以當時的樣子，進入一個時間不會流逝的地方去。」

「我卻希望能夠早一點長大。」

佐伯小姐隔著一點距離讀著我的表情。「你一定會比我堅強，你有獨立的心。那時候的我只是懷著逃避現實的幻想而已。可是你卻面對現實向現實挑戰。這之間有很大的不同。」

我既不堅強，也沒有獨立心。只是被現實逼得不得不往前進而已。但我什麼也沒說。

「看到你，使我想起很久以前一個15歲的男孩子。」

「那個人像我嗎？」我問。

「你個子比較高，體格也比較結實。不過也許有點像也不一定。他跟同年齡的孩子們話不投機，經常都一個人躲在房間裡，讀讀書聽聽音樂。談起艱深的事情時，就跟你一樣把眉間皺起來。還有你也常常讀書噢。」

我點點頭。

佐伯小姐看看手錶。「謝謝你的咖啡。」

我站起來正要走出房間。佐伯小姐拿起黑色的鋼筆，慢慢把套子拿掉，準備再開始寫字。窗外再度閃電，房裡一瞬間被染成不可思議的色調。稍隔一會兒雷聲傳來。間隔時間比前一次縮短了。

「嘿，田村君。」佐伯小姐開口招呼我。

我在門檻上站住，轉回頭。

「我剛剛忽然想起來，我以前寫過有關打雷的書。」

我默默聽著。關於打雷的書？

「我訪問了被雷劈過、後來獲救的人，到全國各地去採訪。花了好幾年時間。收集了不少採訪稿，都是很有趣的事。書是由一家小出版社出版的，不過幾乎都沒賣出去。那本書沒有所謂的結論。而沒有結論的書誰都不會想買。雖然對我來說沒有結論是非常自然的事。」

小鐵鎚在我的腦子裡，叩叩地敲打著某個抽屜。非常執拗地敲著。我快要想起某一件非常重要的事情了。但是自己到底想要想起什麼，我並不知道。佐伯小姐又再低頭寫東西，我也放棄了，走回房間。

激烈的雷雨連續下了1小時左右。令人以爲圖書館裡所有的玻璃窗都要被打得粉碎的激烈雷雨。每次一閃電時，樓梯間的彩色玻璃便將古老夢幻般的光線投射在白牆上。不過在2點以前雨也停了，各種事物好像都已經達成和解了似的，黃色的陽光開始從雲間溢出來。在那樣溫柔的光線中，只有屋簷的雨滴聲還繼續不停地滴著。黃昏終於來臨，我開始準備閉館的工作。佐伯小姐跟我和大島先生說過再見就回去了。傳來她那 Volkswagen Golf 的引擎聲。我想像著她坐在駕駛座轉動鑰匙的樣子。我跟大島先生說其他的善後整理由我一個人來就行了沒問題。大島先生嘴裡一面哼著歌劇的詠嘆調一面在洗手間洗手和洗臉，然後回去。他的 Mazda Roadster 的引擎聲傳過來，那聲音逐漸小聲終於消失。然後圖書館就變成我一個人的了。裡面有比平常更深的寂靜。

回到房間，把大島先生爲我列印出來的〈海邊的卡夫卡〉樂譜拿出來看。正如我所想的那樣，和弦幾乎都是很單純簡單的。而過門的部分則有非常複雜的兩組和弦。我到閱覽室去坐在直立式鋼琴前面，試著彈彈看那聲音。指法出奇的困難。練習了好幾次之後，手的肌肉熟練了，才好不容易彈得出那聲音。剛開始聽起來只像是錯誤而不適當的和音。我想會不會是樂譜印錯了呢？或者鋼琴的調音不準了呢？不過在小心聽著那兩組和弦的聲音交互幾次之間，我終於領會到〈海邊的卡夫卡〉這首曲子的主要基礎，就在於這兩組和弦的聲音上。由於有這兩組和弦的關係，〈海邊的卡夫卡〉才能獲得其他熱門歌曲所沒有的特別深度似的東西。可是佐伯小姐到底爲什麼會想到這麼不尋常的和弦呢？

我回到自己房間，用電壺燒開水，泡茶來喝。然後把從倉庫搬來的老唱片照順序一張張放到轉盤上聽。Bob Dylan *Blonde on Blonde*、Beatles *White Album*、Otis Reading *The Dock of the Bay*、Stan Getz *Getz/Gilberto*。都是60年代後半流行的音樂。住在這房間的少年——旁邊一定坐著佐伯小姐——應該也和我現在一樣地把唱片放到轉盤上，放下唱針，側耳傾聽著從喇叭傳出來的聲音。那聲音感覺好像把房間整體，包括我在內，傳到相異的時間裡去似的。一個我尚未出生的世界。我一面聽著那些音樂，一面在腦子裡試著盡可能正確地重現今天下午在二樓書房和佐伯小姐交談過的話。

「可是15歲的時候，我以爲世界上某個角落一定會有那樣的地方。應該可以找到能進入那樣一個別的世界的入口。」

我耳邊可以聽到她的聲音。有什麼還在敲著腦子裡的門。強烈而執拗地。

「入口？」

我把唱針從 *Getz/Gilberto* 抬起來。並拿出〈海邊的卡夫卡〉的單曲唱片，放在轉盤上。落下唱針。她唱了起來。

探尋著入口的石頭。
掀起藍色的裙襬
看著海邊的卡夫卡。

我想，造訪過這個房間的少女可能找到了**入口的石頭**。她保持15歲的樣子留在另一個世界，每到夜晚就從那裡來到這個房間。穿著淺藍色的洋裝，她凝視著海邊的卡夫卡。

然後沒有任何徵兆，我突然想起來。父親有一次，曾經提到自己被雷打過的事情。我不是直接聽到的。而是偶然看到某篇雜誌的專訪。父親還是美術大學學生的時候，在高爾夫球場打工當桿弟。在一個7月下午，跟在客人後面走在球場時突然天雲變色，下起激烈的雷雨。而且他們躲雨的大樹剛好遇到落雷。大樹被從正中央劈成兩半，在一起的高爾夫球友喪失了性命，父親卻在那之前忽然有預感似地從樹下跳出來，保住了一條命。只受到輕微的灼傷，頭髮燒到，受到驚嚇彈起來時臉重重地撞到石頭昏倒過去而已。這樣一回事。當時的小小傷痕還留在額頭。今天下午我站在佐伯小姐房間的入口，一面聽到雷鳴一面努力想要想起來的，就是這件事。父親開始眞正展開雕刻家的活動，是從這次受傷復元之後。

或許佐伯小姐爲了寫書，在採訪被落雷劈過的人時，曾經遇到我父親。有這可能性。因爲我想這個世界上被雷劈過還保住性命的人並不太多。

我屏住氣息，等待著夜加深。雲大片地裂開，月光照著庭園的樹木。符合的事情實在太多了。很多事情都急速地往一個地方開始集結起來。

第26章

已經下午而且時候也不早了，暫且要先找個地方住才行。星野青年走到高松車站的觀光服務中心去預約了合適的旅館。可以步行到車站是優點，不過是一間不太起眼的旅館，只是青年和中田先生對這個都沒有什麼不滿。只要能鑽進被窩躺下來睡覺，哪裡都沒關係。和前一家一樣只附早餐但不含晚餐。對於不知道什麼時候可能又會昏睡不起的中田先生來說這樣反而方便。

進入房間之後，中田先生要青年再一次趴在榻榻米上，騎坐在他背上用雙手拇指壓住他的腰骨後面。並仔細地一一檢查從腰骨到背骨的每個關節和肌肉的情況。這次指尖幾乎沒有用力。只是順著骨頭的形狀摸過，檢查肌肉的緊張程度而已。

「嘿，有沒有什麼問題？」青年不安地問。他怕會不會又再突然碰到劇痛的情形。

「沒有，應該沒問題。沒有找到任何情況不好的地方。骨頭都恢復相當好的狀態了。」中田先生說。

「那就好。老實說，我實在不想再遇到那樣淒慘的情況了。」青年說。

「是的。不好意思。可是星野先生說痛沒關係，所以，中田才會那麼乾脆地使盡力氣。」

「沒錯，我是那麼說過。不過就算說過，可是，歐吉桑，凡事還是有個程度啊。世間有所謂的常識這東西。嗯，你幫我治好腰痛我實在不該隨便抱怨的，不過，那痛眞是特別不同啊。可眞不得了。實在沒想到會那麼痛。我身體都快散掉了。好像是，死掉一次然後再重新活回來似的。」

「中田曾經死掉3星期。」

「哦。」青年說。然後依然趴著喝了一口茶，再一粒粒吃著從便利商店買來的柿籽米果。「是嗎？歐吉桑曾經死掉3星期呀。」

「是的。」

「那麼，那時候你都在哪裡？」

「這個，中田也記不清楚。感覺好像在某個遙遠的地方，做著別的事情似的。可是頭腦模模糊糊的，什麼都想不起來。然後回到這邊來，頭腦就變壞了，變得不會讀書寫字了。」

「讀書寫字的能力留在那邊了嗅，一定是這樣。」

「也許是這樣。」

兩個人就那樣暫時沉默。不管那是多麼離奇古怪的事情，星野青年覺得，這位老人口中說出來的事情還是照那樣相信比較好。可是這「曾經死掉3星期」的問題，若要深究下去的話，恐怕會一腳踏入不可收拾的混亂中，他內心的一個角落也感到這種不安。所以他改變話題，決定和他商量稍微現實的眼前問題。

「那麼，中田先生。到了高松之後現在有什麼打算呢？」

「不知道。」中田先生說。「要怎麼辦才好，中田也不知道。」

「嗯，我們，不是要找你說的那個『入口的石頭』嗎？」

「是的，沒錯。中田完全忘記了。一定要找到那石頭。可是要到哪裡去找那石頭，中田還完全不知道。這裡模模糊糊的，不明朗。本來頭腦就不好，又出現那樣的東西，所以實在沒辦法。」

「那就傷腦筋了。」

「是的。滿傷腦筋的。」

「話雖這麼說，兩個人面對面在這裡發呆不動，也沒意思，解決不了事情。」

「你說的沒錯。」

「那麼，我想我們暫且到處問人家好嗎？問看看這附近有沒有這樣的石頭。」

「如果星野先生這樣說的話，中田也想這樣做看看。先到處問人。不是我自誇，中田因為頭腦不好，所以很習慣問人家事情。」

「嗯，問是一時之恥，不問是一生之恥，這是我爺爺的口頭禪呢。」

「一點都沒錯。死掉的話知道的事情也全部都會消失掉。」

「嗯，倒也不是這個意思。」青年一面抓抓頭一面說。「不過沒關係……我說，只要個大概就行了，那是什麼樣的石頭，大小啦、形狀啦、顏色啦，或者有什麼功用之類的，腦子裡有沒有什麼印象？這方面要是沒有某種程度的了解的話，要問人家也很難問哪。只是說『這附近有沒有入口的石頭』的話，誰都不知道是怎麼回事，也許還以為我們頭腦有問題呢。對嗎？」

「是的。中田雖然頭腦不好，不過頭腦並沒有問題。」

「是啊。」

「中田要找的是特別的石頭。並不太大。顏色是白色，沒有氣味。功用我不清楚。這樣，形狀像圓圓的年糕。」

中田先生用雙手的手指比出像LP唱片那麼大的圓形。

「哦。那個，如果在中田先生眼前出現的話，你會知道嗎？啊，這就是那塊石頭。」

「是的。只要看一眼中田就會知道。」

「那是有什麼淵源或傳統之類的，有特殊來歷的石頭吧。是有名的，像特別展示物般裝飾在神社的嗎？」

「是不是呢，中田不太清楚，也許是也不一定。」

「或者在某個地方被人家用來壓泡菜呢？」

「不。不會這樣。」

「你怎麼知道？」

「因爲那不是誰都能夠移動得了的東西。」

「可是中田先生卻能移動。」

「是的。中田大概能移動。」

「移動的話會怎麼樣呢？」

中田先生很罕見地落入沉思。或者表情像在沉思。用手掌來回地摸著剪得短短混有白髮的頭髮。

「這個就不太清楚了。中田知道的，只是差不多該有人來做了而已。」

青年也落入沉思。

「而且你說的那個有人是指中田先生嗎？現在這時候。」

「是的。正是如此。」

「那個石頭是只有在高松才有的東西嗎？」他問。

「不是的。不是這樣。地點好像什麼地方都沒關係的樣子。只是現在碰巧在這裡而已。如果是在中野區的話就更近更方便了。」

「可是，中田先生，如果隨便去移動那個石頭，會不會很危險呢？」

「是的，星野先生。這說起來，其實是相當危險的。」

「傷腦筋。」說著，星野青年一面慢慢地搖搖頭一面戴上中日龍隊的棒球帽，從後面的小洞把他的馬尾巴拉出外面。「好像有點變成《法櫃奇兵》那電影了。」

第二天早晨，兩個人到車站的觀光服務中心去，詢問高松市內或近郊有沒有著名的石頭之類的東西。

「石頭嗎？」服務台的年輕女孩子，稍稍皺一下眉頭說。她被問到這種專門性的問題，顯然感到很困惑的樣子。她們只受過一般照說一遍的名勝古蹟介紹訓練而已。

「您說石頭，到底是什麼樣的石頭呢？」

「是這麼大的圓形石頭。」青年說，像中田先生做過的那樣，以雙手比出大約像LP唱片的大小。

「名字叫做『入口的石頭』。」

「『入口的石頭』。」

「是的。是叫這樣的名字。我想應該是相當有名的石頭噢。」

「您說入口，是什麼地方的入口呢？」

「這個要是知道的話就不用這樣辛苦了啊。」

服務台的女孩子想了一會兒。星野先生在那之間一直看著她的臉。容貌長得不錯，不過眼睛之間稍微寬了些。因此，看來有點像小心翼翼的草食動物似的。她打了幾通電話到處詢問，有沒有人知道關於入口石頭的事。不過並沒有得到有用的資訊。

「對不起，好像沒有人聽過這種名字的石頭。」她說。

「完全沒有嗎？」

女孩子搖搖頭。「不好意思。眞抱歉，你們是爲了找這石頭，而特地從遠方來的嗎？」

「嗯，是不是該說特地呢，我是從名古屋來的。這位歐吉桑是從東京的中野區來的。」

「是的。中田是從東京都中野區來的。」中田先生說。「我搭了好多人的各種卡車，途中還讓人家請吃鰻魚。一分錢也沒有花就來到這裡了。」

「哦。」年輕女孩子說。

「沒關係。如果沒有人知道那石頭的話，也沒辦法。這不能怪小姐。不過，就算名字不叫『入口的石頭』，這附近有沒有什麼著名的石頭呢？有歷史的石頭，有傳說來歷的石頭，或是有蒙神保佑很靈驗的石頭，什麼都可以。」

服務台的年輕女孩子以距離稍寬的一對眼睛，把青年所戴的中日龍隊棒球帽、馬尾巴頭髮、綠色太陽眼鏡、耳環、夏威夷 Aloha 絲衫，小心翼翼地逐一觀察一遍。

「嗯，不好意思，如果方便的話，可以到市立圖書館自己去查一下，我可以告訴你們路怎麼走。因爲關於石頭的事情，我不太清楚。」

在圖書館也沒有什麼收穫。市立圖書館裡，關於高松市附近石頭的專門書一本也沒有。「也許這裡面會有關於石頭的記述，請自己查一查有沒有符合的內容。」負責接受詢問的圖書館員說，並且找出一大堆《香川縣的傳承》、《四國的弘法大師傳說》、《高松的歷史》之類的書籍。星野青年一面嘆著氣，一面把那些書讀到黃昏。在那之間不識字的中田先生則把《日本的名石》之類的攝影集，一頁一頁像要吸進去般仔細地看著。

「中田因爲不識字，所以到圖書館來這還是第一次呢。」中田先生說。

「我也不是自誇，雖然會讀字，不過到圖書館這也是第一次噢。」星野青年說。

「來到這裡一看，倒是個相當愉快的地方。」

「那就好。」

「中野區也有圖書館。我想以後也可以偶爾去看看。入場免費是最好不過的了。中田以前不知道，不會讀書寫字也可以進到圖書館裡。」

「我的堂弟呀，天生眼睛就看不見，可是他還是去電影院呢。到底什麼地方有趣，我眞搞不懂。」

「是嗎？中田眼睛是看得到，不過電影院這種地方我還沒去過。」

「這樣啊，那麼下次帶您去一次看看。」

圖書館員走過來兩個人坐著的這桌，提醒他們在圖書館裡面不要太大聲說話。於是兩個人停止說話，各自專心讀自己的書。中田先生看完《日本的名石》之後，把那本書放回書架，接下來開始看《世界的貓》。

青年一面嘀嘀咕咕地抱怨著，一面總算把一堆書山過目一遍。關於石頭的記述可惜不是很多。雖然有幾本寫著關於高松城石圍牆的書，不過當然石圍牆的石頭並不是中田先生的手可以拿得起來的那麼簡單而大小相當的石頭。其次弘法大師也有幾個和石頭有關的傳說。弘法大師把一塊荒野的石頭挪開時，竟然從那裡汩汩湧出泉水來，變成豐饒的水田，有這樣的傳說。某個地方有個寺院裡有一塊叫做「子寶之石」的著名石頭，那有1公尺之高，因爲形狀像陽具一樣，所以不可能是中田先生所說的「入口的石頭」。

青年和中田先生放棄了，離開圖書館，走進附近的餐廳去吃晚飯。兩個人吃了「天丼」炸蝦飯。青年還另外加點了一碗湯麵吃。

「圖書館很有趣。」中田先生說。「世界上眞是有各種臉形長相的貓。中田以前還不知道。」

「關於石頭雖然不太有收穫，不過也沒辦法，才剛開始嘛。」青年說。「今天晚上好好睡一覺，期待明天吧。」

第二天從早晨開始兩個人又再到那同一家圖書館去。星野青年和昨天一樣，選了可能與石頭有關的書堆在桌上，一本一本讀下去。有生以來第一次讀這麼多書。托這個福對四國的歷史也變得相當清楚，也知道了自古以來很多石頭一直成爲信仰的對象。可是關於那最關鍵的入口的石頭卻怎麼也找不到任何記載。到了下午果然因爲讀太多字的關係，頭漸漸痛起來。兩個人走出圖書館，在公園的草地上躺下來，久久仰望著雲的流動。星野青年抽起菸，中田先生從熱水瓶倒出熱烘焙茶來喝。

「明天雷公會來打很多雷。」中田先生說。

「喲，那個啊，又是中田先生特地叫來的嗎？」

「不是，不是中田叫雷公來的。中田沒有那個能力。只是雷公自己要來。」

「那就好。」青年說。

回到旅館泡完澡後，中田先生鑽進棉被裡立刻就睡著了。青年打開電視以小音量看著棒球比賽實況轉播，巨人隊與廣島隊對擂並以很多分數領先，看得心情不愉快於是關掉電視。還不想睡覺，口又渴很想喝啤酒，因此決定出去。看到一家啤酒屋走進去點了生啤酒，和洋蔥圈下酒。本來想跟身旁的女孩子輕聲搭訕的，不過又覺得情況不適合做這種找樂子的事情，於是作罷。明天從早晨開始又必須去做找石頭的工作。

喝完啤酒走出酒館，戴著中日棒球隊的帽子，漫無目的地散步著。看來不是多有趣的城市。不過在一個陌生的都會信步走著，感覺倒也不錯。本來就喜歡走路。嘴邊叼著一根Marlboro香菸，雙手插在褲袋裡，青年從一條大馬路走到另一條大馬路，從一條小巷子走到另一條小巷子。不抽菸的時候，就吹口哨。有熱鬧的區域，也有靜悄悄沒有人跡的區域。不過不管什麼樣的路，他都無所謂地以同樣的步調一步步往前走。他年輕自由又健康，沒有什麼可怕的東西。

穿過一條有幾家卡拉OK酒吧和小餐館（都是那種可能每半年就要換一次名字似的店）成排的小巷子，走到沒有人來往有點黑暗的地方時，有人從後面招呼他。「星野老弟，星野老弟。」對方大聲地叫著他的名字。

青年剛開始，並不以爲是在叫自己。在高松不可能有人知道他的名字。可能是在叫別的星野先生吧。雖然這不是太通俗的姓，不過也不算太稀奇。所以他沒有回頭就那樣繼續走著。

可是那個人，好像從後面趕上來似地，執拗地朝著他背後繼續叫「星野老弟，星野老弟。」

青年終於停下腳步，回頭看。一個穿著雪白西裝的小個子老人站在那裡。白頭髮，戴著規矩的眼鏡，留著同樣變白的鬍子。口髭和一小撮下顎鬍。白襯衫上打著黑色蝴蝶領結。從容貌看來像是日本人，可是樣子卻令人想到美國南部的鄉村紳士。身高大約只有150公分左右，從整體的平衡看來，與其說是個子矮小，不如說顯得像是以比例縮尺計算所製造出來的迷你版的人似的。雙手像端著托盤似地往前筆直地伸出來。

「星野老弟。」那個老人叫著。很清澈像金屬般的聲音。有點地方口音。
星野青年呆住了看著那個男人的臉。「你是——」
「沒錯。我是桑德斯上校。」
「眞是一模一樣。」青年佩服地說。
「不是一模一樣。我就是桑德斯上校啊。」
「那個站在炸雞店前面的嗎？」
老人重重地點頭。「沒錯。」
「噢。可是你，怎麼知道我的名字呢？」
「我對中日龍隊的球迷經常都是用星野老弟這樣的稱呼叫的。不管他是誰，如果是巨人隊的球迷就叫長島，中日隊的教練不是姓星野嗎？」
「可是，歐吉桑，我本姓碰巧就是星野呢。」
「那是偶然的一致。不能怪我。」桑德斯上校傲然地說。
「那麼，找我有什麼事嗎？」
「有漂亮女孩喲。」
「哦。」星野先生說。「原來如此。歐吉桑原來是拉客的。所以才打扮成那個樣子。」
「星野老弟，要我說幾次，我不是打扮成這樣的。我就是桑德斯上校啊。請不要誤會。」
「好吧，可是，如果你是眞正的桑德斯上校的話，爲什麼會在高松的小巷子裡拉皮條呢？像你這樣的世界名人，光是權利金就滾滾進來了，現在不是該在美國的什麼地方大豪宅的游泳池畔優閒地安然隱居嗎？」

「你知道，世界是有所謂扭曲這東西的。」

「什麼？」

「你可能不知道吧，有所謂扭曲這東西，因此這個世界才好不容易出現了三次元式的深度。如果你想要一切都筆直的話，就去住在用三角板畫出來的世界好了。」

「噢，歐吉桑，你說的事情相當奇特噢。」青年佩服地說。「眞是了不起。最近我怎麼好像老是會遇到異色歐吉桑的樣子。要是一直這樣下去的話，不久我的世界觀恐怕要改變了呢。」

「這種事情都無所謂。我說星野老弟，怎麼樣，女孩子你到底要還是不要？」

「你說的那個是 fashion health（指壓油壓）嗎？」

「什麼 fashion health？」

「也就是說，不能眞槍實彈上場的。只是舔一舔哪，摸一摸啊，幫你打一槍出來。可是不能眞的嘿咻嘿咻。」

「不是。」桑德斯上校好像很生氣似地搖搖頭。「不是，不是。不是那種。不只是舔一舔摸一摸而已。要玩什麼都可以。也可以眞的嘿咻嘿咻。」

「那麼是 soap 泰國浴嗎？」

「什麼 soap？」

「哎喲，歐吉桑，你少來取笑人了。我有同伴在，明天還要起個大早呢。所以呀，不能玩莫名其妙的夜遊的。」

「那麼你不想要女孩子囉？」

「今天晚上女孩子和炸雞都不需要，差不多要回去睡覺了。」

「那麼容易睡得著嗎？」桑德斯上校以意味深長的聲音說。「要找的東西找不到的時候，人是沒辦法熟睡的，星野老弟。」

星野張開嘴巴注視對方的臉。

「找東西？嘿歐吉桑，你怎麼知道我在找東西？」

「你臉上清清楚楚的寫著啊。星野老弟是個標準的老實人。那種事情，全都一五一十地寫在臉上了。別人只要一看，星野老弟腦子裡的內容就像剖開的魚乾似的一目瞭然。」

星野反射性地舉起右手摸摸臉頰。然後攤開手掌來看。可是那上面什麼也沒有。寫在臉上？

「還有啊。」桑德斯上校豎起一根手指在空中說。「星野老弟正在找的，會不會是一個又硬又圓的東西呢？」

星野青年皺起了眉頭。「嘿，歐吉桑，你到底是誰？怎麼連這種事情都知道呢？」

「所以我不是說都寫在臉上了嘛。眞是的，不懂事的傢伙。」桑德斯上校搖著手指說。「我在這一行這麼多年可不是白混的。那麼，眞的不要女孩子嗎？」

「嘿，我們在找一塊石頭。是一塊叫做入口的石頭的石頭。」

「嗯。如果是入口的石頭的話我很清楚。」

「眞的？」

「我可不會說謊。也不會開玩笑。生下來就一貫是這種不虛飾的直性子。」

「那麼歐吉桑也知道那石頭在哪裡嗎？」

「嗯，我也確實知道那在哪裡。」

「那麼，可以告訴我那地方在哪裡嗎？」

桑德斯上校手指碰一下黑框眼鏡，乾咳一下。「嘿星野老弟，其實你想要女孩子對嗎？」

「如果你肯告訴我石頭的事情的話，我倒可以考慮。」星野青年半信半疑地說。

「好吧。你跟我來。」

桑德斯上校也不等對方回答，就開始邁開大步走過巷子。星野先生急忙跟上去。

「嘿，歐吉桑，上校……我現在皮夾裡只帶了2萬5000圓呢。」

桑德斯上校一面快步走著，一面咋舌。「有這樣就太夠了。對方是水嫩嫩的19歲美女，可以提供讓星野老弟昇天的特別服務，舔舔、摸摸、嘿咻，全套包辦。事後還特別附送告訴你石頭的事情。」

「眞傷腦筋。」青年說。

第27章

發現少女已經來到的時候是2點47分。眼睛看一下枕邊的時鐘把時間記憶下來。比昨夜早了一些。今夜，我一直不睡地等她出現。除了眨眼睛之外一次也沒閉眼睛。雖然如此仍然無法掌握少女出現的正確瞬間。一留神時，她已經在那裡。好像從我意識死角的地方溜進來似地，她來了。

她和平常一樣穿著淺藍色的洋裝。並在桌上托著腮靜靜望著那幅〈海邊的卡夫卡〉的畫，我屏著氣息安靜不動地看著那姿態。畫、少女、我，這三個點在房間裡形成一個靜止的三角形。就像少女看畫看不膩一樣，我也看她的身影姿態看不膩。三角形固定在那裡沒有動搖。不過這時發生了一件我意想不到的事情。

「佐伯小姐。」我在不知不覺間竟然發出聲音。我並沒有打算叫她的名字。只是心裡的想念充滿了，溢出來，就那樣化爲聲音而已。而且是非常小的聲音。不過那聲音傳進少女的耳朵裡。於是那不動三角形的一角崩潰了。不管那是我暗自希望的，或者不是。

她向這邊看來。並不是凝神注目深深地看。她依然在桌上托著腮，只是安靜地轉過頭來。雖然不知道有什麼，但好像感覺到那裡有輕微的空氣震動似的。我不知道少女是不是看到我的身影了。不過我希望她看到我的身影。希望她注意到我活生生地存在在這裡。

「佐伯小姐。」我重複叫著。無論如何都壓制不了想要出聲叫她名字的強烈欲望。少女可能因爲那聲音而感到畏怯，或警戒，因此而離開房間也不一定。而且可能從此一去就不再回來。如果眞是那樣的話，我可能會非常失望吧。不，不是像失望之類的感覺。我可能會喪失所有的方向，和一切有意義的情景。雖然如此，我還是不得不開口叫她的名字。我的舌頭和嘴唇已經和我的思想沒有關係，幾乎自動地好幾次形成她名字的形狀。

少女已經不再看畫了。她在看我。至少那視線是朝向我所在的空間。從我這邊無法讀取她的表情。雲在移動，月光也隨著在搖動。雖然應該有風在吹著，但那聲音並沒有傳進耳朵裡。

「佐伯小姐。」我再叫一聲。我被某種非常迫切的東西推動著。

少女不再托腮，把右手拿到嘴巴前面。好像在說「什麼都不要說」似的。但那眞的是她想說的話嗎？那眼眸，我想著如果能夠靠近她身邊直接看清楚的話該有多好。如果能夠讀出她現在在想什麼，有什麼樣的感覺的話該有多好。如果能夠理解她以那一連串的動作想傳達給我的是什麼，她在暗示著什麼的話該有多好。可是一切的意義，似乎都被凌晨3點沉重的黑暗束縛住了。我忽然感到呼吸非常困難，於是閉上眼睛。胸中有一團僵硬的空氣。就像呑進了一整塊的雨雲似的。幾秒鐘之後我睜開眼睛時，少女的身影已經消失。只剩下無人的椅子而已。一片雲影悄悄掠過桌上而去。

我從床上起來，走到窗邊去抬頭看夜空。並想著不再回來的時間。想著河川，想著潮汐。想著森林，想著湧出的泉水。想著雨，想著雷。想著岩石，想著影子。這些全都在我心裡。

第二天中午過後便衣刑警來到圖書館。我因爲坐在自己的房間裡，所以不知道。刑警問了大島先生20分鐘左右，然後回去。大島先生後來到我房間來，談起這件事。

「是本地警察署的刑警。問了有關你的事情。」大島先生打開冰箱拿出一瓶沛綠雅礦泉水，把瓶蓋轉開，倒進玻璃杯裡喝。

「他怎麼會知道這裡呢？」

「你大概用了行動電話吧。那是你爸爸的東西。」

我回想一下。然後點點頭。在倒在神社森林裡襯衫沾上血跡那一夜，我用手機打了電話給櫻花。

「只打過一次。」我說。

「警察從那通電話紀錄，知道你來到高松。通常警察是不會一一說明到這麼詳細的，只是在隨便聊著之間順便告訴我而已。該怎麼說呢，如果我想要對人家很親切的話是可以變得很親切的。從談話的流向來看，你所打的對方的電話號碼，因爲持有人不明，無法追蹤到的樣子。可能是預付卡的行動電話吧。不過總之只知道你在高松市內，本地警察就從住宿旅館開始一家一家調查。於是查出與YMCA簽有特約的市內商務旅館，曾經有一個名字叫做田村卡夫卡，像你一樣的少年住過。到5月28日，也就是你父親被什麼人殺害的那天爲止。」

警察沒有從電話號碼查出櫻花的身分至少倒是很慶幸了。以我來說實在不願意再給她添麻煩。

「飯店的經理，還記得曾經爲你的事情詢問過我們圖書館。打電話來確認你是不是每天都會來這裡查資料。你記得這件事情嗎？」

我點點頭。

「所以警察就到這裡來了。」

大島先生喝了一口沛綠雅。「當然我說了謊。說28日以後一次也沒見過你。在那之前每天還到這裡來，以那天爲界以後就不再出現了。」

「對警察說謊會很糟糕噢。」我說。

「不過如果我不說謊，你會更糟糕。」

「可是以我來說，我不想給大島先生帶來麻煩。」

大島先生瞇細了眼睛笑著。「你其實不太知道。你已經爲我添麻煩了。」

「當然是這樣，不過——」

「所以就不要再爭論添不添麻煩了。那已經是既成事實。事到如今再來談這個對我們也沒有幫助。」

我默默點頭。

「總之那個刑警，把名片留下來。他說如果你再出現在這裡的話，要我立刻打電話給他。」

「我已經變成事件的嫌疑犯了嗎？」

大島先生慢慢地搖了幾次頭。「不，我想你並沒有成爲嫌疑犯。只是，你應該是關於你父親被殺事件的重要參考人不會錯。我一直在看報紙追蹤案情發展，搜查好像沒有什麼進展，警察似乎相當焦急。沒有指紋。也沒有遺留物。沒有目擊者。剩下的線索大概只有你了。所以他們無論如何都想找到你。因爲你父親是個名人，電視上和周刊雜誌上也被大肆報導出來了。警察總不能就這樣放手不管。」

「可是，如果他們知道大島先生對警察說謊，因此而不承認你爲證人的話，我當天的不在場證明就沒有了。我說不定會被當成犯人呢。」

大島先生再搖一次頭。「田村卡夫卡老弟，日本的警察也沒有那麼傻。他們的想像力也許不算太豐富，不過至少還不至於無能。警察應該已經一個不漏地查過四國—東京間飛機的乘客名單。而且也許你不知道，機場的通關門口設有監視器，乘客出入都要逐一記錄。你在那前後沒有回到東京這件事情他們應該已經確定了。日本這個國家資訊管理已經做到這麼細的程度了。所以警察不認爲你是犯人。如果認爲你是犯人的話，就不會是地方的刑警而已，連警視廳的刑警都會直接介入進來。那麼對方就會很認眞，我也不可能那麼簡單地矇混過去。現在他們只想從你的口中知道事情發生前後的狀況而已。」

想一想確實也如大島先生所說的那樣。

「不管怎麼說，你還是不要在人前出現比較好吧。」他說。「也許，警察在這附近巡邏守候著也不一定。他們有你照片的複印。從你中學的學生名簿上複製下來的照片，跟你本人不算很像。你臉上表情好像……很生氣的樣子。」

那是我所留下的唯一照片。我一直以各種手段避免一切照相的機會。可是只有全班的照相卻無論如何都逃避不了。

「警察說你在學校算是一種問題學生噢。他說你跟同學之間發生過暴力事件，受到三次停學處分。」

「是兩次，而且不是停學，是自宅謹愼，留在家裡自己反省。」我說。我吸進一口大氣，慢慢吐出來。「我有過那樣的時期。」

「自己無法控制自己。」大島先生說。

我點點頭。

「然後就傷害到別人對嗎？」

「我並沒有這樣打算。可是有時候會感覺自己心中好像有另一個別人存在似的。而且一留神時，我已經傷害到某個人了。」

「有多嚴重？」大島先生問。

我嘆一口氣。「不是很嚴重的傷。並沒有達到像骨折和牙齒打斷之類的嚴重程度。」

大島先生坐在床上翹著腿。舉起手把前髮往後撩。深藍色的斜紋棉長褲，白色愛迪達球鞋。還有黑色Polo襯衫。

「看來你還有很多課題需要超越的樣子。」他說。

需要超越的課題，我想。然後抬起頭來。「大島先生沒有需要超越的課題嗎？」

大島先生雙手舉向空中。「不管超越不超越，我該做的事情只有一樣。就是我這個肉體，最嚴重的只有在這個充滿缺陷的容器中，每天要怎麼想辦法生存下去而已。這個課題要說單純也很單純，要說困難也很困難。不管怎麼樣，就算順利做到了，也不會被視爲偉大成就。沒有人會站起來給你熱烈鼓掌。」

我咬著嘴唇一會兒。

「你不會想從那容器中出來嗎？」我問。

「也就是說我從我這個肉體中走出外面去嗎？」

我點點頭。

「那是象徵上的意思，或具體上的呢？」

「都可以。」我說。

大島先生用手把前髮一直往後壓著。露出白晰的前額，看來在那後面思考的齒輪正以全速轉動著。

「你是想要這樣嗎？」大島先生沒有回答那問題，反而問起我來。

我吸了一口氣。

「大島先生，其實我只是想到什麼就直接說出來，我對所謂自己這個現實的容器一點也不喜歡。有生以來一次也沒有喜歡過。相反的我一直憎恨著。我的臉、我的雙手、我的血、我的遺傳因子……總之我從父母所遺傳而來的東西，全都令我憎恨。可能的話眞想從這裡完全逃脫。就像離家出走一樣。」

大島先生看看我的臉，然後微笑。「你擁有鍛鍊得很像樣的肉體。不管是從誰那裡遺傳來的，臉也長得很英俊。也許要稱爲英俊是有點過於個性化了，不過一點也不差。至少我很喜歡。頭腦很靈光。雞雞也很棒。我想要是我也有一個那樣的就好了。以後，應該有不少女孩子會對你著迷。我不知道你對這種現實上的容器到底還有什麼不滿的。」

我臉紅起來。

大島先生說：「算了沒關係。我想一定不是這方面的問題吧。不過，我對自己這個現實上的容器一點也不喜歡。這是當然的。怎麼想都不能算是正常的東西。從方便或不方便的脈絡來說吧，明白說是非常不方便。不過雖然如此我內心卻這樣想，如果把外殼和本質反過來考慮的話──也就是把外殼當成本質，把本質當成外殼來想的話──我們那類似存在意義的東西說不定會更容易瞭解呢。」

我再一次看看自己的兩手。想到那上面沾過的許多血跡。我鮮明地記起那黏黏滑滑的感觸。我想一想關於自己的本質和外殼。關於包在我這個外殼裡面叫做我的這個本質。不過我腦子裡只浮現血的感觸。

「佐伯小姐又怎麼樣呢？」我說。

「你說的怎麼樣是指什麼？」

「她有沒有不得不超越的課題之類的東西呢？」

「這個，你不妨直接去問佐伯小姐。」大島先生說。

2點鐘時我用托盤端著咖啡，送到佐伯小姐那裡。佐伯小姐正坐在二樓書房的桌子前。門開著。桌上和平常一樣放著稿紙和鋼筆。但鋼筆套是套著的。她把雙手放在桌上，看著空中。並沒有在看什麼。她所看著的是一個不是任何地方的地方。她看來有點累。她身後的窗戶敞開著，初夏的風吹動著白色的蕾絲窗簾。那情景看起來有點像是畫得很美的寓意畫。

「謝謝。」我把咖啡放在桌上時她說。

「妳看起來很累的樣子。」

她點點頭。「是啊。我一累，看起來就很老對嗎？」
「沒有這回事。佐伯小姐和平常一樣非常漂亮。」我誠實地說。
佐伯小姐笑了。「以你的年紀來說，倒是很懂得怎麼對待女人啊。」
我臉紅起來。
佐伯小姐指指椅子。是我昨天坐過的同一把椅子，還在完全一樣的地方。我在那裡坐下來。
「不過我對疲倦已經很習慣了。我想你大概還沒習慣。」
「我想還沒有習慣。」
「我15歲的時候當然也還不習慣。」
她拿起咖啡杯的把手，安靜地喝著咖啡。
「田村老弟。窗外看得見什麼呢？」
我看看她背後的窗外。「看得見樹木、天空和雲。看得見鳥停在樹枝上。」
「這是到處都有的普通風景。對嗎？」
「是的。」
「如果這個是明天可能就看不到的風景的話，那麼這個對你來說是不是就變成非常特別而且貴重的風景了呢？」
「我想是會這樣。」
「你有沒有這樣子想過事情？」

「想過。」

她露出意外的表情。「什麼樣的時候？」

「戀愛的時候。」我說。

佐伯小姐只微微笑一下。那微笑暫時留在她的嘴邊。令我想像夏天早晨潑出去後還留在小水窪裡將乾未乾的水。

「你在戀愛嗎？」她說。

「是的。」

「換句話說她的臉和身影對你來說，每天每天每次想到都是既特別，又貴重的了？」

「是的。那不知道什麼時候、會不會失去？」

佐伯小姐看了我的臉一會兒。這時臉上已經不再露出微笑了。

「假定現在一隻鳥停在一根細細的樹枝上。」佐伯小姐說。「那樹枝因為被風吹而大大地搖晃著。於是配合著那搖晃，鳥的視野也大大地搖晃。對嗎？」

我點點頭。

「你想鳥這時候要怎麼做，才能讓視覺訊息安定下來呢？」

我搖搖頭。「不知道。」

「配合著樹枝的搖晃頭也上下動著。晃啊晃的。下次風大的日子你不妨好好觀察一下鳥看看。我常常從這個窗邊觀看。你不覺得像這樣的人生非常累嗎？要配合自己停著的樹枝搖晃，頭也一一搖動著活下去的人生。」

「是很累。」

「可是鳥習慣了。對他們來說這是非常自然的事。在不知不覺間就這樣做了。所以並沒有我們想像的那麼累。不過我是人類。或許有些情況會覺得累。」

「佐伯小姐正停在哪裡的樹枝上嗎？」

「看怎麼想。」佐伯小姐說。「而且有時候會被強風吹動。」

她把杯子放回碟子上，把鋼筆套拿掉。應該退下的時候了。我從椅子上站起來。

「佐伯小姐。我有一件事無論如何都很想問妳。」我鼓起勇氣說。

「是私人的問題嗎？」

「是私人的問題。而且可能是很失禮的事情。」

「不過卻很重要的問題是嗎？」

「是的。對我來說是很重要的事情。」

她把鋼筆重新放回桌上。她的眼睛露出一點中立的神色。「沒關係。你問看看。」

「佐伯小姐有沒有小孩？」

她吸進一口氣，稍微停頓一下。表情從她臉上慢慢退遠下去。然後又再回來。簡直就像遊行暫時停滯一段時間又再恢復先前行進的步調似的。

「為什麼你想知道這個呢？」

「我有私人性理由。並不是臨時想到隨口問的。」

她手拿起粗粗的 Mont Blanc 鋼筆，確認一下墨水量。確認一下那粗細和手的觸感。把鋼筆重新放回桌上，抬起臉來。

「田村老弟，很抱歉，對這個問題我不說 yes 也不說 no。至少現在不說。我累了，而且風也很強。」

我點點頭。「對不起。我不該問這樣的問題。」

「沒關係。不能怪你。」佐伯小姐以溫柔的聲音說。「謝謝你的咖啡。你泡的咖啡非常好喝。」

我走出門口下了樓梯。然後回到自己房間。坐在床上翻開書頁。但文章卻進不了腦子裡。我只是以眼睛追逐著排列在那裡的字而已。就像在看著亂數表一樣。我把書放下，走到窗邊眺望庭園。可以看到樹枝上鳥的姿態。可是週遭並沒有風。我愛戀的對象是15歲的少女佐伯小姐，還是現在年過50的佐伯小姐？我漸漸搞不清楚了。這兩種年齡之間應該有的界線正在動搖淡化，無法凝聚成具體形象。這使我感到混亂。我閉上眼睛，探尋心情中類似軸心的東西。

不過，對了。正如佐伯小姐說的那樣。她的臉和身影對我來說，每一天每一天都是特別的，而且貴重。

第28章

以年齡來說桑德斯上校的身體相當輕盈，腳步也快。簡直就像經驗老到的競走選手一樣。而且好像每條大街小巷都熟透了似的。爲了走捷徑而登上又暗又窄的階梯，身體要側過來穿過房子與房子中間。跳過水溝，簡潔地呵斥從籬笆裡傳來的狗吠。小號白色西裝的背影，像在尋找去處的性急幽靈般，迅速在都會的後巷裡穿梭移動著。星野青年好不容易才能盯住那背影不至於跟丟。不久開始喘起來，腋下也流出汗來。桑德斯上校不管青年有沒有跟上來，竟然一次也沒有回頭確認過。

「喲，歐吉桑，還很遠嗎？」星野青年忍不住從背後出聲問。

「年紀輕輕的說什麼遠。這麼一點路算得了什麼？」桑德斯上校依然頭也不回地說。

「可是，歐吉桑，我總是客人哪。走這麼多路累趴趴的話，性慾都跑掉了噢。」

「眞是沒用的東西。這也算是男人嗎？要是這樣就會跑掉的不中用的性慾的話，不如一開始就沒有還好。」

「眞要命。」青年說。

桑德斯上校穿過巷子，無視於紅綠燈走過大馬路，又走了一會兒。然後過橋，進入神社裡面。相當大的神社，但是夜已經深了，裡面沒有人影。桑德斯上校指著社務所前的長椅，指示他在那裡坐下。長椅旁邊立著一個大水銀燈，四周像白天一般亮。青年依照指示在長椅上坐下來後，桑德斯上校就在他身旁坐下。

「喲，歐吉桑，你總不會叫我在這種地方做吧。」星野青年以不安的聲音說。

「少說傻話。又不是宮島的鹿，總不會在神社裡面嘿咻嘿咻吧。眞是胡說八道。你把人家想成什麼了。」桑德斯上校從口袋拿出銀色手機，撥了三位數的快速撥號。

「喂，是我。」對方接通後桑德斯上校說。「我在老地方。神社裡。旁邊有一位叫做星野的老弟。對……是的。老樣子。我知道。好了就馬上來。」

桑德斯上校把手機關掉，收進白色外套的口袋。

「你每次都這樣在神社叫女孩子嗎？」星野青年問。

「不行嗎？」

「不，也沒什麼不行的，只是應該有更適合的地方吧？算是比較符合常識的地方……比方喫茶店，或旅館的房間，在那裡等啊。」

「神社很安靜比較好。空氣也新鮮。」

「那倒也是啦。半夜裡，在神社的社務所前的長椅上等女孩子，實在不太心安。覺得好像會被狐狸精迷住似的。」

「你胡說什麼。別小看四國了。高松可是縣政府所在地的美麗都會喲。怎麼可能出現什麼狐狸。」

「好啦，狐狸是開玩笑，不過歐吉桑也算是從事服務業的，我想總要稍微考慮一下氣氛這東西比較好吧。有必要把感覺烘托得華麗一點哪。也許我多管閒事。」

「是啊，你少管閒事。」桑德斯上校以果斷的聲音說。「那麼，關於石頭。」

「嗯，我想知道石頭的事。」

「不過，你先去嘿咻嘿咻吧。完了再告訴你。」

「嘿咻嘿咻很重要啊。」

桑德斯上校重重地點了幾次頭。然後煞有其事地摸摸下巴的鬍子。「沒錯。先把嘿咻嘿咻的大事辦完。就像一種儀式似的。首先嘿咻嘿咻。石頭的事稍後再說。星野老弟，我想你一定會中意這個女孩子。她是我們貨眞價實的第一號紅人。奶子挺挺的，皮膚滑滑的，腰細細的，那裡濕濕的，熱辣有勁的性愛機器。如果以車子來比喻的話，簡直就是床上的四輪驅動車，只要一踩油門啓動愛慾渦輪，手指抓緊怒濤排檔，嘿轉彎，流暢的換檔，好啊超車道上勇往直前猛衝，要去了噢，去了噢，星野老弟眞是大昇天哪。」

「歐吉桑，你眞是個滿性格的人物嘛。」青年佩服地說。

「我可不是白混這一行的。」

15分鐘後女孩子出現了。就像桑德斯上校說的那樣，身材非常漂亮的大美人。穿著貼身黑色迷你洋裝，黑色高跟鞋，肩上掛著黑色漆皮小皮包。美得就算說是模特兒也不奇怪。胸部相當大，從那大領口可以清楚地一覽無遺。

「可以嗎？星野老弟。」桑德斯上校問。

星野看傻了眼，什麼也沒說地點點頭。該說什麼呢？腦子裡想不出什麼話來。

「一級棒的性愛機器喲，星野老弟。快去快去，好好享受吧。」桑德斯上校說。這時候才第一次瞇瞇笑起來，捏一把星野青年的屁股。

那女人帶著星野青年離開神社，走進附近一家賓館。女人去準備洗澡水，自己先一件件脫光衣服赤裸著，然後幫星野也脫光。在浴室裡幫他把身體洗乾淨，舔過一循，然後再使出前所未見、聞所未聞的超級藝術性口舌功夫。星野青年還來不及思考什麼就射精了。

「眞要命，這麼不得了的，我還是第一次見識到呢。」星野先生身體慢慢沉進浴缸裡說。

「這個，才剛開始呢。」女人說。「接下來還有更、更不得了的喲。」

「不過很舒服噢。」

「有多舒服？」

「過去的事情和未來的事情都沒辦法想的程度。」

「『所謂純粹的現在，是繼續蠶食著未來的過去難以掌握的進行。老實說，其實所有的知覺都已經成爲記憶了。』」

青年抬起頭來，半張著嘴巴，看看女人的臉。「那是，什麼？」

「柏格森（Henri Bergson）。」她一面吻著龜頭，舔著殘餘的精液一面說。「霧格以寄易。」

「聽不清楚。」

「《物質與記憶》。你沒讀過嗎？」

「應該沒有。」星野青年想了一下之後說。若是撇開自衛隊時代被迫密集紮實地讀過《陸自特殊車輛操作教本》不談的話（還有撇開在圖書館花了2天查過有關四國的歷史和風土不談），除了漫畫周刊雜誌以外，幾乎不記得讀過什麼正經書。

「妳讀過嗎？」

女人點點頭。「不可能不讀啊。因爲我在大學上哲學系。快要考試了。」

「原來如此。」青年佩服地說。「那這算是打工囉。」

「嗯，不能不繳學費呀。」

然後她把青年帶到床上去，用手指和舌頭溫柔地愛撫全身，立刻又使他勃起一次。像迎接嘉年華會的比薩斜塔般向前傾斜而堅挺的勃起。

「你看，星野哥，又精神百倍啦。」女人說。然後慢慢地開始進行接下來的一連串動作。「嗳，你有沒有什麼特別要求？要我幫你做這做那之類的。桑德斯先生特別交代。要我好好的爲你服務個夠呢。」

「要我點我也想不到什麼特別的，妳能不能再多引用點什麼類似哲學的東西。我也搞不清楚什麼是什麼，不過也許可以延遲射精也不一定。要不然這樣下去，我又會馬上掛了。」

「說得也是。這個有點古老，黑格爾的好嗎？」

「什麼都沒關係。只要妳喜歡就行。」

「我推薦黑格爾噢。雖然有點古老，噹噹噠噹，Oldies but Goodies。」

「很好啊。」

「『「我」是關聯的內容，同時也是關聯本身。』」

「哦。」

「黑格爾界定所謂『自我意識』，他想到人不能只把自己和客體分開來認識，必須藉著將自己投射到作爲媒介的客體上，以這樣的行爲，可以更深入理解自己。這就是自我意識。」

「完全聽不懂。」

「也就是說，我現在正在爲你做的事情，星野哥。對我來說我是自己，星野哥是客體。對星野哥來說當然就反過來呀。星野哥是自己，我是客體。我們這樣互相交換、投射自己和客體，在確立著自我意識噢。以行爲。簡單的說就是這樣。」

「我還不太清楚，不過好像已經受到鼓勵了似的。」

「重點就在這裡呀。」女人說。

全部結束之後和女人告別，一個人回到神社時，桑德斯上校還和剛才一樣坐在同一張長椅上等著他。

「嗨，歐吉桑，你從剛才到現在都一直在這裡等候嗎？」星野青年問。

桑德斯上校有點生氣地搖搖頭。「說的什麼話嘛。我不可能這麼長時間，在這種地方一直不動地等著吧。我看起來這麼閒嗎？正當星野老弟在某個地方的床上愉快地昇天的時候，我卻在某種因果之下在小巷子裡勤快地工作。剛才接到事情辦完的聯絡，才急忙趕回這裡來。怎麼樣，我們的性愛機器相當不錯吧？」

「嗯，好極了。沒得抱怨。眞不簡單。以行爲來說，做了三次。覺得身體好像輕了2公斤左右的程度。」

「那就再好不過了。好了，關於剛才說過的石頭的事。」

「嗯。這個最重要。」

「老實說，石頭就在這神社的樹林裡。」

「我是說『入口的石頭』噢。」

「沒錯就是『入口的石頭』。」

「歐吉桑，您不是信口開河隨便說說的吧？」

桑德斯上校聽了之後毅然抬起頭來。「什麼話嘛。混蛋。到現在爲止我說過一句假話嗎？我隨口胡說過什麼？我說是火辣辣的性愛機器的話，就確實是火辣辣的性愛機器吧？而且還是不惜血本的大優待價格，1萬5000圓還厚臉皮射精三次，這樣還要懷疑人家嗎？」

「不是，我沒有不信任你。所以請不要生這麼大的氣。不是這樣啦。因爲事情實在太突然太順利了，有一點難以相信而已。你想想看，偶然走在路上忽然有個裝扮奇怪的歐吉桑把你叫住，說要告訴你石頭的事，跟著去時還要你跟女人來這麼一下……」

「是三下。」

「怎麼都可以，就三下吧，而且還說你一直在找的石頭就近在身邊，這任誰都會迷惑起來吧？」

「你也眞不懂事。所謂啓示就是這樣的東西呀。」桑德斯上校說。「啓示本來就是飛越出日常性這框架的東西。沒有啓示的話算什麼人生嘛。要從純觀察的理性飛越到採取行爲的理性，這很重要。我所說的事情你懂嗎？你這虛有其表假正經的傻瓜。」

「自己和客體的投射和交換……」星野小心翼翼地說。

「對了。如果知道這個就好了。這是重點。你跟我來。讓你實際拜見那重要的石頭。這可是大奉送噢，星野老弟。」

第29章

我從圖書館的公共電話打電話給櫻花。試想起來，我從她讓我住那公寓房間以來，沒有跟她聯絡過一次。只留下簡單的便條留言就離開那裡到現在。我爲這個感到慚愧。離開公寓之後立刻到圖書館來，搭上大島先生的車子到他的小屋去，在電話不通的深山裡一個人過了幾天。然後回到圖書館，在這裡住下來開始工作，每天晚上目睹佐伯小姐的生靈（之類的）。而且我無法自拔地深深愛上那15歲的少女。一連發生了許多事情。不過當然我不能這樣說。

我在晚上9點前打的電話。響到第6聲時她接起電話。

「你到底在什麼地方做什麼啊？」櫻花以僵硬的聲音說。

「我還在高松啊。」

她暫時沒說什麼。只是一直沉默著。電話背後有電視音樂節目的聲音傳來。

「總算還勉強活著。」我補充一句。

又沉默了一下，然後她才像放棄了似地嘆一口氣。

「可是，你也不必在我不在家的時候那樣匆匆忙忙走掉吧？我也會擔心哪，那天還比平常提早回家。還多買了一份菜回來呢。」

「噢。我也覺得不太好，眞的。可是那時候我不得不離開。我的心非常亂，想要重新調整姿態，或者好好的想一想。可是如果我跟櫻花姐在一起的話，怎麼說才好呢……我也不會說。」

「刺激太強烈嗎？」

「對。我以前從來沒有跟女孩子在一起過。」

「是嗎？」

「女人的氣味啦，這一類的。其他還有很多……」

「年輕還眞麻煩。」

「也許吧。」我說。「櫻花姐，工作忙嗎？」

「嗯。非常忙。不過，現在只想努力工作存一點錢，所以忙也沒什麼關係。」

我稍微停頓一下。然後說。「嗯，老實說，這裡的警察正在搜尋我的行蹤。」

櫻花沉默一下，然後以小心的聲音問。「會不會跟那血跡的事情有關係？」

我決定暫時說謊。「沒有，不是這樣。跟血跡沒有關係，因爲我是離家出走的少年所以在找我。如果我被找到的話會被他們護送回東京。只有這樣而已。對了，我想櫻花姐那裡說不定也會有警察跟妳聯絡。上次，妳讓我過夜那天晚上，我曾經用手機打過電話到櫻花姐的手機號碼，從電話公司的紀錄上知道了我在高松的事情。也知道櫻花姐的手機號碼了。」

「是嗎？」她說。「不過這邊的電話號碼倒不用擔心。因爲是預付卡，沒辦法追查到持有人。本來就是我男朋友的東西，我借來用的，跟我的名字和地址都沒有牽連。所以你可以放心。」

「幸虧是這樣。」我說。「因爲我不想給櫻花姐再多添麻煩。」

「你的體貼讓我眼淚都快掉下來了。」

「我眞的這樣想。」我說。

「我知道啦。」她嫌麻煩似地說。「那麼離家出走的少年，現在住在哪裡呀？」

「住在一個朋友家。」

「不是說你在這地方沒有認識的人嗎？」

我沒辦法適當回答她的問題。這幾天之間所發生的事情，到底該怎麼簡單整理出來向她說明才好？

「說來話長。」我說。

「你的情況，好像有很多都是說來話長噢。」

「是啊。不知道爲什麼，總是變成這樣。」

「有這種傾向嗎？」

「大概吧。」我說。「等以後有時間再慢慢告訴妳。不是故意要隱瞞什麼。只是電話上沒辦法說清楚而已。」

「你也不一定要說明，不過，沒什麼危險吧？」

「完全沒有什麼危險。沒問題啦。」

她又再嘆一口氣。「我很清楚你那獨立自主的個性，不過你最好不要觸犯法律或者跟人家打架噢。

因爲你是贏不了的。會像比利小子那樣，十幾歲年紀輕輕就死掉。」

「比利小子不是在十幾歲死掉的。」我糾正她。「他殺了21個人，在21歲時死掉。」

「哦。」她說。「算了。那麼，你有什麼事情嗎？」

「我只是想先謝謝妳。讓妳照顧那麼多，卻沒有好好打個招呼就離開，我一直掛念著。」

「這個我已經知道。所以你不用在意了。」

「還有也很想聽聽櫻花姊的聲音。」我說。

「很高興聽到你這樣說，不過我的聲音能有什麼幫助嗎？」

「該怎麼說才好呢……這樣說也許很奇怪，不過櫻花姊是活在現實世界，呼吸著現實空氣，說著現實語言的。跟櫻花姊講話時，我會知道自己總算還跟現實世界還好好的聯繫在一起。這對我來說是相當重要的事情。」

「在你周圍其他的人難道不是這樣嗎？」

「也許不是。」我說。

「真搞不懂，你是說你現在是在一個脫離現實的地方，和脫離現實的一些人在一起嗎？」

對這個我想了一想。「依照說法的不同也許可以這樣說吧。」

「嘿，田村老弟。」櫻花姊說。「當然這是你的人生，所以我想我也不必一一過問。不過，從你的說法，我有一點感覺，你是不是離開那裡會比較好？雖然我不知道那是什麼樣的地方，不過總有一點這種感覺。以類似預感來說。所以你還是馬上到這裡來吧。我這裡你可以愛住多久就住多久。」

「櫻花姊。妳爲什麼要對我這麼好？」

「你這個人是不是傻瓜？」

「爲什麼？」

「當然是因爲喜歡你呀。雖然沒錯我這個人相當愛管閒事，可是我並不是對誰都這樣噢。我喜歡你，中意你，才會爲你做這些。好像，怎麼說呢，我覺得你好像我的親弟弟似的。」

我在電話聽筒前沉默下來。到底該怎麼辦才好，一瞬之間我糊塗了。我忽然感到一陣輕微的暈眩。有生以來，一次也沒有過，有人向我說這類話的經驗。

「喂喂。」櫻花說。

「我在聽著。」我說。

「要是在聽就說點什麼啊。」

我重新調整身體姿勢。然後深呼吸。

我說：「櫻花姊，要是能夠這樣的話該有多好。我眞的這樣想。打心裡這樣想。可是現在不行。就像剛才說過的那樣，我現在還不能離開這裡。有一點是因爲我正在戀愛。」

「你正在對一個不太能算現實的對象談著戀愛嗎？」

「也許可以這麼說。」

櫻花在電話上又再嘆氣。非常深的根本性的嘆息。「唉，像你這種年齡的孩子談起戀愛，大概都有相當不切實際的傾向，如果對方又脫離現實的話，那就很麻煩了。你知道嗎？」

「我知道。」

「嘿，田村老弟。」

「嗯。」

「如果有什麼事情的話，你就再打電話來這裡吧。不管幾點鐘都沒關係，不用客氣。」

「謝謝。」

我掛斷電話。然後回到房間，把〈海邊的卡夫卡〉的單曲唱片放在轉盤上，放下唱針。然後再度任音樂把我拉回到那個地方去。還有那個時間去。

我感覺到有人的動靜而醒來。週遭暗暗的。枕邊的時鐘夜光針指著3點過後。我在不知不覺之間竟然睡著了。從窗外照進來的庭園燈的微弱光線中，我看到她的身影。少女和每次一樣坐在同一張桌子前面，以和每次一樣的姿勢看著牆上的畫。在桌上托著腮，身體動也不動。我則和平常一樣一直躺在床上，屏著氣息，微微張開眼睛望著那剪影。窗外，從海邊吹來的風靜靜地輕搖著窗邊的四照花。

不過我終於發現，空氣中含有某種和平常不同的東西。異質性的什麼，把那絕對必須完美無暇的小世界的調和輕微卻決定性地擾亂了。我在昏暗中靜靜凝神注視。到底有什麼不同呢？一瞬間夜風轉強，流過我血管的血開始帶有黏稠的不可思議的重量。四照花的枝條在窗玻璃上畫著神經質的迷魂陣。我終於發現了。在那裡的剪影不是那個少女的剪影。非常相像。像得可以說幾乎一樣。可是卻完全不一樣。好像模仿些微失敗的兩張圖形重疊起來時那樣，有些細部錯開了。例如髮型不一樣。衣服不一樣。而且最大的不同，是那裡類似動靜的東西不同。我知道。我不禁搖搖頭。不是那個少女而是誰在那裡。發生了什麼。某種重要的事情開始啓動了。在不知不覺間，我在棉被裡緊緊握住拳頭。心臟終於沉不住氣地開始發出乾乾硬硬的聲音。開始刻起不同的時制。

以那聲音爲信號，椅子上的剪影開始動起來。就像一艘大船轉動船舵一樣，身體慢慢地轉動角度。她不再托腮，把臉轉向我這邊。我發現那是佐伯小姐。我依然屏著氣息，卻無法吐出空氣。在那裡的，竟然是現在的佐伯小姐。用別種說法來說的話，那是現實的佐伯小姐。她看著我好一陣子。就像在注視〈海邊的卡夫卡〉那幅畫時一樣地，安靜而集中精神。我思考著有關時間的軸。很可能在我所不知道的某個地方，時間發生了某種異變。因此現實和夢混合起來了。就像海水和河水混合起來一樣。我開始動腦筋想探尋那裡面應該含有的意思。可是並沒有得到任何結果。

她終於站起來，慢慢往我這邊走過來。就像平常那樣伸直背姿勢良好的走法。她沒穿鞋子，赤裸著腳。她一走，地板就發出輕微的傾軋聲。她在床邊靜靜地坐下來，暫時在那裡安靜不動。她的身體有確實的密度和重量。佐伯小姐穿著白色絲襯衫，深藍色及膝裙子。她伸出手，觸摸我的頭髮。手指在我的短髮之間撫弄著。那沒錯確實是現實的手。現實的手指。然後她站起來，在外面照進來的淡淡光線中，就像極平常的事情似地開始脫衣服。雖然並不急切，但其中也沒有猶豫。她以非常流暢自然的動作把襯衫扣子一一解開，脫下裙子，脫下內衣。衣服順序無聲地滑落地板上。柔軟的質料沒有發出聲音。她是睡著的。我知道。雖然眼睛確實是張開的。但佐伯小姐是睡著的。她的一切動作都是在睡眠狀態中進行的。

她脫光之後，就上了狹窄的床。白晰的手臂伸過來摟住我的身體。我的脖子感覺到她溫暖的氣息。大腿感受到她陰毛的碰觸。佐伯小姐大概以爲，我是她很久以前死掉的那個少年戀人。而且想在這個房間裡，依舊重做以前做過的事情。極自然地，以一件理所當然的事情，在睡著之間。在夢裡。

我想我必須想辦法叫醒佐伯小姐。我必須讓她醒過來。她把事情搞錯了。我必須告訴她其中有很大的差錯。這不是夢。是現實世界。可是一切都以實在太快的速度在往前進行。我無力阻止、挽回那流勢。我非常混亂，而且我自己，正被吞進時間的轉折裡去。

於是你自己，就被吞進時間的轉折裡去。

她的夢在一瞬間就把你的意識包進去了。像羊水般輕柔溫暖地包進去。佐伯小姐脫下你穿的T恤衫、平口褲。連連親吻你的頭，然後伸手握住你的陰莖。那已經像陶器般堅硬地勃起。她輕輕用手包住你的睪丸。然後什麼也沒說，把你的手導向她的陰毛下。性器溫暖而濡濕。她的唇吻著你的胸。吸著你的乳頭。你手指像被吸進去般，慢慢進入她裡面。

到底從哪裡開始你該負責呢？一面擦拭著意識視野的渾濁，你一面拚命想看出現在所處的位置。想要看清流向。想要掌握正確的時間軸。但是卻找不到夢與現實的界線。連事實與可能性的界線都找不到。你所知道的，只有自己現在正處於非常微妙的場所這件事而已。既微妙，同時又危險的場所。你在無法徹底究明預言的原理和邏輯之間，就那樣被包含進那進行中去了。就像某個河邊的城鎮被洪水沖過一樣。所有的道路標誌都沉沒在水底下。眼睛所能看到的只有家家戶戶的無名屋頂而已。

佐伯小姐跨到仰臥的你身上。張開腳，將你堅硬得像石頭的陰莖導入自己裡面。你無法選擇。她這樣選擇。她扭著腰像畫圖般深入。她直直的頭髮垂到你肩上，像柳枝般無聲地搖著。你逐漸被吞進柔軟的泥中。世界的一切是溫暖濡濕而不分明的，在那裡面只有你的陰莖是堅硬光澤的存在。你閉上眼睛作你自己的夢。時間的經過變得非常不明確。潮漲、月昇。不久你射精。當然你無法制止。在她裡面強烈地射精幾次。她收縮著，溫柔地收集你的精液。雖然如此她還在睡著。在睜著眼睛之下繼續睡著。她在別的世界。你的精液被吞進別的世界裡去。

經過漫長的時間。我動彈不得。我渾身麻痺。不過那是眞正的麻痺呢，或者只是我沒有想要移動身體的心情呢，自己也分不清楚。終於她從我身邊離開，暫時安靜地躺在我身旁。然後站起來，穿上內衣，穿上裙子，扣上襯衫的扣子。輕輕伸出手，再摸一次我的頭髮。一切都在無言中進行。試想一想，她從出現在這個房間到現在一次也沒有出聲過。傳到我耳朵裡來的只有地板輕微的傾軋聲，和不停吹著的風聲而已。房間的吐氣，輕輕震動的玻璃窗。只有這些是藏在我背後的合唱聲。

她在睡夢中走過地板，離開房間。門只稍微打開，她從那縫隙間像夢中的細魚般滑溜溜地溜出去。門無聲地關上。我從床上望著她出去。我依然處於麻痺狀態中。一根手指都抬不起來。嘴唇像被封印了般緊閉著。語言在時間的凹洞中沉睡著。

在身體無法動彈之下，我側耳細聽。心想從停車場那邊可能會傳來佐伯小姐 Volkswagen Golf 的引擎聲。但過了很久還聽不見那聲音。夜雲被風吹著飄過來，再飄過去。四照花的枝條輕微搖動，許多刀光在黑暗中閃亮。在那裡的窗戶是我心的窗戶，在那裡的門是我心的門。我就那樣醒著到天明。而且一直望著那無人的椅子。

第30章

兩個人越過低矮的圍牆，進入神社的樹林裡。桑德斯上校從上衣口袋拿出小手電筒，照亮腳邊。樹林裡有小徑。不是很大的樹林，但裡面的樹木都很古老，巨大、濃密的樹枝陰暗地覆蓋著頭上。腳下發出強烈的青草氣味。

桑德斯上校在前面帶頭走著，不過和先前不同，現在放慢了腳步。他一面以手電筒的燈光確認著腳下，一面小心謹愼地一步一步前進。星野青年在他身後跟著。

「嘿，歐吉桑，好像在考驗膽量啊。」青年朝桑德斯上校的白色背影出聲招呼。「有鬼噢。」

「你別盡說些無聊話。就不能安靜一下嗎？」桑德斯上校頭也沒回地說。

「是是。」

現在中田先生不知道在做什麼，青年忽然想到。可能還在被窩裡沉沉地睡著。那個人，是一旦睡著之後不管怎麼樣都不會醒來的那一型。好像熟睡這個詞是爲他而造似的。可是中田先生在那樣的長眠中到底會作些什麼樣的夢呢？青年無法想像。

「歐吉桑，還很遠嗎？」

「快到了。」桑德斯上校說。

「嘿，歐吉桑。」青年說。

「什麼事？」

「歐吉桑眞的是桑德斯上校嗎？」

桑德斯上校乾咳一聲。「其實不是。只是暫且打扮成桑德斯上校的樣子而已。」

「我也這樣想。」青年說。「那麼歐吉桑其實是什麼？」

「我沒有名字。」

「沒有名字不會不方便嗎？」

「不會。本來就沒有名字，也沒有形狀。」

「像屁一樣嗎？」

「你要這樣說也沒什麼不可。既然是沒有形狀的東西所以要變成什麼都行。」

「哦。」

「暫且叫做桑德斯上校，可以稱爲資本主義社會的符號。只是採取容易瞭解的形狀而已。米老鼠也行，只是迪士尼對肖像權太囉唆。要是被告就討厭了。」

「我也不太喜歡被米老鼠介紹女人。」

「我想也是吧。」

「而且我覺得歐吉桑扮成桑德斯上校的樣子，角色性格好像還滿適合的噢。」

「我沒有什麼角色性格。也沒有感情。『吾今若假化爲形言語，亦非神非佛，本非情之物，慮與人異。』」

「那是什麼意思？」

「上田秋成的《雨月物語》中的一節。反正沒啥過吧。」

「不是我自豪，沒啥過。」

「現在我就算假扮成人類的形狀出現在這裡，既不是神也不是佛。因爲本來就是沒有感情的東西，所以擁有跟人不同的心思意念。這樣的意思。」

「噢。」青年說。「我搞不太清楚，不過總之歐吉桑既不是人，也不是神不是佛對嗎？」

「『吾本非神非佛，亦非情。非情之物不問人間善惡，亦不隨之行止。』」

「我聽不懂。」

「因爲不是神也不是佛，所以沒有必要判斷人間的善惡。也沒有必要跟隨善惡的基準行動，這個意思。」

「也就是說歐吉桑，是超越善惡的存在。」

「星野老弟，這是太過於褒獎了。我並沒有超越善惡。只是沒關係而已。什麼是善什麼是惡，我不知道。我所追究的只有一個，我所處理的機能是不是完遂了。我是非常實用主義的存在。說起來是中立的客體。」

「機能完遂是指什麼？」

「你沒上過學校嗎？」

「算是上到高中，工業高中，因爲一直在飆車。」

「是指管理事物讓本來的機能都能夠順利完成。我的任務是管理世界和世界之間的相互關係。讓每件事物的順序都能整整齊齊。讓原因之後結果能出來。讓意義和意義不要混淆。讓現在之前有過去先來。現在之後有未來會來。當然多少有些顚倒也沒關係。畢竟世上沒有完美的東西，星野老弟。只要結果結帳下來收支平衡的話，我也不會一一挑毛病。別看我這樣，我也有大而化之的地方。說到大而化之，如果用更專門的說法就是『省略後續資訊的感應處理』，這個說來話長，反正星野老弟可能也無法理解，所以就此打住。總之我想說的是，我不會什麼事情都囉哩囉唆的。不過如果總帳收支不合的話，就傷腦筋了。這會變成責任問題。」

「我不太清楚，不過歐吉桑既然是任務這麼重大的人，爲什麼會在高松的後巷裡拉皮條呢？」

「我不是人。要我說幾次你才會懂呢？」

「不管是什麼都可以。」

「我拉皮條，是爲了帶星野到這裡來。也想請你幫個忙。所以才會以那樣便宜的價格讓你樂一下。當作一種儀式。」

「幫忙？」

「你聽好噢，就像剛才也說過的那樣，我是沒有所謂形狀這東西的。純粹意義上是隱喻式的，觀念性的客體。我可以變成任何形式，但卻沒有實體。要做現實性的作業無論如何實體這東西還是有必要的。」

「而現在這個場合，我是實體。」

「沒錯。」桑德斯上校說。

在黑暗的樹林小徑慢慢前進時，一棵粗大的橡樹下有個小祠堂。快要腐朽的古老小祠堂，既沒有供品也沒有裝飾，看起來好像只是被拋棄了，任憑風吹雨淋，被所有人遺忘的地方。桑德斯上校用手電筒照亮那祠堂。

「石頭在這裡面。你去打開門吧。」

「才不要咧。」星野青年說著搖搖頭。「神社裡的這種東西是不可以隨便打開的。要是打開的話一定會受到懲罰。鼻子掉了啦，耳朵掉了之類的。」

「沒關係。我說行就行。你開吧。不會受到懲罰。鼻子不會掉，耳朵也不會掉。你這個傢伙對於靈異的事情倒是挺守舊的嘛。」

「那麼歐吉桑自己打開不就好了嗎？我不想跟這種事情扯上關係。」

「你呀，眞是不懂事的傢伙。剛才已經說過了，我是沒有所謂實體這東西的。我只不過是抽象的觀念。自己什麼也做不了。所以才特地把你帶到這裡來，不是嗎？所以才以特別的優待價格讓你爽了三次，不是嗎？」

「嗯，雖然確實很舒服……可是實在提不起勁來。不管怎麼樣至少在神社裡不能做壞事，從小我爺爺就一直嚴厲地這樣告誡我。」

「爺爺的話忘掉吧。麻煩的關鍵時刻別把你那岐阜縣的鄉土道德觀搬出來。沒時間了。」

星野青年一面嘀嘀咕咕的抱怨著，還是戰戰兢兢地把祠堂的門打開。桑德斯上校用手電筒照亮裡面。那裡確實有一塊老舊的圓形石頭。就像中田先生說的那樣，形狀像圓形年糕那樣的石頭。大小像LP唱片那樣，白色扁扁的。

「這就是那塊石頭吧。」青年問。

「是啊。」桑德斯上校說。「拿出來吧。」

「等一下，歐吉桑。那樣就變成小偷了啊。」

「沒關係。這種石頭少了一塊誰也不會注意，而且誰也不會介意。」

「可是，這塊石頭總是神所擁有的東西吧。隨便拿走神一定會生氣的。」

桑德斯上校雙手交抱胸前，一直注視著星野的臉。「你說的神是什麼？」

被這麼一問，青年落入沉思。

「神長成什麼樣子，在做些什麼事情？」桑德斯上校又再追問。

「這種事情我也不太清楚。可是神就是神嘛。到處都有神，在看著我們所做的事情，判斷善與惡。」

「那樣簡直就像足球賽的裁判嘛。」

「或許也可以這麼說。」

「那麼，神是不是穿著短褲，嘴上含著哨子，計算著比賽時間呢？」

「歐吉桑你還眞是難纏哪。」星野青年說。

「日本的神和外國的神是親戚呢，還是敵人呢？」

「誰知道啊？這種事情。」

「你聽好噢，星野老弟。神是只存在於人的意識中的。尤其在日本這個地方，不管是好是壞，所謂神終究是可以隨意通融的東西。證據就是戰前本來被視爲神的天皇，接受了占領軍總司令道格拉斯・麥克阿瑟將軍『不要再當神』的指示之後，就說『好的，我已經是普通人了』，從1946年以後就不再是神了。日本的神，就是可以這樣調整的。只不過受到叼著廉價菸斗戴著太陽眼鏡的美國軍人一點指示，就可以改變身分。是這麼超後現代主義的東西。你以爲有就有。你以爲沒有就沒有。這種東西你又何必一一去在意呢。」

「噢。」

「總之去把那塊石頭搬出來吧。我會幫你負起一切責任。我雖然既不是神也不是佛，不過多少還有一點關係。會讓你不受到懲罰。」

「眞的會幫我負責嗎？」

「說話算話。」桑德斯上校說。

星野青年伸出手，簡直像在處理地雷似地，把那石頭小心地抬起來。

「好重啊。」

「石頭本來就重。又不是豆腐。」

「不，以石頭來說這東西也特別重。」星野青年說。「那麼，這個要怎麼辦呢？」

「你帶回去，只要放在枕頭邊就好了。往後的事情就順其自然吧。」

「你是說，把這個，帶回旅館嗎？」

「如果太重的話可以搭計程車啊。」桑德斯上校說。

「可是可以嗎？隨便搬到那麼遠去？」

「聽好，星野老弟。一切物體都是在移動的途中。地球和時間和概念，愛和生命和信念，正義和邪惡，一切的事物都是液態的過渡性東西。沒有任何一樣東西會以一個形式永遠留在一個地方的。連宇宙本身也是個巨大的黑貓宅急便快遞呀。」

「噢。」

「石頭只是現在、暫時以石頭的形式存在那裡而已。星野老弟稍微幫它移動一下，它並不會因此就有什麼改變。」

「可是，歐吉桑，這塊石頭爲什麼那麼重要呢？看起來並不是什麼特別不得了的東西呀。」

「正確說的話，這塊石頭本身並沒有意義。因爲某種狀況需要有某種東西，碰巧需要的是這塊石頭。俄國作家安東·契訶夫說得好。他說啊，『如果故事中出現槍的話，那就必須發射。』你知道爲什麼嗎？」

「不知道。」

「嗯，我想你是不知道吧。」桑德斯上校說。「雖然我想你不可能知道，不過禮貌上還是問一問。」

「謝謝您了。」

「契訶夫想說的意思是這樣的。所謂必然性，是獨立的概念。那跟邏輯或道德或意義，是成立方式不同的東西。終究是以作用的機能集合而成的東西。如果在作用上不是必然的東西，就不該存在在那裡。作用上必然的東西，就該存在在那裡。這是戲劇論。邏輯和道德和意義並不存在於本身，而是從關聯性中產生的。契訶夫很了解所謂的戲劇論。」

「我完全無法理解。太難了。」

「你所抱著的石頭，就是契訶夫所說的『槍』。那不能不發射。在這個意義上來說就是很重要的石頭了。是很特別的石頭。可是其中並沒有什麼神聖性。所以星野老弟也不必擔心會受到神的懲罰。」

星野青年皺皺眉。「這塊石頭是槍啊？」

「只是在隱喻上的意思而已。並不是眞的會有子彈射出來。你放心好了。」

桑德斯上校從上衣口袋拿出一條大布巾，交給星野青年。「你用這個把石頭包起來。畢竟是不想讓人家看到。」

「你看結果不還是小偷嗎？」

「你說什麼嘛。眞難聽。才不是小偷呢。這是爲了重要的目的，暫時借用一下而已。」

「好吧，好吧。我知道了。根據戲劇理論讓物質做必然性的移動而已嘛。」

「就是這麼回事。」桑德斯上校點頭說。「你已經懂了嘛。」

星野青年抱著用深藍色布巾包著的石頭回到林間的小徑。桑德斯上校用手電筒照出青年的腳下。石頭比看起來重得多，中途不得不停下幾次來休息一下，喘一口氣。兩個人走出樹林後，爲了避免被人發現，急忙穿過明亮的神社，來到大馬路上。桑德斯上校舉手攔下一輛經過的計程車，讓抱著石頭的青年上車。

「只要把這個放在枕頭邊就行了嗎？」青年問。

「對。只要這樣就行了。不用多想。石頭在那裡最重要。」桑德斯上校說。

「我應該感謝歐吉桑的。謝謝您告訴我石頭在哪裡。」

桑德斯上校微微笑一笑。「不用道謝。只是做了我該做的事情。機能完遂、任務達成而已。不過那個女人很漂亮吧？星野老弟。」

「嗯。不得了噢。歐吉桑。」

「那太好了。」

「可是，那個女人是眞的嗎？不是狐狸，或什麼抽象東西之類的麻煩東西吧？」

「既不是狐狸，也不是什麼抽象東西。是實物的性愛機器。百分之百的愛慾四輪驅動車。我辛辛苦苦找來的。你放心吧。」

「那就好。」青年說。

星野青年把布巾包著的石頭放在中田先生枕頭邊時，已經是半夜1點過後了。他想與其放在自己的枕頭邊，不如放在中田先生的枕頭邊應該比較不會受到神的懲罰。中田依然如預料中的那樣像木頭般熟睡著。青年把布巾解開，讓石頭可以被看見。然後換上睡衣鑽進鋪在旁邊的棉被裡去，轉眼之間就睡著了。作了一個短夢，夢見穿著短褲露出多毛小腿的神在運動場上吹著哨子到處跑。

中田先生第二天早晨不到5點就醒來，看見枕頭邊的那塊石頭。

第31章

1點過後，我把剛泡的咖啡送到二樓的書房。門和平常一樣地敞開著。佐伯小姐站在窗邊看著外面。一隻手搭在窗框上，不知道在想什麼。另一隻手則下意識地玩弄著襯衫的扣子。桌上既沒有鋼筆，也沒有稿紙。我把咖啡杯放在書桌上。天空覆蓋著薄薄的雲，也聽不見鳥啼聲。

佐伯小姐看見我，好像才忽然回過神似地離開窗邊，回到書桌前的椅子上喝一口咖啡。然後要我坐在昨天那張椅子上。我在那裡坐下來。隔著書桌，看著她喝咖啡。佐伯小姐是否還記得一些昨天晚上的事情呢？說不上來。看起來她好像什麼都知道，又好像完全不知道的樣子。我想起她的裸體。想起她身體每個部位的觸感。但那是否眞是這位佐伯小姐的身體，我連這點都無法確定。雖然當時覺得非常眞實。

佐伯小姐穿著有光澤的淺綠色襯衫，米色窄裙。領口露出細細的銀色項鍊。非常高雅。她修長細緻的十指放在桌上，像設計精緻的藝品般美麗地交叉著。

「怎麼樣，喜歡上這個地方了嗎？」她問我。

「妳是說高松嗎？」我反問她。

「是的。」

「不知道。因為好像幾乎哪裡都沒看過的樣子。我在這裡所看到的，只是碰巧經過的地方。像圖書館、體育館、車站、飯店……之類的地方而已。」

「你覺得這些地方很無聊嗎？」

我搖搖頭。「不太清楚。老實說，我沒有無聊的時間，因為都市大體上看起來都是一樣的，所以……這裡是無聊的地方嗎？」

她做了一個像稍微聳肩的動作。「至少年輕時候曾經這麼想過。想要離開。想離開這裡，到其他東西更特別、人更有趣的地方去。」

「人更有趣嗎？」

佐伯小姐輕輕搖搖頭。「當時太年輕了。」她說。「年輕時候大概都會那樣想。你的情況呢？」

「我從來沒有那樣想過。我沒有想過如果到其他什麼地方去，就會遇到其他什麼有趣的東西。我只是想要到外面去。只是不想待在那裡而已。」

「那裡？」

「中野區的野方。我出生和長大的地方。」

聽到這地名時，她的眼睛似乎有閃過什麼的痕跡。不過我不能確定。

「從那裡出來之後考慮要去哪裡，沒有太大的問題嗎？」佐伯小姐說。

「是的。」我說。「沒有太大的問題。總之只想到如果不離開那裡的話會變得很糟糕。所以就出來了。」

她看看放在桌上的雙手。以非常客觀的眼神。然後安靜地說。

「我跟你想的差不多一樣。20歲的時候，離開這裡的時候我想，」她說，「如果不離開這裡的話，自己會活不下去。而且堅信我以後再也不會看到這塊土地了。想都沒想過要回來。可是發生了很多事情之後，還是不能不回來。就像回到出發點一樣。」

佐伯小姐轉過頭，看看敞開的窗外。覆蓋天空的雲調子完全沒有變化。風也沒有吹。看得見的東西就像電影攝影用的背景畫一般動也不動一下。

「人生會發生許多意想不到的事情噢。」佐伯小姐說。

「妳是說，所以我有一天也可能又再回到原來的地方去嗎？」

「那當然不知道。那是你的事情，而且可能是很久以後的事情。只是我想，出生的地方和死去的地方對人來說是非常重要的事情噢。當然出生的地方由不得自己選擇。可是死的地方某種程度還是可以選擇的。」

她的臉依然向著窗外安靜地說。簡直像在跟身在窗外的某個虛構的人說話。然後才像忽然想起來似地轉向我。

「我怎麼會跟你坦白談起這種事情噢？」

「因爲我是跟這塊土地沒有關係的人，而且年齡也差很多。」我說。

「嗯，大概是這樣。」她承認。

然後有一陣子落入沉默。20秒或30秒左右。在那之間我們可能分別想著不同的事情。她拿起杯子喝一口咖啡。

我鼓起勇氣開口說。「佐伯小姐，我想我也有事情不得不向妳坦白說出來。」

她看看我的臉。然後微笑。「換句話說我們在互相交換著自己的祕密噢？」

「我的算不上什麼祕密。只是假設而已。」

「假設？」佐伯小姐反問我。「你要坦白你的假設？」

「是的。」

「好像很有趣的樣子。」

「是剛才話題的繼續。」我說。「也就是說佐伯小姐回到這個地方來，是不是爲了要死在這裡？」

她嘴角浮現安靜的微笑，像黎明的白色月亮一樣。「也許會變成那樣也不一定。不過不管怎麼樣，如果拿實際上的日常生活來看，並沒有很大的差別——不管是爲了活下去，或爲了死，所做的事情大概都一樣。」

「佐伯小姐想死嗎？」

「這個嘛。」她說。「我自己也不太清楚。」

「我父親是想尋死的。」

「你父親死了嗎？」

「不久以前。」我說。「剛剛不久以前。」

「爲什麼你父親會想死呢？」

我深深吸一口氣。「我一直無法理解那原因。不過現在，我開始知道了。來到這裡之後才終於知道了。」

「爲什麼呢？」

「我想我父親是愛妳的。可是卻無論如何都沒辦法把妳帶回他自己身邊。或者說，根本從最初開始，他就無法眞正得到妳。我父親知道這個。所以想尋死。而且希望藉由既是自己的兒子，也是妳的兒子的我，親手殺死。而且父親希望我以妳和姊姊爲對象相交。那是對我的預言，也是詛咒。他在我身上做了這樣的系統設定。」

佐伯小姐把手上拿著的咖啡杯放回碟子上。發出喀噹一下非常中立的聲音。她從正面看著我的臉。可是她看到的並不是我，而是某個地方的空白。

「我認識你父親嗎？」

我搖搖頭。「就像剛才也說過的那樣，這是假設。」

她雙手重疊地放在桌上。嘴角依然留著些許的微笑。

「在那假設之中，我是你的母親對嗎？」

「對。」我說。「妳跟我父親一起生活，生下了我，然後又遺棄我而離家出走。那是在我剛剛滿四歲的夏天。」

「那是你的假設。」

我點點頭。

「所以你昨天才會問我，有沒有小孩，對嗎？」

我點點頭。

「而我則說無法回答那樣的問題。既不說 yes，也不說 no。」

「對。」

「所以假設依然以假設作用著。」

我再點一次頭。「作用著。」

「那麼……你父親是怎麼死的？」

「被人殺死的。」

「不是你殺的吧？」

「不是我殺的。我沒有下手。以事實來看，我有不在場證明。」

「可是你卻不太確定？」

我搖頭。「我不確定。」

佐伯小姐再一次拿起咖啡杯，喝了一小口。但是沒有味道。

「爲什麼你父親，非要對你下那樣的詛咒不可呢？」

「我想他是想要我接著繼續去實現他自己的意志吧。」我說。

「也就是來追求我嗎？」

「是的。」我說。

佐伯小姐看著手上拿著的咖啡杯裡，然後再度抬起頭。

「於是——你在追求我嗎？」

我只清楚地點了一次頭。她閉上眼睛。我一直注視著那閉著的眼瞼。我透過那眼瞼，可以看到她所看到的黑暗。那裡面正浮現著各種奇怪的圖形。忽而浮上來忽而消失而去。她終於慢慢睜開眼睛。

「你是指跟隨假設，對嗎？」

「這跟假設沒有關係。我需要妳，那已經超過假設了。」

「你想跟我做愛嗎？」

我點點頭。

佐伯小姐像看什麼炫眼的東西似地瞇細了兩邊的眼睛。「你到目前爲止跟女人做過愛嗎？」

我再點一次頭。昨夜，和妳，我想。卻說不出口。她什麼都不記得了。

她彷彿嘆氣般吐了一口氣。「田村君，我想你也知道，你才15歲，我已經超過50歲了噢。」

「問題沒有這麼簡單。我們不是在談這種時間。我認識15歲時候的佐伯小姐。我是愛戀著15歲時的妳。愛得非常深。而且透過她，愛上妳。那個少女現在還活在妳裡面。一直睡在妳裡面。可是當妳睡著的時候，她卻開始動起來。我可以看得見。」

佐伯小姐再一次閉上眼睛。我看到她那眼瞼在輕微地抖顫。

「我正愛戀著妳，這是非常重大的事情。佐伯小姐應該也知道的。」

她好像從海底浮上來的人似地，嘆了一口大氣。然後想找話來說。卻沒有找到適當的語言。

「田村君，很抱歉你出去好嗎？我想一個人靜一靜。」她說。「出去的時候順便把門關上。」

我點點頭從椅子上站起來，正要走出去。可是有什麼把我拉回來。我在門口站住，轉回頭，穿過房間走到她身邊。然後伸手觸摸佐伯小姐的頭髮。我的手指從頭髮之間移到她小巧的耳朵。我忍不住非這樣做不可。佐伯小姐似乎吃驚地抬起頭，稍微猶豫了一下然後把手放在我的手上。

「不管怎麼樣，你，你的假設，是朝著相當遠的目標在投石頭的。你知道嗎？」

我點點頭。「我知道。不過只要通過隱喻，那距離就可以大爲縮短了。」

「可是我和你都不是隱喻。」

「當然。」我說。「可是透過隱喻，卻可以將梗在我跟妳之間的東西省略掉很多。」

她依然抬著頭看我，又再微微一笑。「這是我到目前爲止，耳朵所聽過的最奇怪的求愛說法。」

「很多事情都有一點奇怪。不過我想我正在接近眞實。」

「是很實際地朝向隱喻式的眞實接近？還是朝向實際的眞實隱喻性地接近？或者是相互而互補地互動著呢？」

「不管怎麼樣，我已經無法再忍受現在身在這裡的哀愁心情了。」

「這點我也一樣。」

「所以妳才會回到這個地方來，準備要死。」

她搖搖頭。「並沒有打算要死。其實說眞的，我只是在這裡，等著死的來臨而已。就像在車站的長椅上坐著等火車來一樣。」

「妳知道那火車要來的時刻嗎？」

她放開我的手，用指尖觸摸著眼瞼。

「田村君，我到現在爲止人生已經持續磨損很多了。自己一直在磨損下去。在應該停止活下去的時候，沒有停止。明明知道是沒有意義的事情，卻不知道爲什麼無法停止。結果，只爲了度過時間，而繼續做著沒道理的事情。就這樣傷害著自己，又因爲傷害自己而傷害到別人。所以我現在正受到這個報應。或者也可以說是受到詛咒。我有一段時期曾經獲得太完美的東西。所以後來只好一直蔑視自己。這就是我的詛咒。只要還活著我就無法逃出那詛咒。所以我並不怕死。而且如果要回答你的問題的話，那個時刻我大概知道。」

我再一次牽起她的手。天秤正在搖擺著。只要稍微在任何一邊加一點力量，就會偏向那一邊。我不能不思考。我不能不判斷。我不能不踏出腳步。

「佐伯小姐，妳肯跟我睡覺嗎？」我說。

「就算我在你的那個假設中，是你的母親也一樣嗎？」

「對我來說，一切都在移動之中，一切看起來都像擁有雙重意義。」

她思考了一下這個。「可是對我來說也許不是這樣。事情完全不是階段性的，而可能是百分之零或百分之百。」

「至於是哪一邊，妳很清楚？」

她點點頭。

「佐伯小姐，我可以問一個問題嗎？」

「什麼事情？」

「妳是在哪裡找到那兩組和弦的？」

「兩組和弦？」

「〈海邊的卡夫卡〉的過門和弦。」

她看著我的臉。「你喜歡那和弦？」

我點點頭。

「那兩組和弦，我是在非常遠的古老房間裡找到的。當時那房間的門是開著的。」她安靜地說。「在非常非常遙遠的房間。」

然後佐伯小姐閉上眼睛回到記憶裡去。

「田村君，出去的時候把門帶上。」她說。我照她說的做。

圖書館關門之後，大島先生用車子載我，帶我到稍微有點距離的一家海鮮餐廳吃飯。餐廳的大窗戶可以看到夜晚的海。我想到活在海裡的那些生物。

「偶爾到外面來，吃一點有營養的像樣東西比較好。」他說。「看來警察沒有在這裡監視的樣子。現在應該不必那麼緊張。轉換氣氛輕鬆一下吧。」

我們吃了大盤的沙拉，點了一鍋西班牙海鮮飯（paella）兩個人分吃。

「我想有一天去西班牙。」大島先生說。

「爲什麼是西班牙？」

「去參加西班牙內戰。」

「西班牙內戰早就結束了。」

「我知道。羅卡（譯註：Federico García Lorca，1899-1936，西班牙詩人）死掉了，海明威則活下來。」大島先生說。「不過我也有去西班牙，參加西班牙內戰的權利。」

「隱喻式地。」

「當然。」他皺著眉說。「連四國都幾乎沒離開過的一個血友病患、而且性別不明的人，不可能實際去西班牙打戰吧。」

我們一面喝著沛綠雅氣泡礦泉水一面吃了大量的 paella 海鮮飯。

「我父親的事件有沒有什麼進展？」我問。

「好像沒什麼値得一提的進展。至少目前，報紙上幾乎沒再刊登這個事件的消息。除了藝術版一本正經的追悼紀事之外，沒有別的報導。可能搜查無從下手吧。很遺憾最近日本警察的破案率逐漸下降。就像平均股票價格下降一樣。畢竟連行蹤不明的兒子都找不到啊。」

「15歲的少年。」

「15歲，有暴力傾向，滿懷心事離家出走的少年。」大島先生補充道。

「從天空掉下什麼東西的事件呢？」

大島先生搖搖頭。「那方面好像也暫時打下小休止符。自從那次以後就沒有什麼奇怪的東西從天上掉下來了。除了前天國寶級的驚人落雷之外。」

「狀況沉靜下來了嗎？」

「看起來也可以這麼說。或者，我們只是在颱風眼裡而已也說不定。」

我點點頭拿起一顆海貝，用叉子取出貝肉來吃。把貝殼放進裝殼的容器裡。「你還在戀愛嗎？」大島先生問。

我點點頭。「大島先生呢？」

「你問我是不是在戀愛嗎？」

我點點頭。

「換句話說，你正對一個具有性別認同障礙的同性戀者，這樣不正常的我私生活多彩的反社會性羅曼史，勇敢提出深入的質問是嗎？」

我點點頭。他也點點頭。

「是有伴侶喲。」大島先生說。然後面有難色地吃著鮮貝。「並不是像普契尼歌劇中所表現的那樣激情的戀愛。怎麼說呢，是一種若即若離的狀態吧。我們只偶爾才見面。不過我想基本上我們彼此有深入的瞭解。」

「互相瞭解嗎？」

「海頓作曲的時候，總是戴著有模有樣的假髮，穿著正式的服裝。頭髮甚至還敷上粉。」

我有點吃驚地看看大島先生的臉。「海頓？」

「不這樣的話，他沒辦法好好作曲。」

「爲什麼？」

「不知道爲什麼。那是海頓和假髮之間的問題。別人不知道。可能也無法說明。」

我點點頭。

「大島先生，一個人獨處的時候想到對方，心情會不會變得很悲哀？」

「當然。」他說。「每次有什麼狀況的時候，尤其是月亮顯得蒼白的季節。尤其是候鳥南飛的季節。尤其是——」

「爲什麼是當然呢？」我問。

「因爲每個人都藉著戀愛，在尋找自己所缺失的一部分。所以一想到正在愛戀的對方時，就算有多少之分，心情總是會變得悲哀起來。好像一腳踏進了很久以前失去了、但還懷念著的房間似的心情。這是當然的。這種心情並不是你發明的。所以最好不要去申請什麼專利權。」

我放下叉子抬起頭。

「在遙遠的地方令人懷念的古老房間？」

「沒錯。」大島先生說。並把叉子舉在空中。「當然只是隱喩式的。」

夜晚過了9點，佐伯小姐來到我的房間。我在椅子上坐著看書時，從停車場傳來Volkswagen Golf的引擎聲，聲音停下來。聽得見車門關上的聲音。橡膠底的鞋子聲音慢慢穿過停車場。終於聽到敲門聲。我打開門，佐伯小姐就站在那裡。今天的她並不是睡著的。穿著細條紋的棉襯衫，薄料子藍色牛仔褲，白色帆船鞋。我第一次看到她穿長褲的模樣。

「好懷念的房間。」她說。然後站在牆上掛的那幅畫前面，看著畫。「好懷念的畫。」

「這幅畫中所畫的場景是在這附近嗎？」我問。

「你喜歡這幅畫嗎？」

我點點頭。「是誰畫的？」

「那年夏天的時候，寄住在甲村家的年輕畫家。不是多有名的畫家。至少當時沒什麼名氣。所以名字我也忘了。不過人很好，我覺得這幅畫也畫得非常好。裡面有某種很強烈的力量。他在畫這幅畫的時候，我一直在旁邊看著。一面在旁邊看著，一面半開玩笑地提出各種要求。我們處得很好。我跟那個畫家。很久以前的夏天。當時我才12歲。」她說。「而且畫中的男孩子也是12歲。」

「場景好像是這附近的海岸。」

「來吧。」她說。「我們去散散步。我帶你到那個地方去。」

我跟她一起走到海邊。穿過松林，走在夜晚的沙灘。雲朵裂開，只剩一半的月光照出海浪。輕微湧起，再輕微濺碎的小浪。在沙灘的某個地方她坐了下來。我也在她身旁坐下。沙還留有些微溫度。她從那裡像衡量著角度般，指出海浪起伏的一個峰邊。

「就在那裡。」她說。「從這個角度，畫那個場景。擺上海灘椅，讓男孩子坐下。在這一帶立起畫架。我還記得很清楚。島的位置也和畫的構圖符合吧？」

我看看她手指的地方。確實島的位置好像符合。不過怎麼看，都不像是畫中所畫的場所。我這樣說。

「因爲完全變了啊。」佐伯小姐說。「畢竟已經是40年前的事了。地形當然改變了。海浪啦、風啦、颱風啦，各種因素都會使海岸的形狀改變。把沙削除掉，或把沙搬運過來。可是沒有錯。就是這裡喲。那時候的事情我現在都還記得清清楚楚。還有那年夏天是我第一次月經來潮的時候。」

我和佐伯小姐什麼都沒說地注視著風景。雲改變形狀，使月光形成斑斑塊塊的光影。風偶爾穿過松林，發出好像很多人正在用掃把掃地似的聲音。我用手撈起沙子，讓沙從指間慢慢漏掉。沙紛紛落下，就像逝去的時間一樣，和其他的沙再度混合在一起。我重複這樣做了好幾次。

「你現在在想什麼？」佐伯小姐問我。

「想去西班牙。」我說。

「去西班牙做什麼？」

「吃美味的paella。」

「這樣而已？」

「參加西班牙內戰。」

「西班牙內戰在60多年前就已經結束了噢。」

「我知道。」我說。「Federico García Lorca 死掉了，海明威則活下來。」

「不過你想參加對嗎？」

我點點頭。「把橋炸掉。」

「然後跟英格麗褒曼談戀愛。」（譯註：英格麗褒曼是改編自海明威的小說《戰地鐘聲》（For Whom the Bell Tolls）同名電影中的女主角。）

「可是事實上我在高松，和佐柏小姐談戀愛。」

「沒那麼順利噢。」

我伸出手摟著她的肩膀。

你伸出手摟著她的肩膀。

她靠在你身上。然後時間又再流過很久。

「你知道嗎？很久以前我做過跟這完全一樣的事情。在完全一樣的地方。」

「我知道。」你說。

「你怎麼會知道？」佐伯小姐說。然後看看你的臉。

「因爲我那時候在那裡。」

「在那裡爆破橋是嗎？」

「在那裡爆破橋。」

「隱喻式地。」

「當然。」

你用雙手抱住她，抱緊她，親吻她。在你的手臂中，你感覺到她身體的力氣慢慢放鬆下來。

「我們都在作著夢。」佐伯小姐說。

都在作著夢。

「你爲什麼死了呢？」

「沒辦法不死啊。」你說。

你和佐伯小姐走過沙灘回到圖書館。然後關掉房間的燈光，拉上窗戶的窗簾，什麼也沒說地在床上擁抱。幾乎和昨夜相同的事情，幾乎和昨夜同樣地反覆。不過只有兩個地方不同。做完之後她哭了。這是一個。頭埋在枕頭裡，久久不出聲地哭。你不知道該怎麼辦才好。你輕輕地把手放在她赤裸的肩上。心想不能不說點什麼。可是你不知道該說什麼才好。語言在時間的凹洞裡死掉了。無聲地沉積在黑暗的火山口湖底。這是一個。然後她回去的時候，這次聽得見Volkswagen Golf的引擎聲音。這是第二個。她發動引擎，然後熄火，好像在考慮什麼似地隔了一下，再發動一次引擎，從停車場開出去。從關掉引擎到重新發動一次之間的空白，讓你的心感到非常悲哀。那空白像從海上飄來的霧一般飄進你心裡去。長久留在你心裡。而且終於成爲你的一部分。

佐伯小姐離開之後留下淚濕的枕頭。你一面用手撫摸著那濕氣，一面望著窗外的天空逐漸開始泛白。耳邊傳來遠方烏鴉的啼聲。地球繼續緩慢地旋轉著。而另一方面與那有別的是，大家都在夢中活著。

第32章

中田先生在早晨5點前醒過來，看到枕頭邊放著一塊大石頭。星野則在旁邊的棉被裡沉沉地睡著。嘴巴半開，頭髮亂蓬蓬的。中日龍隊的帽子滾在枕頭邊。從青年的睡臉上可以看出「不管怎麼樣都不會醒來」似的堅定意志。中田先生對於那裡有石頭既不覺得驚訝，也不感到奇怪。他的意識當場即刻就順應了枕頭邊有石頭存在的這個事實，就那樣接受了，並沒有朝「爲什麼有這東西在這裡」的方向去想。很多情況中田先生都顧不了那麼多，無法去考慮事情的因果關係。

中田先生在枕邊端正地跪坐著，熱心地看那石頭一陣子。終於伸出手，簡直像在撫摸一隻熟睡的大貓時那樣輕輕觸摸石頭。剛開始是戰戰兢兢的用指尖碰，知道沒問題之後，才大膽而細心地用手掌撫摸表面。一面撫摸著石頭，他一面始終一直在思考著什麼。或者臉上露出正在思考什麼似的表情。他的手像在讀地圖時一樣地，把那粗粗的石頭感觸的每個細部角落都記憶起來，哪裡凹進去哪裡凸出來都一一具體地記憶起來。然後好像忽然想到似地，用手摸摸自己的頭，來回撫摩著短髮。簡直像在探求石頭和自己的頭之間的相互關係似的。

終於他嘆氣似地吐出一口氣站了起來，打開窗戶把臉探出去。從房間的窗戶只能看到隔壁大樓的後面。非常落魄的大樓。是一些落魄的人在裡面做著落魄工作過著落魄日子的落魄大樓。任何都市的道路都有這種極不受寵的建築物。如果是查爾斯・狄更斯的話，對這種建築物，可能可以繼續描寫10頁吧。飄浮在大樓上的雲，看來就像很久沒有取出來的吸塵器中的灰塵硬塊似的。或者也像是將第三次工業革命所衍生出來的各種社會矛盾，凝聚成幾種形狀就那麼讓它浮在空中似的。不管怎麼樣都好像快要下起雨來了。中田先生往下看時，一隻瘦瘦的黑貓正在大樓與大樓之間的狹窄圍牆上，翹著尾巴來回走著。

「今天雷公會來。」中田先生對著貓這樣出聲招呼。但那聲音似乎沒有傳到貓的耳裡。貓既沒有回頭，也沒有停下腳步，就那樣優雅地繼續走著，消失到建築物的後面去了。

他拿著裝有洗臉用具的塑膠袋，走到走廊前面的公共洗臉間去，用肥皂洗了臉，刷了牙，用安全刮鬍刀刮了鬍子。每一項作業都很花時間。他花了很長的時間仔細地洗臉，花了很長的時間仔細地刷牙，花了很長的時間仔細地刮鬍子。用剪刀剪鼻毛，修整眉毛，清潔耳朵。本來他的個性做什麼都很花時間，今天早晨的情況更是做得特別慢。早晨這麼早也沒有別人洗臉，而且要等早餐準備好還要過一些時間。星野先生暫時還不會醒的樣子。中田先生不必顧慮任何人，便一面對著鏡子悠閒地打理自己，一面想起前天在圖書館的書上看到的各種貓的臉。因爲不識字所以不知道貓的種類。但是那上面每隻貓一張一張的臉，他都記得很清楚。

「世界上眞是有各種貓啊。」中田先生一面用耳挖子清著耳朵一面想。由於有生以來第一次到圖書館去，中田先生痛切地認識到自己對事物是多麼的無知。世界上自己所不知道的事情眞是無限多。可是一想起有關無限時，中田先生的頭就開始微微痛起來。要說當然也是當然的，無限是沒有止盡的。於是他不再去想有關無限的事。再一次想起出現在攝影集《世界的貓》裡的那些貓。他想要是能跟那些貓的每一隻都說些話，不知道有多好。世界上大概有各種想法，有各種說話方法，有各種貓吧。然後中田先生想到「外國的貓大概說的也是外國話吧」。可是這也是個很難的問題。中田先生的頭又開始痛起來。

清洗完畢之後，他到廁所去像平常那樣地辦完大事。這方面倒沒有花多久時間。中田先生拿著裝了洗臉用具的袋子回到房間。星野先生還和剛才一樣絲毫沒有改變姿勢地熟睡著。中田先生把他脫了丟在地上的夏威夷 Aloha 絲衫和牛仔褲撿起來，方方正正地折整齊。然後疊放在青年的枕頭邊，並像在累積起來的幾個概念上附加一個標題似地，把中日龍隊棒球帽放在那最上面。然後脫下睡衣，換上每次穿的襯衫和長褲。反覆搓著雙手，大大地做深呼吸。

他再一次在石頭前面端正地跪坐著，一直望著石頭，戰戰兢兢地伸手觸摸表面。「今天雷公要來。」中田先生沒有對著誰，兀自這樣說。或是對著石頭說。然後自己點了幾次頭。

中田先生正在窗邊做著體操時，青年才好不容易醒過來。中田先生一面自己嘴裡小聲哼著收音機體操的旋律，一面合著旋律運動身體。星野青年半睜開眼看看手錶。時刻是8點過一點。然後他轉過頭，確認中田先生棉被的枕頭邊確實有石頭。石頭比在黑暗中看到時大得多，顯出粗粗的石頭質地。

「原來不是作夢。」青年說。

「你在說什麼？」中田先生問。

「石頭啊。」青年說。「石頭確實在這裡。不是作夢。」

「有石頭。」中田先生一面繼續做體操，一面簡潔地這樣說。那語言的聲音聽起來簡直就像19世紀德國哲學家的重要命題一般。

「嘿，那塊石頭爲什麼會在這裡眞是說來話長噢。歐吉桑。」

「是的。中田也覺得可能是這樣。」

「算了沒關係。」青年說著在棉被上坐起來，深深嘆一口氣。「怎麼樣都無所謂。總之石頭在這裡。長話短說的話。」

「有石頭。」中田先生說。「這是非常重要的事。」

關於這個星野本來想說什麼，但發現肚子空空的非常餓。

「歐吉桑，不管怎麼樣，去吃早餐吧。」

「是啊。中田肚子也餓了。」

早餐後，青年一面喝著茶一面問中田先生。

「那塊石頭現在要怎麼辦？」

「要怎麼辦才好呢？」

「嘿，少來了。」星野青年一面搖頭一面說。「因爲歐吉桑說非要找到那塊石頭不可，所以我昨天晚上才想辦法找來的啊。怎麼現在還問我什麼『怎麼辦才好』，那我可就傷腦筋了。」

「是的。正如星野先生說的那樣，可是老實說，中田現在還不太知道該怎麼辦才好。」

「那就傷腦筋了。」

「是很傷腦筋。」中田先生說，但臉上表情卻看不出有多傷腦筋的樣子。

「你的意思，是不是要花一點時間思考就會漸漸知道呢？」

「是的。中田也想可能要這樣。因爲中田做什麼都要比別人花更多的時間。」

「可是，中田先生。」

「是的，星野先生。」

「我雖然不知道是誰取的名字，不過因爲既然有所謂『入口的石頭』這名字，一定是從前，曾經是通往某個地方的入口吧。或者有這一類的傳說，有說明的文字之類的啊。」

「是的。中田也想可能是這樣。」

「你是說，你也不知道那是什麼入口，對嗎？」

「是的。中田還不知道。因爲我以前雖然常常跟貓說話，可是卻還沒有跟石頭說過話。」

「要跟石頭說話好像很難吧。」

「是的，這和跟貓說話很不一樣。」

「可是不管怎麼樣，這樣重要的東西我從神社的祠堂裡擅自搬出來，眞的不會受到神的懲罰嗎？我也漸漸擔心起來喲。既然已經拿出來就算了，可是以後怎麼收拾也很傷腦筋。桑德斯上校雖然說不會受到神的懲罰，可是我現在覺得總是還有不能完全信任他的地方。」

「桑德斯上校？」

「有一個歐吉桑的名字。就是常常站在肯德基炸雞店前面看板上的歐吉桑啦。穿著白色西裝，留著鬍子，戴著不太醒目的眼鏡……你不知道嗎？」

「不好意思，這方面中田不知道。」

「這樣啊，你不知道肯德基炸雞。現在倒是很稀奇。不過沒關係。本來這個歐吉桑本身就是抽象的概念。既不是人，也不是神，也不是佛。因爲是抽象概念所以沒有形體。不過爲了必須有外觀，所以碰巧裝扮成那個樣子。」

中田一臉困惑的樣子，用手掌來回磨蹭著花白的短髮。「中田聽不懂你在說什麼。」

「老實說有點不好意思，連我自己都不太懂。」青年說。「不過總之，這個有點特別的歐吉桑不知道從哪裡冒出來，對我說了各種這類的話噢。那，長話短說，總之我從結論來說，就是因爲種種原因，藉著那個歐吉桑的幫忙，我在一個地方找到了那塊石頭，嘿喲，用勁地把那抱了回來。並不是要引起你的同情，不過眞的是很辛苦的夜晚。所以呀，可能的話這塊石頭就交給中田先生，以後的事情就拜託你了，讓你去操心。說眞的。」

「好的，交給中田來辦。」

「嗯。」星野青年說。「話說得很快，倒眞乾脆。」

「星野先生。」中田先生說。

「什麼事？」

「現在開始會打很多雷。我們等雷公來吧。」

「什麼，雷公對石頭有什麼用處嗎？」

「詳細情形中田也還不太知道，不過逐漸開始有這種感覺。」

「打雷……好吧。好像很有意思的樣子。就等打雷吧。然後看看會發生什麼事。」

回到房間，星野趴在榻榻米上躺著，打開電視開關。各個頻道全都在播主婦看的綜藝節目。星野青年並不想看這種節目，可是也想不到其他消遣時間的辦法，所以就一面對內容做各種抱怨一面看著電視。

在那之間中田先生坐在石頭前面，一面看著一面前後上下摸摸弄弄。有時嘴裡自言自語地嘀咕著什麼。不過青年聽不出來，他到底在說些什麼。大概是在跟石頭對話吧。

到了中午左右終於開始打雷。

星野青年在下雨之前到附近的便利商店去，買了滿袋子的西點麵包和牛奶回來。兩個人吃那個當午餐。吃著的時候，旅館的女服務生到房間來露面，準備要打掃整理，但青年阻止她說「這樣就行了。」

「你們哪裡也不出去嗎？」女服務生問。

「嗯，哪裡也不去。在這裡有事要做。」青年回答。

「因爲雷公會來。」中田先生說。

「雷公嗎？」女服務生滿臉懷疑的表情走掉了。似乎覺得最好不要跟這個房間有什麼牽連的樣子。

終於遠方傳來悶悶的雷聲，以這個爲信號雨開始滴滴答答地下起來。好像懶惰的小矮人在大鼓上踏步似的感覺，不太明朗的雷鳴。不過雨點在轉眼之間變大起來，成爲傾盆大雨。整個世界被包在悶悶的雨的氣味裡。

開始打雷之後，兩個人就像在交換友好菸斗的印地安人似的，圍著那塊石頭面對面坐著。中田先生依然一面嘀嘀咕咕一個人自言自語，一面一下摸摸那塊石頭，一下搓搓自己的頭。青年一面看著他那樣子，一面抽著Marlboro。

「星野先生。」中田先生說。

「什麼事？」

「你可以暫時留在中田身邊不要離開嗎？」

「嗯，我在呀。就算你叫我去哪裡，下這麼大雨哪裡也去不成。」

「說不定會發生奇怪的事。」

「要是讓我老實說的話啊，」青年說，「老早已經一直在發生奇怪的事了。」

「星野先生。」

「什麼事？」

「中田忽然想到，這個叫做中田的人到底是什麼？」

星野落入沉思。「唉，歐吉桑，這是個很難的問題。你忽然問起來，我也很傷腦筋。其實這個叫做星野的人到底又是什麼，我也不太知道。像這種人不可能知道別人的事吧。不是我自豪，我最不擅長動腦筋了。不過，如果把我感覺到的事情直接說出來的話，中田先生是個很正派的人。就算有相當脫離常軌的地方，卻是可以信賴的。所以我才會這樣跟你到四國這麼偏遠的地方來不是嗎？我頭腦雖然不太靈光，不過並不是沒有看人的眼光。」

「星野先生。」

「什麼事？」

「中田不只是頭腦不好。中田是空空的。這是現在這時候才知道的。中田就像是一本書也沒有的圖書館一樣。從前不是這樣的。中田心中也有過書。雖然一直想不起來，不過現在想起來了。是的。中田以前跟大家一樣是個普通人。可是從某個時候發生了某件事情，結果中田才變成一個像空空的容器一樣的人。」

「可是，中田先生，如果這樣講起來的話，我們大家多多少少也都是空空的啊。吃飯、大便，做著無關緊要的工作，領著微薄的薪水，有時抱抱女人，這樣而已。除此之外還有什麼呢？不過，雖然一面這麼說，不也像這樣各自有趣又可笑地活著嗎？雖然不知道爲什麼……我家爺爺常常說，世間正因爲不能照自己的意思隨心所欲才有趣呀。這也有點道理噢。如果中日龍隊全部比賽都勝利的話，誰還要看棒球賽呢？」

「星野先生喜歡你爺爺噢？」

「嗯，喜歡哪。如果沒有爺爺的話，我不知道已經變成什麼樣子了。就因爲有爺爺在，我才會想，那就打起精神來好好正常地活下去吧。我也不太會說，覺得好像有什麼聯繫把我拉住似的，才沒有往下掉。因此我離開了飆車族加入自衛隊。不知不覺之間就不再做壞事了。」

「可是星野先生，中田誰都沒有。什麼都沒有。既沒有什麼聯繫把我拉住。也不識字。影子也淡得只有普通人的一半。」

「大家都有缺點哪。」

「星野先生。」

「什麼事？」

「如果中田是普通的中田的話，中田應該可以過完全不同的人生。就跟中田的兩個弟弟一樣，大概可以大學畢業，在社會工作，結婚生子，開大車，假日打打高爾夫球吧。但是因爲中田不是普通的中田，所以才會以現在的中田這樣生活過來。要重新來過已經太遲了。這個我很清楚。可是，就算很短的時間也沒關係，中田希望能做個普通的中田。中田，老實說，到目前爲止從來沒有想過要做什麼。只是旁邊的人叫我做什麼，我就拚命努力地去做而已。或者只是碰巧遇到什麼，就順其自然地做什麼而已。可是現在不一樣了。中田清楚地希望能恢復原來普通的中田。希望做一個能擁有自己的想法和自己的意義的中田。」

星野青年嘆一口氣。「如果那是中田先生的願望的話，就那樣去做好了。你可以恢復成普通的中田先生。雖然所謂變成普通的中田先生的中田先生到底是什麼樣的中田先生，我實在有點無法想像就是了。」

「是的。中田也無法想像。」

「不過只要能順利就好。我雖然能力有限，也會幫忙祈禱中田先生能夠變成普通的人。」

「不過在恢復成普通的中田以前，中田必須先解決很多事情才行。」

「例如什麼樣的事情？」

「例如 Johnnie Walker 先生的事。」

「Johnnie Walker？」青年說。「這麼說起來，以前你也提過這件事噢。Johnnie Walker 不是那威士忌酒的 Johnnie Walker 嗎？」

「是的。中田立刻就去派出所，報告關於 Johnnie Walker 的事了。因爲心裡想這一定要報告知事先生才行。可是人家沒有當作一回事。所以必須靠自己的力量解決才行。把這樣的問題解決之後，可以的話希望能變成普通的中田。」

「雖然我不知道那是什麼樣的事情，不過總之那樣做需要有這塊石頭。」

「是的。就是這樣。中田必須找回另一半的影子才行。」

雷鳴現在聲音大得震耳欲聾。閃電以各種形狀在空中閃過，間髮不容，像要覆蓋住那似的雷鳴則緊跟著轟然響起，震動空氣，使鬆動的玻璃窗發出卡噠卡噠神經質的聲音。陰雲像蓋子般覆蓋天空，房間裡暗得看不清楚對方的表情。但是兩個人並沒有開燈。他們依然隔著石頭面對面坐著。窗外的雨看著都令人窒息地激烈猛下著。一閃電，房間裡就一時被照得通明。一時之間兩個人都無法開口。

「可是，爲什麼中田先生非要處理那石頭不可呢？爲什麼這非要由中田先生來處理不可呢？」星野青年等雷鳴告一段落時這樣問。

「因爲中田是**曾經進出**過的人。」

「進出過？」

「是的。中田曾經從這裡出去過，又回來。日本在參加大戰的時候。那時候因爲某種原因蓋子曾經打開過，中田從那裡出去了。然後又因爲某種原因，再回到這裡來。因爲這樣中田才變成不是普通的中田。影子也只剩下一半。相對的，現在雖然已經不行了，可是曾經可以跟貓對談。可能也可以讓東西從天而降。」

「上次那個，螞蝗的事情之類的嗎？」

「是的。就是那個。」

「那可不是誰都辦得到的噢。」

「是的。不是誰都辦得到的。」

「那是因爲中田先生很久以前，曾經進出過那裡才變成可能的。在這層意義上就不是普通人了。」

「是的，就是這樣。中田變成不是普通的中田。相對的也變成不識字。也沒有碰過女人。」

「我的天啊。」

「星野先生。」

「什麼事？」

「中田很害怕。就像剛才跟你說過的那樣，中田完全是空空的。完全空空的是怎麼樣一回事，星野先生您知道嗎？」

青年搖搖頭。「不，我想大概不知道。」

「所謂空空的，就像一棟空房子一樣。一棟沒有上鎖的空房子一樣。如果想進去的話，任何東西任何人，都可以自由地進出那裡。中田非常害怕這個。例如中田可以讓東西從天而降。可是下次中田要讓什麼從天而降呢，這個中田大多的情況下也完全不知道。如果下次從天而降的東西是一萬把菜刀呢，是巨大的炸彈呢，或是有毒的氣體呢，中田到底該怎麼辦才好？這不是中田向大家道歉就能了事的。」

「嗯。這麼說來，確實也有道理。不是簡單道歉就能解決的。」星野青年也同意。「螞蝗也是，傷害相當嚴重，要是比那個更危險的東西從天而降的話，又何只是傷害嚴重而已。」

「Johnnie Walker 先生進入中田裡面來。讓中田做了中田所不希望做的事情。Johnnie Walker 先生利用了中田。可是中田無法抗拒。中田沒有力量抗拒。因爲中田沒有所謂內容這東西。」

「所以你想要回到普通的中田。回到有內容的自己。」

「是的。正如你說的那樣。中田確實頭腦不好，不過因爲會製作家具，所以一天又一天地在製作著家具。製作桌子啦、椅子啦、櫃子之類的，中田喜歡做。製作有形狀的東西是一件好事。在那幾十年之間，一點都沒有想過要回到普通的中田之類的事情。而且周圍也沒有一個會特地想要進入中田裡面來的人。也從來沒有感覺過害怕什麼。可是現在，出現了 Johnnie Walker 先生，從此以後中田就害怕得不得了。一點辦法都沒有。」

「那麼，那個 Johnnie Walker 進到中田先生裡面來，到底讓你做了什麼？」

激烈的響聲突然撕裂空氣。落雷似乎就落在附近的某個地方。星野青年鼓膜陣陣疼痛。中田先生稍微偏著頭，一面仔細傾聽雷的聲音，一面雙手依舊慢慢繞著撫摸石頭表面。

「讓不該流的血流了。」

「流血？」

「是的。不過中田的手並沒有沾到那血。」

青年試著想一想是怎麼回事。但是卻無法理解中田先生所說的意思。

「但是不管怎麼樣，那入口的石頭一旦被打開之後，各種東西是不是會順利自然地落定到應該落定的場所呢？就像水從高處往低處流一樣。」

中田先生沉思了一會兒。或者臉上表情像在沉思似的。「也許沒有那麼簡單。中田該做的事情是，找出這入口的石頭，把它打開。老實說，之後的事情中田也不太清楚。」

「可是，爲什麼那石頭會在四國呢？」

「石頭到處都有。並不是只有四國才有，而且也不是說非要是石頭不可。」

「我不懂。如果是到處都有的東西的話，那麼在中野區做不也行嗎？那樣也可以省事多了。」

中田先生用手掌來回磨蹭著短髮一會兒。「好難回答的問題。中田剛才一直在聽石頭公的話，還不能聽得很清楚。不過中田想，中田和星野先生，可能還是不能不到這裡來吧。有必要渡過大橋來這裡。在中野區可能會不順利。」

「我再問一個問題可以嗎？」

「好的。什麼問題？」

「如果中田先生在這裡能夠打開那入口的石頭的話，以那個爲信號，會不會突然發生什麼不得了的大事呢？就像《阿拉丁神燈》那樣出現一個要命的什麼妖怪之類的，或者跳出一隻青蛙王子，還給我們一個激情的熱吻，或把我們變成火星人的食物之類的。」

「可能會發生什麼事情，也可能什麼也不會發生。中田也還沒有打開過這種東西，所以不太知道。不打開看看就不知道。」

「而且那可能很危險對嗎？」

「是的。就像你說的那樣。」

「要命。」星野青年說。然後從口袋中拿出 Marlboro，用打火機點著。「我爺爺常說『不好好考慮清楚，就跟不認識的人走，是你的弱點。』我一定是從小就有這種性格。常言道『三歲魂到百歲』，眞是三歲看老。不過算了。沒辦法。既然已經來到四國了，既然好不容易得到石頭了。什麼也不做就這樣厚著臉皮回去也不像話。明明知道有危險還是想開了乾脆試著打開來看看吧。好好睜大眼睛親眼看看到底會發生什麼事。等到很久以後，這愉快的回憶說不定還可以講給孫子聽呢。」

「是的。所以有一件事情想拜託星野先生。」

「什麼樣的事情？」

「你幫我把這塊石頭拿起來好嗎？」

「好啊。」

「比來的時候變重了很多。」

「雖然比不上阿諾史瓦辛格，不過可別小看我，我的臂力很強噢。我在自衛隊的時候，部隊的腕力大賽我還得過亞軍。何況上次中田先生還幫我治好腰痛。」

星野青年站起來，用雙手抓住石頭，想就那樣抬起來。可是石頭卻一動也不動。

「嗯，確實這傢伙變得重多了。」青年半帶感嘆地說。「剛才還可以輕鬆地拿起來的。現在簡直像用釘子釘在地上了似的。」

「是的。這畢竟是重要的入口，所以沒有那麼簡單就可以移動的。如果很簡單就能移動的話就傷腦筋了。」

「那倒也是。」

這時有幾道不規則的白色閃光，接連畫破空中。一連串的雷鳴震撼大地，打從地心搖撼起來。簡直像有誰打開了地獄的蓋子一樣，星野青年想。最後有一個落雷就打在緊鄰近處，之後一轉，變成寂靜來臨。令人窒息的濃密寂靜。空氣含著濕氣沉甸甸的，裡頭有輕微的猜疑和陰謀的動靜。感覺好像有各種大小的無數耳朵浮在周圍的空中，一直在探聽兩個人的動靜似的。兩個人被正午的黑暗所包圍，什麼也沒說地僵在那裡。終於像想起來似地一陣風突然吹來，大粒的雨點再度敲打窗玻璃，雷聲再度開始響起，但已經沒有剛才那麼激烈了。雷雲的中心已經掠過街上遠去了。

星野青年抬起頭來，看看房間裡。房間看來奇怪而陌生，四方的牆壁好像變得比以前更無表情。菸灰缸中抽到一半的 Marlboro，就那樣留下原形化成灰燼。青年吞進一口唾液，把沉默的沉重從耳邊推開。

「嘿，中田先生。」

「什麼事?星野先生。」

「我怎麼覺得好像做了一個惡夢似的。」

「是啊。不過就算這樣,至少我們是作了相同的夢。」

「的確如此。」星野青年說。然後好像放棄了似地抓抓耳垂。「原來如此,如此肚臍,肚臍搓出芝蔴,撒一把芝蔴,變出一道麻辣火鍋,這樣子啊。眞是勇氣倍增。」

青年打算再移動一次石頭,於是站起來。大吸一口氣,憋住,將力量集中在雙手。然後一面發出低吟一面抬起石頭。這次石頭只動了幾公分而已。

「移動一點了。」中田先生說。

「這下子知道並沒有用釘子釘住。不過只移動一點的話大概不行吧?」

「是的。必須完全翻轉過來才行。」

「像煎薄餅時整個翻轉過來一樣。」

「沒錯。」中田先生點頭說。「煎薄餅是中田最喜歡吃的。」

「太好了。人家說,『在地獄遇到煎餅』(譯註:其實原句爲:「在地獄遇到佛祖」,意指絕處逢生。因爲煎餅hot cake和佛的日語發音hotoke諧音,而開玩笑地改編的。)。加油再試一次看看。總要想個辦法把這傢伙來個漂亮的大翻身才行。」

星野青年閉上眼睛深深集中意識。把渾身力氣毫不保留地凝聚起來,施力點定在一個地方。就這一次了,他想。只能憑這一次決定一切。如果不能憑這一下斷然決勝負的話,就沒有以後了。

他把雙手放在好抓石頭的地方，很小心謹愼地抓緊，調整呼吸。最後深深吸一口大氣，隨著像從丹田擠出來似的一聲呼喝，一口氣把石頭搬起來。以45度角，抬上空中。那已經是極限了。不過他總算把石頭維持在那個方位。就那樣支撐著石頭之下吐出一口大氣時，全身筋骨陣陣疼痛。好像所有的骨頭和肌肉和神經都在悲鳴似的。可是沒有理由就在這時候停下。他再一次深深吸入一口大氣，吆喝一聲。可是那聲音已經傳不到自己的耳朵來。也不知道在說什麼。他繼續閉著眼睛，不知道從什麼地方使出超越極限的力氣來。那是他體內本來不該有的力氣。頭腦裡呈現缺氧狀態，變成一片空白。像保險絲燒斷了似地，有幾條神經一條接一條地融解掉。什麼也看不見。什麼也聽不見。什麼都沒辦法想。空氣不足。但雖然如此青年依然想盡辦法繼續把那塊石頭逐漸一點一點地往上抬起，隨著更大一聲吆喝下，把石頭翻到相反一面。超過某一點之後，石頭忽然脫離手勁，憑著自體本身的重量，就那樣翻向反面。發出咚的一聲，房間大大地搖晃。好像建築物本身在搖晃似的。

青年因爲反挫力而往後跌倒。在榻榻米上仰天倒下，激烈地喘著。腦子裡有柔軟的泥似的東西在滾滾捲著漩渦。我以後恐怕再也不會搬這麼重的東西了，青年這樣想。（這時青年不可能知道，後來才明白他的預測太過於樂觀。）

「星野先生。」

「什麼事？」

「托你的福入口打開了。」

「喲，歐吉桑，中田先生。」

「什麼事？」

星野青年仰天躺著依然閉著眼睛，再一次吸進一口大氣，吐出來。「要是這樣子還打不開的話，那我可就沒有立場了啊。」

第33章

在大島先生到來以前，我把圖書館的開門準備動作都預先做好了。館內的地全都用吸塵器吸過，玻璃窗擦乾淨，洗手間清理完畢，每張桌子椅子一一用抹布擦過。噴上亮光劑把樓梯扶手擦亮。樓梯間的彩色玻璃輕輕用拂塵拂過。庭園用掃把掃乾淨，打開閱覽室的空氣調節機，和書庫的除濕機開關。先泡好咖啡，削好鉛筆。沒有任何人在的圖書館，有某種打動我心的東西。一切語言和思想正在那裡安靜地休息。我想盡可能把這個場所安靜地保持得既美麗又乾淨。有時候我會站定下來，望著那些排列在書庫裡的無言的書。試著用手觸摸其中的幾本書背。到了10點半時，就像平常那樣從停車場傳來Mazda Roadster引擎的聲音，稍帶些許睏意的大島先生出現了。在開館時間來到之前，我們稍微交談了一下。

「如果方便的話，現在我想出去外面一下。」圖書館開門以後，我向大島先生說。

「你要去哪裡？」

「我想去體育館的健身房動一動身體。因為有一陣子沒有好好運動了。」

當然不只這樣。對我來說，盡可能不要跟中午以前來上班的佐伯小姐碰面。我想等隔一段時間讓心情平靜下來，然後才見面。

大島先生看看我的臉，停了一個呼吸的時間然後點頭。「不過你要盡量小心才好。我可不是母雞，雖然不太想囉哩囉唆的說什麼，不過你現在正處於越小心越好的立場噢。」

「沒問題，我會注意的。」我說。

我背著背包上了電車。走出高松車站，然後搭巴士到每次去的體育館。在更衣室換好運動裝，一面用MD隨身聽聽著 Prince 的音樂，一面做著循環訓練。因爲很久沒做了，身體一開始會叫苦。不過我總算設法克服。藉著喊叫出來，抗拒負荷，身體正常地反應著。我不得不做的是安撫那反應，並逐漸制伏它。我一面聽著*Little Red Corvette*，一面吸氣、停止、吐氣。吸氣、停止、吐氣。這樣規律地反覆做。每塊肌肉一一順序動到疼痛得快要達到極限之前的地步。汗流滿身，T恤衫汗濕後變重起來。不得不幾次走到飲水機前去補充水分。

我一面跟每次一樣地順序使用各種健身器材，一面想起佐伯小姐。想起跟她做愛的事。我想什麼都不要想。但那卻不是容易的事情。我把精神集中在肌肉上。讓自己專注於規則性中。跟平常一樣的機器、跟平常一樣的負荷量、跟平常一樣的次數。在我耳中，Prince 唱著*Sexy M. F.*。我的龜頭還留下輕微的疼痛。小便時尿道會痛。龜頭變紅。包皮才剛褪開的陰莖還很年輕，很敏感。我腦子裡對性有無盡的幻想，無從掌握的 Prince 的聲音，和從各種書上引用的東西使我快要爆炸了。

到浴室淋浴把汗沖掉，換上乾淨的內衣，再搭巴士回車站。因爲肚子餓了，於是走進眼前看到的站前餐廳吃了簡餐。吃到一半時，發現這就是我剛到高松的第一天進來的同一家餐廳。這麼說來，我到這裡來到底過了幾天了呢？住進圖書館之後，大約經過1星期。到四國以來應該大約總共3星期了。我只要從背包拿出日記，重讀看看立刻就會知道的事情，可是腦子裡卻無法好好算出日期。

吃完飯後，一面喝著茶，一面看車站裡忙碌地來往的人群身影。都是一些正在前往什麼地方的人。如果想的話，我也可以成爲其中的一個。現在如果搭上某一列車，也可以到別的地方去，我想。可以把這裡的一切全部拋棄，放掉，到一個陌生的地方去，一切重新從零開始。就像翻開筆記本全新的一頁一樣。例如可以到廣島去，或到福岡去也好。我沒有被任何東西所束縛。我是百分之百自由的。背著的背包裡，裝有目前生活所需的必要東西。換洗衣服，盥洗用具，睡袋都有。從父親書房帶出來的現金也還幾乎沒有動過。

可是自己已經哪裡也去不成了，這點我也很清楚。

「可是自己已經哪裡也去不成了，這點你也很清楚。」叫做烏鴉的少年說。

你抱過佐伯小姐，在她裡面射精。好幾次。她每次都接受了。你的陰莖還在刺痛著。那還記得她陰道的感觸。那也是為你存在的場所之一。而且你會想到圖書館。會想清晨排在寂靜的書架上的那些無言的書。會想大島先生。你的房間、牆上掛的〈海邊的卡夫卡〉、來看那幅畫的15歲少女。你搖搖頭。你不能從這裡出走了。你並不自由。但是你真的想要自由嗎？

在車站裡我幾次跟巡邏的警察擦身而過。可是他們看都沒看我一眼。背著背包曬得黑黑的年輕人到處都是。我大槪也被當成其中之一，融入風景中去了。不必太緊張。只要舉動自然就行了。因爲這樣的話誰也不會注意到我。

我搭上兩節車廂的小電車，回到圖書館。

「回來了啊。」大島先生說。然後看到我的背包，很驚訝的樣子說：「眞要命，你怎麼總是背著那麼大的行李到處走呢？那簡直像史奴比和查理布朗的漫畫裡出現的男孩子，老是隨身抱著那條毛毯不放一樣嘛。」

我燒開水泡茶喝。大島先生像平常一樣，手上團團轉著剛削好的長鉛筆（用短的鉛筆不知道都到哪裡去了？）。

「那個背包對你來說，似乎是象徵自由的東西噢，一定是。」大島先生說。

「大概吧。」我說。

「手上拿著象徵自由的東西，或許比擁有自由本身更幸福也不一定。」

「有時候。」我說。

「有時候。」他反覆。「如果世界上有某個地方舉辦『短答大賽』之類的話，你一定可以脫穎而出抱回冠軍噢。」

「也許。」我說。

「也許。」大島先生愕然地說。「田村老弟，也許世上大多數的人都不想追求什麼自由。只是以爲自己在追求而已。一切都只是幻想。如果眞的給你自由時，大多數人反而會傷透腦筋。你不妨記住。人們其實是喜歡不自由的。」

「大島先生也是嗎？」

「嗯，我也喜歡不自由。當然這是指某種程度為止。」大島先生說。「盧梭把人類開始製造柵欄，定義為文明產生之時。眞應該稱為獨具慧眼。他說的沒錯，一切文明都是在柵欄圍起來的不自由下的產物。不過只有澳洲大陸的原住民例外。他們到17世紀還維持沒有柵欄的文明。他們眞是打從根本喜歡自由的人。在喜歡的時候到喜歡的地方去做喜歡的事情。他們的人生名副其實是到處走的。到處走動，是他們生活的深刻隱喩。英國人來到後為了飼養家畜而圍起柵欄時，他們完全無法理解為什麼要這樣做。而且就在無法理解這原理之下，被當成反社會性的危險份子給驅逐到荒野去。所以你最好也要注意，田村老弟。終究在這個世界，是築起又高又堅固柵欄的人才能有效生存下去的。如果你否定這個的話，就會被趕出到荒野去。」

我回到房間放下行李。然後到廚房泡了新的咖啡，像平常一樣送到佐伯小姐的書房去。雙手端著金屬托盤，一級一級地小心走上樓梯。老舊踏板發出輕微的傾軋聲。樓梯間彩色玻璃的幾種鮮豔色彩照落在地板上。我拾步踏進那色光裡去。

佐伯小姐面對書桌正在寫東西。我放下咖啡杯。她抬起臉來，叫我在每次那張椅子上坐下來。她在黑色T恤衫上套一件咖啡歐蕾般色調的襯衫。前髮用髮夾往上固定，耳朵上戴著小小的珍珠耳環。

她有一會兒什麼也沒說。一直注視著自己剛剛寫好的東西。臉上的表情中，並沒有和平常不同的地方。鋼筆套上筆蓋，放在稿紙上。張開手，確認手指上並沒有沾到墨水。星期日下午的陽光從窗外照進來。有人站在庭園裡說話。

「大島先生說，你到健身房去了。」她看著我的臉說。

「是的。」我說。

「在健身房做什麼樣的運動呢？」

「機械和舉重。」我回答。

「其他呢？」

我搖搖頭。

「很孤獨的運動啊。」

我點點頭。

「你一定是很想強壯起來吧。」

「不強壯起來的話無法生存下去。尤其是我。」

「因爲你只有一個人？」

「沒有人可以幫助我。至少目前爲止沒有人幫助過我。所以只能靠自己的力量活下去。因此有必要強起來。就像離群落單的烏鴉一樣。所以我才給自己取名爲卡夫卡。『卡夫卡』在捷克語裡是烏鴉的意思。」

「哦。」她有點佩服似地說。「那麼，你是烏鴉囉。」

「是的。」我說。

是的，叫做烏鴉的少年說。

「可是這種生活方式還是有極限吧。以堅強爲圍牆把自己圈在裡面並不能保護自己。所謂堅強，是會被更堅強的東西打破的。理論上來說。」

「因爲堅強本身可以化作道德。」

佐伯小姐微笑起來。「你很懂得道理嘛。」

我說：「我所追求的，我所追求的強，並不是要論輸贏的強。也不是想要一道對抗反彈外來力量的牆。我要的是遭受外力來襲時，能夠耐得住的強。能對不公、不幸、悲傷、誤解或不了解——能夠靜靜忍耐下去的強。」

「這可能是最不容易獲得的、最困難的一種堅強吧。」

「我知道。」

她的微笑更加深一層。「你一定什麼都知道噢。」

我搖搖頭。「沒有這回事。我才15歲，還有很多事情不知道。應該知道才行、卻不知道的事情還很多。例如我對佐伯小姐的事，就什麼都不知道。」

她拿起咖啡杯來喝一口。「實際上我的事情沒有什麼該知道的。換句話說，我身上沒有一件你不能不知道的事情。」

「妳還記得有關假設的事嗎？」

「當然。」她說。「不過那是你的假設，不是我提出來的假設。所以我可以不必對那假設負責。對嗎？」

「沒錯。要證明假設是正確的應該由提出假設的一方去做。」我說。「關於這個我有一個問題。」

「什麼事情？」

「佐伯小姐以前，寫過有關被落雷打過的一些人的事，還出版過。對嗎？」

「沒錯。」

「那本書現在還買得到嗎？」

她搖搖頭。「那書本來就沒有發行很多本，而且很久以前就絕版了，庫存大概也已經裁切處理掉了。我自己手頭一本也沒有。我想以前也說過，對於被落雷打過的人的採訪集這種書，本來就不會有人感興趣。」

「爲什麼佐伯小姐會對這個有興趣呢？」

「嗯，爲什麼噢？也許對這裡頭的象徵性東西感興趣吧。或者只是要讓自己有事情忙，所以適度找個目的讓頭腦和身體活動活動。直接的契機是什麼，現在也已經忘記了。總之某個時候忽然想到，就開始研究起來。我當時在寫作，金錢上並沒有困難，而且時間也很自由，某種程度可以做自己喜歡的事情。不過作業本身非常有趣喲。可以遇到各種人，聽他們講各種事情。如果沒有做那件工作的話，我可能會逐漸從現實游離出去，躲進自己內心裡去也不一定。」

「我父親年輕時候在高爾夫球場當桿弟打工時，曾經被落雷打到過。而且在危險中活下來。在一起的人卻死掉了。」

「在高爾夫球場被雷打死的人還不少噢。在寬闊平坦的地方，幾乎沒地方躲避，而且雷喜歡高爾夫球桿。你父親的姓，也是田村吧？」

「是的。年齡我想大概和佐伯小姐差不多。」

她搖搖頭。「我不記得有姓田村的人。我所採訪的人裡面，並沒有叫做田村先生的人。」

我沉默不語。

「這也是假設中的一部分吧。也就是在寫關於落雷的書期間，我和你父親認識，結果生下了你。」

「是的。」

「那麼這樣一來故事就結束了。並沒有這個事實。所以你的假設並不成立。」

「那也不見得。」我說。

「那也不見得？」

「因爲我無法就這樣相信妳說的。」

「爲什麼？」

「例如——當我說出田村這個姓的時候，妳立刻就說沒有姓這個姓的人。想都沒有去想一下。20多年前的佐伯小姐採訪過很多人。其中有沒有姓田村的人，應該沒有這麼快就立刻想得起來吧。」

佐伯小姐搖搖頭。然後又喝了一口咖啡。嘴角露出色調非常淡的微笑。「嘿，田村君，我……」她才開口這樣說，又再閉起嘴巴。她在尋找適當的話。

我等她找到適當的話。

「我覺得我周圍好像有什麼事情正在開始改變。」佐伯小姐說。

「什麼樣的事情？」

「說不上來。不過我知道。像氣壓啦、聲音的響法啦、光線的反映、身體的活動、時間的推移方式，都一點一點在逐漸變化著。就像小小變化的點點滴滴正逐漸累積，漸漸形成一股水流似的。」

佐伯小姐拿起Mont Blanc的黑色鋼筆，看著那支筆，又放回去原位。然後從正面看我的臉。

「昨天晚上在你房間裡，我們之間發生的事情，我想也是這種變動中的一件。我們昨天夜裡所做的事情，我不知道是對還是不對。不過當時，我心裡決定不要再勉強判斷什麼了。如果那裡有一股流勢的話，就順著那股趨勢的引導一步步隨波流下去吧。」

「關於佐伯小姐，我可以說一點我的想法嗎？」

「當然可以。」

「佐伯小姐想做的，可能是要塡補失去的時間。」

她對這個沉思了一會兒。「也許是吧。」她說。「可是，你怎麼知道呢？」

「因爲我可能也在做著同樣的事情。」

「塡補失去的時間？」

「是的。」我說。「我從童年時代開始就有很多東西一直被剝奪到現在。很多很重要的東西。我不得不趁現在把那些多少找一點回來。」

「爲了能繼續活下去？」

我點點頭。「有這樣做的必要。人需要有可以回去的地方之類的東西。有些事情現在還來得及。也許。不管對我或對佐伯小姐來說都一樣。」

她閉上眼睛，左右手的手指合起來放在桌上。然後好像放棄了似地再張開眼睛。「你到底是誰？」佐伯小姐問。「爲什麼很多事情你都知道得那麼清楚呢？」

我是誰呢？這個佐伯小姐應該一定也知道的。你說。我就是〈海邊的卡夫卡〉。是妳的戀人，也是妳的兒子。是叫做烏鴉的少年。而且我們兩個人都沒辦法自由。我們正處於巨大的漩渦中。有時是在時間的外側。我們在某個地方曾經被雷打過。沒有聲音也看不見形體的雷。

那一夜，你們再一次擁抱。你耳朵聽見她心中的空白逐漸被塡滿的聲音。那就像是海邊的細沙在月光中逐漸滑落下去時那樣，安靜的聲音。你屛著氣息，側耳傾聽那聲音。你在假設之中。在假設之外。在假設之中。在假設之外。吸氣，停止，吐氣。吸氣，停止，吐氣。Prince 在你腦子裡像軟體動物般不停地繼續唱著。月亮昇起，海潮漲滿。海水流進河裡。窗邊的四照花樹枝神經質地搖晃。你緊緊擁抱著她。她把臉埋進你胸懷裡。你赤裸的胸前感覺著她的吐氣。她撫遍你的每一處肌肉。然後她像要療癒你變紅的陰莖般溫柔地爲你舔舐。你在她口中再一次射精。她珍惜地喝下。你親吻她的性器。以舌尖觸撫她所有的地方。這時候你變成了另外一個人，變成了另外的什麼。你在另外的某個地方。

「我這裡沒有任何一件東西是你不能不知道的噢。」她說。到星期一早晨來臨之前，你們互相擁抱，側耳傾聽著時間過去的聲音。

第34章

巨大的黑暗雷雲以緩慢的速度橫越過市內，像在四處追究失去的道義般，接連不斷地繼續迅速落下閃電，但終於逐漸減弱成從東方天際傳來的輕微餘怒的殘響。同時激烈的雨也唐突地停了。接著是奇妙的安靜來臨。星野青年從榻榻米上站起來打開窗戶，讓外面的空氣進來。陰雲已經不見了，天空恢復成被原來薄膜般淡淡色調的雲所覆蓋的模樣。映入眼簾的一切建築物都被雨所濡濕，有些牆壁上的裂痕像老人的靜脈般發黑。電線滴著水滴，地面到處形成新的水窪。剛才不知道在哪裡躲避雷雨的小鳥都紛紛飛出外面來，爲找尋雨後的蟲子而開始啼叫。

星野轉了好幾次頭，確認筋骨的情況。然後大大地伸一下懶腰。在窗邊坐下來眺望一遍窗外雨後的風景，從口袋掏出Marlboro香菸來，用打火機點上。

「不過，中田先生。這麼千辛萬苦把沉重的石頭翻轉過來，『入口』打開了，可是結果並沒有發生任何特別的事情啊。青蛙啦、大妖魔啦，什麼奇怪東西都沒出來。雖然這樣是再好不過了，只是雷公轟隆轟隆的猛響，一切準備倒是都齊備了，怎麼感覺好像有點漏氣呀。」

沒有回答。回頭一看，中田先生還保持跪坐的姿勢正往前屈身，雙手貼地，閉著眼睛。他看起來像衰弱的蟲子一樣。

「怎麼了？有沒有什麼事？」青年問。

「對不起，中田好像很累的樣子。感覺不太舒服。如果方便的話想躺下來睡覺。」

確實中田先生臉上，好像失去了血氣似的變得雪白。眼窩深深凹陷，手指尖輕微地顫抖。短短幾小時之間竟然顯得好像老了許多。

「我知道了。現在馬上幫你鋪床，讓你躺下來。你想睡多久就盡量睡吧。」星野青年說。「不過你沒問題嗎？會不會肚子痛，或想吐，或耳鳴，或想大便之類的呢？要不要我叫醫生來？有沒有帶健康保險證來？」

「有。知事先生給我的保險證我帶著，好好放在包包裡。」

「那就好。可是，中田先生，這種時候本來不該一一講一些小事情，不過保險證可不是知事給的噢。那是國民健康保險，所以應該是日本政府給的吧。我也不太清楚，不過大概是這樣。並不是一切大小事情都是知事先生在照顧我們的。你就暫時把知事先生的事情忘掉吧。」青年從壁櫥裡抱出棉被來，一面鋪在榻榻米上一面說。

「是的。我知道了。保險證不是知事先生給的。中田會暫時把知事先生的事給忘掉。可是，星野先生，不管怎麼樣，中田現在都不需要醫生。只要躺下來好好的睡一覺，大概就會好起來。」

「喲，中田先生，會不會又像上次那樣睡那麼久？36小時之類的。」

「不好意思，這個中田也沒辦法知道。因爲並不是事先自己決定要睡多久，先預定了才睡的。」

「確實也是。」青年說。「不可能先預定計畫再照著睡噢。沒關係沒關係，想睡多久就睡多久噢。相當辛苦的一天了。雷也打得那麼多，還跟石頭說了話。那什麼的入口也打開了。這不是常常有的非比尋常的事情。頭腦也用了，一定很累了。你不用對誰客氣，就放心睡好了。其他不管什麼事情，全都交給我星野來辦就行了。不用擔心好好睡吧。」

「非常謝謝。給星野先生添麻煩了。中田怎麼道謝都說不夠。要是沒有星野先生的話，中田一定走投無路了。想必星野先生還有很重要的工作要做呢。」

「噢，是啊。」星野青年以有點消沉的聲音說。實在是因為一連串發生了許多事情，他完全忘記工作的事了。

「這麼說起來，確實沒錯。我差不多也該回去工作了。社長一定正在生氣。我打電話說有事情要休息2、3天，然後就沒有再聯絡了。回去一定會被臭罵一頓。」

他點起一根新的Marlboro。慢慢吐出煙。然後對著停在電線桿頂端的烏鴉做各種鬼臉。

「不過沒關係。不管社長說什麼，氣得頭上冒煙也好，我都不管他。因為，你看，我這幾年來連別人的份都多做了好多，一直像螞蟻一樣賣力苦幹。喂星野，人手不夠，今天晚上你就多跑一趟廣島怎麼樣？好啊，社長，我跑。向來二話不說就勤快地跑。就因為這樣你看我連腰都搞壞了。幸虧中田先生上次幫我治好，要不然說不定會變更慘。才不過20幾歲，又不是什麼了不起的工作，為了這個就把身體搞壞不是太不值得了嗎？偶爾休息一下該不會遭到報應吧。不過啊，中田先生——」

這樣說到一半時，青年發現中田先生已經進入熟睡狀態了。中田先生緊閉著眼睛，臉筆直對著天花板，嘴唇往橫向閉著，好像很舒服地用鼻子呼吸著。枕頭邊已經翻轉過來的石頭依然以原來的形狀落在那邊。

「眞的是一轉眼就睡著了啊。」青年佩服地說。

太閒了，躺下來看了一會兒房間裡的電視，可是下午的電視節目全都無聊得令人受不了。決定暫且出去外面走走。帶來的內衣也不夠換了，差不多該到哪裡買新的才行。星野青年最不喜歡用手洗衣服這個動作。如果要一件件洗內褲的話，不如去買新的便宜的還比較好。他到旅館櫃檯去用現金付了第二天的住宿費，並交代說我的同伴累了正在熟睡，所以請不要去打擾，讓他繼續睡。

「不過就算你們去叫他，我想他也不會醒來就是了。」他說。

星野青年一面聞著雨後的氣味一面暫時漫無目的地在街上走。戴著中日龍隊棒球帽，Ray-Ban綠色太陽眼鏡，夏威夷Aloha絲衫，一身平日的裝扮。在車站的販賣店買了報紙。查看一下體育欄的中日龍隊棒球賽的勝負結果（在廣島球場打輸了），然後眼睛移到電影廣告欄。有成龍主演的新片，於是決定去看那個。時間也剛好來得及。在派出所問了電影院的地點，說是就在車站旁邊，於是走了過去。買了票走進裡面，一面吃著奶油花生一面看電影。

看完電影走出外面時，已經是黃昏了。雖然肚子還不太餓，但因爲也想不起其他事情可做，於是決定去吃飯。走進眼前看見的壽司店點了一人份的握壽司和啤酒。累積的疲勞似乎比想像中嚴重，啤酒只能喝一半。

「想一想，也沒錯。畢竟搬動過那麼重的石頭。當然會累呀。」青年想。「自己像是變成三隻小豬的大哥所蓋的不堅固房子那樣。只要被惡狼吹一口氣，就可能被吹到遙遠的岡山去似的。」

走出壽司店，走進第一眼看到的柏青哥店去打小鋼珠。在那裡轉眼之間就花掉2000圓。怎麼覺得老是不順。放棄了，走出柏青哥店，又在街上到處逛。走著之間，發現還沒有買內衣。不行不行，這才是本來外出的目的嘛。走進商店街裡的折扣店，買了內褲、白T恤衫和襪子。這樣總算可以把穿髒的丟掉了。夏威夷衫差不多也該換了，探頭看過幾家店之後，得到一個結論就是在高松市內也許不可能找到自己喜歡的新襯衫。他不管夏天或冬天幾乎都只穿夏威夷 Aloha 衫，不過也不是只要 Aloha 衫的話什麼都行。

接著走進商店街中的一家麵包店，買了幾個麵包，準備中田先生半夜醒來肚子餓時可以吃。也買了小包裝的橘子汁。然後走進銀行，從提款機提出5萬圓放進皮夾裡。查看一下剩餘金額，確定還剩下相當足夠的存款。這幾年工作一直太忙，沒什麼空閒時間去花用薪水。

週遭已經完全暗下來了。他忽然很想喝咖啡。這樣一想轉頭張望一圈時，看見從商店街稍微進去一點的地方有喫茶店的看板。最近已經很少見的那種，古雅的喫茶店。他走進裡面，在舒適柔軟的椅子上坐下來，點了咖啡。從放在堅固的胡桃木盒子裡的英國製喇叭流瀉出室內樂來。其他客人一個也沒有。身體沉入那張椅子裡，青年心情好久沒有這麼放鬆了。這裡一切的一切都這麼安穩、自然，讓身體非常舒服地順應融入。送來的咖啡盛在品味非常高雅的杯子裡，濃郁而可口。他閉上眼睛，一面安靜地呼吸著，一面側耳傾聽弦音和鋼琴的歷史性纏綿。過去雖然幾乎沒有聽過古典音樂，但不知道為什麼那音樂卻讓他的心安定下來。讓他內省，也許也可以這麼說。

青年在那張柔軟的椅子上，一面閉目傾聽著音樂，一面想很多事情。主要是針對自己這個存在的思考。可是越想越覺得自己好像沒有實體似的。開始漸漸覺得其中所有的只是沒有意義的附屬品而已。

例如我一直以來都在熱心地爲中日龍隊加油。可是對我來說所謂中日龍隊到底又是什麼？就算中日龍隊勝了讀賣巨人隊，我這個人是否也因此而向上提昇了一點呢？不可能吧，青年想。那麼爲什麼一直以來要這麼熱心，簡直像自己的分身似的，拚命加油支持到現在呢？

中田先生說自己是空空的。也許是這樣。可是那麼我到底又是什麼呢……？中田先生說他因爲小時候遇到事故才變成空空的。可是我並沒有遇到什麼事故啊。如果說中田先生是空空的話，那麼我怎麼想豈不是都比空空的還低下嗎？中田先生至少還——中田先生至少還有，讓我感覺想要特地跟他到四國來的某種……東西。某種特別的東西。雖然那是什麼樣的東西，實際上我並不太清楚。

青年點了續杯咖啡。

「客人對本店的咖啡還算喜歡嗎？」白髮的店主人走過來問（當然青年不可能知道，原來他以前是文部省的官員。退休後回到故鄉高松市，開始經營起播放古典音樂供應美味咖啡的喫茶店）。

「噢，非常美味喲。眞的很香。」

「咖啡豆是自己烘的。一粒一粒用手分別選出來。」

「難怪這麼好喝。」

「音樂聽起來會不會不悅耳？」

「音樂？」星野先生說。「啊，非常好聽的音樂。怎麼會不悅耳呢，完全不會。這是誰演奏的？」

「這是魯賓斯坦、海飛茲、費爾曼的三重奏，當時被稱爲『百萬三重奏』。眞的是名師大作。已經是1941年的古老錄音了，可是光輝依然毫不褪色。」

「眞的有這種感覺喲。好東西是不會過時的。」

「也有一些人士喜歡結構稍微嚴謹、古典而剛直的《大公三重奏》。例如奧伊斯特拉夫三重奏（Oistrakh）之類的。」

「噢，我覺得這個就很好了。」青年說。「怎麼說呢——感覺很優雅。」

「眞是謝謝您。」店主人代替「百萬三重奏」很禮貌地道謝。主人退下之後，星野青年一面品嚐著第二杯咖啡，一面繼續省察自己。

不過我現在對中田先生總算有點用處。可以幫中田先生讀字，那塊石頭也是我幫他找來的。能夠幫得上人家忙，感覺還眞不錯。能有這種感覺幾乎是有生以來的第一次。把工作丟下不管，來到這個地方，雖然接二連三地被捲進一件又一件莫名其妙的事情，可是我並不後悔變成這樣。

怎麼說呢，因爲有一種自己正在正確地方的眞實感。自己到底是什麼的這個問題，只要在中田先生身旁時，就會開始覺得那都無所謂了。拿來比較或許有點過分，不過我想那些成爲釋迦或耶穌弟子的人，可能也是這種情況吧。只要能跟釋迦牟尼佛在一起，像我這樣的人也會覺得很舒服啊，諸如此類的。或許在聽到教義或眞理之類的困難事情之前，已經某種程度先振作了。

小時候，爺爺曾經說過釋迦牟尼佛的弟子的故事。弟子中有一個名字叫做茗荷的。頭腦不好動作遲緩，簡單的經文也無法完全記得。因此被其他弟子當傻瓜瞧不起。有一天釋迦牟尼對他說：「茗荷啊，你頭腦不好，所以不用背經文了。不過代替的是，你要一直坐在門口幫大家擦鞋子。」因爲茗荷很老實，所以並沒有說「開玩笑，釋迦師尊。放你的狗屁。」於是10年20年都聽師傅的話努力幫大家擦鞋子。然後有一天忽然開悟，成爲釋迦弟子中最優秀人物中的一個——星野青年記得是這樣的故事。青年之所以會記得這個故事，是因爲10年20年都繼續擦鞋子的人生怎麼想都覺得像笨蛋一樣。那簡直是笑話嘛！但是現在回想起來，這個故事在他心中有另一種回響方式。「人生不管怎麼樣都像笨蛋一樣。」青年想。只是小時候不知道而已。

他在聽完《大公三重奏》以前，想到這些事情。那音樂幫助他思索。

「嘿，歐吉桑。」他走出店裡時向主人打招呼。「這音樂叫做什麼？剛才說過又忘記了。」

「貝多芬的《大公三重奏》。」

「大鼓三重奏？」

「不是，不是大鼓三重奏，是大公三重奏。這首曲子是貝多芬獻給奧地利的魯道夫大公的。因此，雖然不是正式的名字，但一般通俗就稱爲『大公三重奏』。魯道夫大公是皇帝利奧波德二世（Leopold II）的兒子，換句話說是皇族。具有音樂的天賦資質，從16歲時開始拜貝多芬爲師，學習鋼琴與音樂理論。並開始深深尊敬貝多芬。魯道夫大公雖然以鋼琴家或作曲家來說都沒有多大的成就，但在現實的生活中卻對不擅長於處世交際的貝多芬伸出援手，於公開場合或在私下暗中都提供作曲家不少援助。如果沒有他的話，貝多芬可能要走過更苦難的路吧。」

「世間還是很需要這種人噢。」

「是啊。」

「如果大家都是偉人、天才的話，世間也會很傷腦筋。必須有人關照各方面，解決各種現實問題才行。」

「您說的一點都不錯。如果大家都是偉人、天才的話，世間也很傷腦筋。」

「確實是很好聽的曲子。」

「眞了不起的曲子。永遠都聽不膩。貝多芬所寫的鋼琴三重奏中，這也是最偉大、最有品味的作品。貝多芬40歲時寫的這首作品，是最後一曲，以後就再也沒有碰過鋼琴三重奏。他也許覺得藉著這個作品，自己已經努力達到這種形式的頂點了。」

「好像可以瞭解。不管什麼事情都需要有頂點噢。」星野青年說。

「歡迎您再度光臨。」

「嗯，我還會再來。」

回到房間，正如預料的那樣中田先生還在睡覺。因爲是第二次了所以青年也就見怪不怪。讓他想睡多久就睡多久吧。枕頭邊那塊石頭依然以同樣的模樣擺在那邊。青年把麵包袋放在石頭旁邊。然後去泡澡，換了新的內衣褲。把以前穿過的內衣褲裝進紙袋丟進垃圾桶。鑽進棉被，就那樣立刻睡著了。

第二天早晨不到9點青年醒來。中田先生還在旁邊的棉被裡，以同樣的姿勢睡著。呼吸聲音很平靜，不過很安定。正沉沉地熟睡著。星野青年一個人去吃了早餐，並拜託女服務生說，同伴還在睡覺請不要叫醒他。

「棉被不用收沒關係。」他說。

「睡這麼久不會有事嗎？」女服務生說。

「沒問題，沒問題，不會死掉。妳放心好了。他在藉著睡覺恢復體力。我很瞭解他。」

在車站買了報紙，坐在長椅上查看電影廣告欄。車站附近的電影院正在上演楚浮（François Truffaut）的電影回顧展。他完全不知道楚浮是什麼樣的人（連是男的還是女的都不知道），電影兩部聯映，看樣子可以消磨時間到傍晚，因此決定去看。上演的片子是《四百擊》（Les Quatre Cents Coups）與《射殺鋼琴師》（Tirez sur le Pianiste）。觀眾人數少得數得出來。星野實在不算是愛看電影的人。雖然偶爾會走到電影院去，但看的多半只限於功夫片或動作片。所以楚浮的作品對他來說有許多不太容易理解的部分和場面，而且又是老電影所以步調也相當緩慢。不過他還是可以享受那獨特的氛圍、畫面的色調、和暗示性的心理描寫。至少不至於覺得無聊得難以消磨時間。看完時，甚至還想不妨看看這個導演的別部電影呢。

從電影院出來以後，走過商店街，到昨天晚上去過的同一家喫茶店去。主人還記得他的臉。青年坐在同一張椅子上點了咖啡。還是沒有別的客人。喇叭正播放著大提琴協奏曲。

「這是海頓的協奏曲，一號。傅尼葉拉的大提琴。」送咖啡來的時候，店主人說。

「聲音好自然噢。」星野青年說。

「眞是正如您說的那樣。」店主也同意。「傅尼葉是我最敬愛的音樂家之一。就像上等葡萄酒一樣。有香味、有實體，會溫暖你的血液，靜靜地鼓勵你的心臟。我總是稱他爲『傅尼葉老師』。當然我們沒有實際交往過，不過他卻像是我人生的導師般的存在。」

一面側耳傾聽著傅尼葉流暢華麗而氣質高雅的大提琴，青年一面想起小時候，每天到附近的河裡釣泥鰍的事。那時候可以什麼都不想，他這樣想。只要那樣活下去就行了。只要活著，我就是什麼東西。大自然就是這樣成立的。可是不知不覺之間卻已經不再那樣了。活著，我變成什麼東西都不是了。這眞奇怪。人是爲了活下去才被生下來的，不是嗎？然而，我卻覺得越活下去內容越喪失，變得只是個空空洞洞的人似的。而且往後很可能越活下去，我還會變成更空洞更沒價值的人。這種事情是不對的。怎麼會有這麼奇怪的事。這種趨勢是不是能夠在什麼地方改變過來呢？

「嗨，歐吉桑。」青年向在櫃檯的店主人打招呼。

「什麼事嗎？」

「如果您有空，不會給您添太多麻煩的話，可以到這邊來談一談嗎？我想對這首曲子的作曲家海頓這個人多了解一點。」

主人走過來，熱心地談起海頓這個人和音樂。主人看起來雖然是個內向的人，不過一談起古典音樂時眞是很有說服力。海頓成爲一個受僱的音樂家，漫長的生涯裡曾經爲許多君主服務過，在旨令之下，在欽點之下，作了無數的曲子。他是個多麼務實、親切、謙虛而豁達的人。而且同時自己內心又是個懷有多麼安靜陰影的複雜的人。

「海頓在某種意義上是個謎樣的人。他的內心深處到底暗藏著多麼激烈的情感，老實說誰也不知道。可是因爲他生長在封建時代，他必須巧妙地爲自我穿上服從的外衣，不得不笑盈盈聰明伶俐地活下去。要不這樣的話他很可能會被擊垮。很多人拿海頓跟巴哈和莫札特比較時，會輕視他。不管是他的音樂，或他的生活方式。確實在他的漫長生涯中，雖然有適度的革新，卻絕對不算前衛。不過只要能用心仔細注意聽進去的話，應該可以聽出其中對現代化的自我覺醒懷著祕密的憧憬，那以一種含有矛盾的遙遠回音，在海頓的音樂中默默地脈動著。例如請聽聽這和音。有嗎？雖然安靜，卻充滿了少年般柔軟的好奇心，而且其中還有一種向內心探索而執拗的精神存在。」

「就像楚浮的電影一樣嗎？」

「沒錯。」店主人說，不禁拍拍星野青年的肩膀。「眞是像你所說的那樣。跟楚浮的作品也有相通的地方。充滿了柔軟的好奇心，具有向內心探索而執拗的精神。」

海頓的音樂播完後，青年又再請主人播一次魯賓斯坦、海飛茲、費爾曼的三重奏所演奏的《大公三重奏》。並且一面側耳傾聽那音樂一面一個人再度落入長考自省中。

「總之我就再盡量繼續陪伴中田先生吧。工作的事情管他的。」星野青年這樣下定決心。

第35章

早晨7點電話鈴聲響起時，我正在深深的熟睡中。夢中我在洞窟的深處，手上拿著手電筒彎著腰，正在黑暗中不知道尋找什麼。那時從洞窟的入口一帶，傳來有人在呼喚名字的聲音。是在叫我的名字。遠遠的，很小聲。我大聲朝那邊回答。可是那個人好像沒有聽到我的聲音，還一直持續在喊著我的名字。沒辦法我只好站直起來，開始走向洞窟入口。並且想「差一點就讓我找到了，眞可惜。」可是同時，沒有找到其實內心也鬆了一口氣。就在這時候醒了過來。我看看四周圍，把凌亂散漫的意識慢慢收回來。知道電話鈴正在響著。是圖書館桌上的電話在響。透過窗簾早晨鮮明的光線正照進房間裡來，身旁佐伯小姐已經不見蹤影了。只有我一個人在床上。

我只穿著T恤衫和平口褲從床上起來，走到放電話的地方去。雖然花了相當長的時間才走到，不過電話鈴並沒有放棄地繼續響著。

「喂。」

「還在睡覺嗎？」大島先生說。

「嗯，正在睡。」我回答。

「休假日一大早把你吵醒不好意思，不過事情變得有點麻煩了。」

「有點麻煩？」

「詳細情形以後再說，你最好暫時離開那裡比較好。我現在就過去那邊，你趕快收拾一下行李。我一到那邊，你就馬上出來停車場，什麼也別說上車就是了。明白嗎？」

「明白了。」我說。

我回到房間，依照吩咐的把行李整理好。並不需要著急。只要有5分鐘一切就整理好了。我把在洗手間洗好晾乾的衣服收進來，盥洗用具、書、日記塞進背包，行李就整理完畢了。穿上衣服，然後把弄亂的床重新鋪整齊。把床單的皺紋拉平，枕頭的凹痕拍拍復原，蓋的棉被整齊地罩好。消除一切用過的痕跡。然後坐在椅子上，想著數小時之前還在那裡的佐伯小姐。

20分鐘後，綠色的 Mazda Roadster 開進停車場之前，我已經以牛奶和玉米片簡單解決了早餐。把用過的餐具洗好收拾乾淨。刷過牙，洗了臉。照鏡子檢查一下臉。這時正好聽到停車場傳來引擎的聲音。

雖然是打開敞篷最適合不過的晴朗天氣，可是棕黃色的頂篷卻緊密地關閉起來。我背著背包快步走到車邊，坐進前座。大島先生把我的背包跟上次一樣俐落地綁在後車廂的架子上。他戴著 Armani 的深色太陽眼鏡，V形領白色T恤衫，上面套一件格子紋的麻襯衫。白色牛仔長褲、深藍色的 Converse 短筒球鞋。一身假日的休閒裝扮。他遞給我一頂深藍色棒球帽。上面有 North Face 的標誌。

「你好像說過帽子掉在哪裡了。可以把這個戴上。多少可以用來遮一點臉。」

「謝謝。」我說。然後把帽子戴起來看看。大島先生檢查一下我戴上帽子後的臉，好像認為可以似地點點頭。

「你有太陽眼鏡噢。」

我點點頭，從口袋拿出深天藍色的 Revo 太陽眼鏡，戴起來。

「很酷嘛。」大島先生看著我的臉說。「對了，你把帽舌轉往後面戴看看。」

我照他說的把帽舌轉向後面。

大島先生再點一次頭。「很好。好像個教養不錯的饒舌歌手。」

然後他把排檔排進低速檔，慢慢開始踩油門，接著輕放離合器。

「要去哪裡？」我問。

「和上次一樣的地方。」

「高知的山中？」

大島先生點點頭。「對。又要再開長途了。」他說。然後把汽車音響開關打開。莫札特的明朗管弦樂曲流瀉出來。記得聽過的。Serenade No. 9 *Posthorn*？

「山裡住膩了嗎？」

「我很喜歡那裡呀。既安靜，又可以讀很多書。」

「那就好。」大島先生說。

「那麼，你說麻煩事是指什麼？」

大島先生往後視鏡投出爲難的視線。然後輕瞄一下我的臉，再把視線轉回正面。

「首先第一件，警察又再聯絡過了。昨天晚上，打電話到我家來。他們這次好像相當認眞地在尋找你的行蹤。跟上次氣氛完全不同。」

「可是我有不在場證明。不是嗎？」

「當然。你有很確實的不在場證明。事件當天，你一直在四國。他們對這點倒是沒有懷疑。不過你可能跟誰同謀。還存有這種可能性。」

「同謀？」

「你可能有共犯也不一定。是這麼回事。」

共犯？我搖搖頭。「這是哪裡跑出來的說法？」

「警察照例不會告訴你太多事情。他們詢問人家時雖然很貪婪，可是告訴你的時候卻很節制。所以我花了一個晚上試著用網站收集情報。你知道嗎？關於這個事件已經出現幾個專門的網站了噢。而且在那上面你已經變成小有名氣了。被稱爲掌握事件破案關鍵的放浪王子。」

我輕輕聳聳肩。放浪王子？

「最遺憾的是，那方面的資料往往無法正確判斷哪些是眞實的，哪些是臆測的。不過綜合各種資料，事情大概是這樣。警察現在正在追查一個男人的行蹤。一個65歲左右的男人。那個男人在事件發生的夜晚，到野方商店街附近的派出所自首，說自己剛剛在附近殺了人。說是用刀子刺殺的。可是他隨口說了好些令人無法理解的事情。因此值班的年輕警察心想，反正是頭腦有問題的老人家吧，於是沒有理會他，也沒好好聽，就讓他回去了。事件被發現時，警察當然想到了那個老人。而且知道自己犯了大錯。竟然沒有問對方的名字和住址。這種事情要是被上司知道可就事態嚴重了。所以他閉口沒說。可是因爲某種情況——雖然不知道是什麼樣的情況——實情終於敗露。警察當然受到懲戒處分。眞可憐，也許一輩子都無法出頭了。」

大島先生換檔，超過跑在前面的白色Toyota Tercel，再快速回到原來的車道。

「警察卯足全力鎖定這個老人的身分。雖然不太清楚他的履歷，不過好像是個智能障礙者。不是很嚴重的障礙，不過有點脫線。靠親戚的援助和社會福利過活。一個人獨居。不過他人已經不在住的公寓了。警察追查他的行蹤時，發現他好像是靠著搭便車往四國走的樣子。一個長途巴士的司機還記得有一個可能是他的人從神戶上車。因爲以很有特徵的說話方式說過奇怪的話，所以還留在記憶裡。說是跟一個25歲左右的年輕男人在一起。而且兩個人在德島車站前下了巴士。他們在德島所住過的旅館也找到了。根據旅館的女服務生說，兩個人好像已經搭電車到高松去了的樣子。這麼一來他的足跡和你現在所在的地方正好完全一致。你和那個老人同樣都從中野區的野方筆直往高松來。要當作是偶然的一致未免也太巧了。當然，警察會想其中必定有什麼。例如你們可能是同謀一起合作幹下這次事件的。這次是由中央的警視廳出差來辦的。在市區到處搜索。你住在圖書館裡面的事情，可能無法再隱瞞下去了。所以我決定帶你到山裡去。」

「住在中野區的智能障礙老人？」

「你記得什麼嗎？」

我搖搖頭。「完全沒印象。」

「從住址來看，好像就住在你家附近的樣子。走路大約15分鐘左右的地方。」

「嘿大島先生，中野區住著非常多人。我連隔壁住的是誰都不知道噢。」

「而且，你聽著噢，事情還有下文呢。」大島先生說。而且還瞄了我一眼。「是他讓沙丁魚和竹筴魚落在野方的商店街的。至少，他在前一天就向警察預言，會有大量的魚從天而降。」

「不得了。」我說。

「就是嘛。」大島先生說。「同一天夜晚，大量的螞蝗降落在東名高速道路的富士川休息區。這件事你記得吧？」

「記得啊。」

「警察當然也注意到這一連串的事件。他們推測這些不可思議的事件和那位謎一樣的老人可能有某種關聯。足跡差不多一致。」

莫札特的曲子結束了，又開始播出另一首莫札特的曲子。

大島先生一面握著方向盤一面搖了幾次頭。「事情發展得實在不可思議。從一開頭就很奇怪，後來又變得越來越奇怪。沒辦法預測未來。不過只有一件事情可以確定。那就是事情的發展好像逐漸開始往這一帶集中過來的樣子。你的這條線，跟那個謎樣老人的那條線，正要往這一帶的某個地方交叉起來。」

我閉上眼睛傾聽引擎聲。

「大島先生，我這就離開這裡往別的某個城市去會不會比較好？」我說。「因爲不管會發生什麼事情，我都不該再給大島先生和佐伯小姐增添更多麻煩了。」

「例如到哪裡去呢？」

「不知道。只要帶我到車站去，我到時候再考慮。其實什麼地方都可以。」

大島先生嘆一口氣。「這算不上一個好主意。首先車站一定有警察在巡邏，搜查看看有沒有個子高高的15歲少年，背負著旅行背包和滿腹心事的酷少年。」

「那麼，你可以送我到不會被監視的偏遠小站就行了。」

「一樣啊，你遲早總會在什麼地方被找到的。」

我沉默下來。

「聽著，他們並沒有你的拘票。你也沒有被通緝。對嗎？」大島先生說。

我點點頭。

「那麼，你現在還是自由之身。我把你帶到哪裡去，都隨我的便。並沒有觸犯法律。本來我就連你的本名都不知道，田村卡夫卡。你可以不用替我擔心。別看我這個樣子，其實我還是個滿小心的人。不會簡簡單單就被人家抓到小辮子。」

「大島先生。」我說。

「什麼事？」

「我眞的沒有跟任何人同謀。如果眞的要殺我父親，我也不會去拜託誰。」

「這個我很了解。」

大島先生在紅綠燈前停車，調整一下後視鏡。放一顆檸檬糖進嘴裡，也請我吃。我拿起一顆，放進嘴裡。

「還有呢？」

「什麼還有呢？」大島先生反問我。

「剛才大島先生說首先第一件。關於我不得不藏在山裡的理由。我想既然有第一個理由，那麼好像就有第二個理由的樣子。」

大島先生一直望著紅綠燈號誌。但是號誌一直不變綠。「跟第一個理由比起來，第二個理由並不太重要。」

「不過我還是想聽一聽。」

「是關於佐伯小姐的事。」大島先生說。號誌終於變成綠燈，他踩了油門。「你在跟她睡覺。對吧？」

我沒辦法好好回答。

「那也沒關係。不必介意。我只是很敏感所以知道。只有這樣而已。她是個很美麗的女人，以女性來說很有魅力。她是——很特別的人。在各種意義上。確實年齡跟你差距很大，不過那並不是什麼問題。我很了解你會被佐伯小姐吸引的心情。我想你會想跟她做愛。做沒關係。我想她也會想跟你做愛。做沒關係。事情很簡單。我不覺得怎麼樣。如果那對你們來說是好事的話，對我來說也是好事。」

大島先生在口中微微轉動著檸檬糖。

「不過現在，你稍微和佐伯小姐離開一下比較好。這跟中野區野方的流血事件沒關係。」

「爲什麼？」

「她現在正在非常微妙的地方。」

「微妙的地方？」

「佐伯小姐——」大島說著，尋思該用什麼說法接下去，「簡單說的話，就是她快要死了。我知道。我這些日子一直有這種感覺。」

我推起太陽眼鏡，看看大島先生的側臉。他筆直看著前方駕駛著。剛剛進入往高知方向的高速公路。車子稀奇地以規定的速限開在一般車道上。一輛黑色 Toyota Supra 發出呼嘯的聲音，從我們乘坐的 Roadster 旁邊超越過去。

「怎麼說快要死了……」我說，「是指得了不治之症嗎？例如癌症或白血病之類的。」

大島先生搖搖頭。「也許是。也許不是。我對她的健康狀況完全不清楚。說不定她有這樣的病也很難說。這種可能性不是沒有。不過我想應該是屬於精神領域的吧。生的意志——可能跟這方面有關。」

「你是指她已經喪失了生的意志嗎？」

「是啊。失去了繼續活下去的意志。」

「你想佐伯小姐會自殺嗎？」

「大概不是這樣。」大島先生說。「她只是坦然地安靜朝向死的方向前進。或者說，讓死向她走來。」

「就像列車開往車站一樣？」

「大概。」大島先生切斷了話，嘴唇閉得筆直。「而且，田村卡夫卡，這時候你偏偏出現了。像小黃瓜一樣酷（譯注：英文片語 cool as cucumber。），像卡夫卡一般神祕。而且你跟她互相吸引，終於——如果容許我用古典式的表現法說的話——開始發生關係。」

「然後呢？」

大島先生雙手離開了一下方向盤。「只有這樣啊。」

我慢慢搖搖頭。「然後，我覺得，大島先生可能這樣想——我就是那輛列車。」

大島先生久久沉默著。然後開口。「沒錯。」他承認。「正如你說的那樣。我是這麼想。」

「你是指我即將帶給佐伯小姐死亡，是嗎？」

「不過。」他說，「我並沒有因此而責怪你。反而不如說，我覺得這是一件好事。」

「爲什麼？」

大島先生對這個沒有回答。那是該由你來思考的事，他的沉默這樣說。或者說那是不用想也知道的事。

我身體沉入椅子裡，閉上眼睛。全身無力。

「嘿，大島先生。」

「什麼事？」

「我該怎麼辦呢？我開始完全不知道該怎麼辦才好了。也不知道自己正在朝什麼方向走。什麼是對的？什麼是錯的？該向前走好？還是向後退好？」

大島先生還是默不作聲。沒有回答。

「到底我該怎麼辦才好呢？」我問。

「什麼都不做最好。」他簡潔地回答。

「完全什麼都不做？」

大島先生點頭。「所以我才這樣把你帶到山中去。」

「可是在山中我該做什麼呢？」

「聽風的聲音就好了。」他說。「我每次都這樣做。」

我想一想這個。

大島先生伸出手，溫柔地放在我的手上。

「很多事情都不能怪你。不能怪我。也不是因爲預言，不是因爲詛咒。不是因爲DNA，不是因爲安排得不好。不是因爲結構主義，不是因爲第三次工業革命。我們全都會消滅、會喪失，是因爲世界的組織結構本身就是成立於會消滅會喪失之上的。我們的存在只不過是像那原理的剪影畫般的東西而已。風在吹著。有強烈狂暴的風，有輕微舒服的風。不過一切的風終究都會過去、會消失而去。風不是物體。那只是空氣移動的總稱而已。你仔細聽。你會理解那隱喻。」

我回握大島先生的手。柔軟、溫暖的手。光滑、沒有性別、細緻優雅。

「大島先生，」我說，「我現在還是離開佐伯小姐比較好對嗎？」

「是啊，田村卡夫卡。你還是暫時離開佐伯小姐比較好。我這麼認爲。讓她一個人靜一靜。她是頭腦很好的人，是堅強的人。長久以來都忍耐著強烈的孤獨，背負著沉重的記憶活過來了。很多事情她都可以一個人安靜地決定。」

「也就是說我是小孩，會妨礙她。」

「不是這樣，」大島先生以溫柔的聲音說，「不是這樣。你已經做了你該做的事情，做了有意義的事情。對你是有意義的事，對她也是有意義的事。所以往後就交給她去處理。這種說法聽起來也許很冷淡，不過現在對佐伯小姐，你什麼忙都幫不上。你現在開始就一個人到山裡去，做你自己的事情。對你來說，正好這樣的時期也來了。」

「我自己的事情？」

「只要側耳傾聽就行了，田村卡夫卡老弟。」大島先生說，「側耳傾聽。像蛤蜊一樣閉口全心聽。」

第36章

回到旅館一看，正如預料的一樣中田先生還在睡覺。他放在枕頭邊裝著麵包和橘子汁的袋子，還照樣留在那裡沒有動過。連翻身都沒翻一下。可能一次也沒醒來過。星野青年算了一下時間。他躺下時是昨天下午的2點左右，所以已經一連睡了足足有30小時了。不過今天到底是星期幾呢，青年想。最近完全失去時間感。他從旅行手提袋裡拿出記事本來查查看。嗯，從神戶搭上巴士到德島時是星期六，中田先生就那樣沉沉地睡到星期一。然後星期一從德島來到高松，星期四發生過石頭和打雷的騷動，那天下午開始睡。然後一夜過去……那麼今天是星期五。可是這樣想想看時，這個人好像是爲了熟睡而來到四國似的。

青年和昨天一樣洗過澡，看一會兒電視之後，鑽進棉被裡。中田先生那時候也還發出安詳的鼻息。算了，順其自然吧，青年想。讓他想睡多久就睡多久吧。想東想西的也沒有用。於是也就睡了。那是10點半的時候。

早上5點包包裡的手機開始響起來。星野立刻醒來，拿起電話。中田先生還在旁邊呼呼地睡著。

「喂。」

「星野老弟呀。」是男人的聲音。

「桑德斯上校。」青年說。

「沒錯。你還好嗎？」

「還好啊……」青年說。「嘿，歐吉桑，你怎麼知道這個號碼？我應該是沒有告訴你號碼啊。而且，我最近一直把手機的電源關掉。因爲要是打來聯絡工作的話很煩人。可是你怎麼打得進來？這不是很奇怪嗎？實在想不通。」

「所以我不是說過嗎？星野老弟，我既不是神，不是佛，也不是人。我是特別的東西。我是觀念啊。所以要讓星野老弟的電話手機鈴鈴響是易如反掌，小事一樁。不管電源有沒有開，都沒關係。你就別再這麼大驚小怪了好嗎？其實要我直接出動也沒關係，不過星野老弟你一醒來，突然發現我就坐在你枕頭邊，恐怕也會嚇一跳吧。」

「那當然會嚇一跳。」

「所以我才這樣打手機給你呀。這麼一點起碼的禮貌我還是很懂的。」

「那最好。」青年說。「可是，歐吉桑，這塊石頭怎麼辦呢？中田先生和我把石頭翻轉過來，總算把入口打開了噢。就在猛打雷的時候，石頭重得我要死。噢對了，我還沒提過中田先生的事吧。中田先生就是跟我一起旅行的人——」

「中田先生的事情我知道。」桑德斯上校說。「你不用說明。」

「哦。」星野先生說。「算了沒關係。告訴你，中田先生好像進入冬眠一樣沉沉地熟睡呢。石頭還在這裡。是不是差不多該拿回神社去比較好？我們擅自拿出來，我擔心會受到懲罰呢。」

「真是個固執的傢伙。不會受到懲罰的，要我說幾次你才會明白。」桑德斯上校好像很意外地說。「石頭你就暫時收起來保管著。你們把那打開了。一旦打開的東西還要再關起來才行。關起來以後再拿回去。現在還不是放回去的時候。知道嗎？OK？」

「OK。」青年說。「打開的東西要再關起來。拿出來的東西要拿回去照舊放好。好，好，明白了。我會做做看。嘿，歐吉桑，我已經不再想東想西了。雖然還莫名其妙，不過我會照歐吉桑說的去做。我昨天晚上深深徹悟了。不平常的事情再怎麼用平常的想法去想也沒用。」

「聰明的結論。有一句俗話說『愚笨的長考，好比在休息』。」

「說得好。」

「很有點深意的話。」

「還有一句叫做『羊年的管家是手術的必需品』。」

「這到底又是什麼意思？」

「繞口令啊，我創作的。」

「這個現在說出來有什麼必然性之類的嗎？」

「一點也沒有，只是說說罷了。」

「星野老弟，拜託你，別淨說這些無聊話了。我腦袋快被你搞昏了。這種沒有方向性而無意義的東西我最不行。」

「對不起啊。」青年說。「不過，歐吉桑，你不是有事情找我嗎？因爲有事情，才會這樣一大清早的就特地打電話來吧？」

「對了對了，我全都忘光了。」桑德斯上校說。「最重要的正經事不能不說。嘿，星野老弟，你們現在馬上離開那家旅館。因爲沒時間了，早餐也不用吃了。馬上把中田先生叫起來，帶著石頭離開那裡，坐上計程車。計程車不要從旅館搭，走到馬路上才攔一輛路過的車噢。然後跟司機說這個地址。你手頭有紙和筆嗎？」

「有啊。」青年說著，從袋子裡拿出記事本和原子筆。「掃把和畚箕都準備好了。」

「不是叫你別開無聊玩笑嗎？」桑德斯上校在電話上氣得大吼。「這邊可是認眞的噢。已經是分秒必爭的時刻了。」

「是是。筆記本和原子筆，都有了。」

桑德斯上校說出地址，青年寫下來，在話筒讀出來確認一次。「＊＊3丁目、16—15高松公園高地308號室。這樣對吧？」

「很好。」桑德斯上校說。「門前有一個黑色的傘架，下面放有鑰匙。就用那個開門進去。可以隨你們高興儘管住。需要的東西大概都準備齊全了，讓你們暫時可以不用外出。」

「噢，那就是歐吉桑所擁有的公寓了。」

「對，是我的公寓。雖然說是擁有，也只是租來的。所以你們可以隨便使用。這是爲你們而準備的。」

「喲，歐吉桑。」青年說。

「什麼？」

「歐吉桑既不是神，不是佛，也不是人。本來就是無形的東西。您這樣說過對嗎？」

「沒錯。」

「不是這個世界的東西。」

「正是。」

「這樣的東西爲什麼可以租得了公寓的房子呢？歐吉桑，既然歐吉桑不是人，自然沒有戶籍，沒有戶口名簿，沒有所得證明，也沒有印鑑章、印鑑證明吧？沒有這些是不能租房子的。是不是耍了什麼把戲呢？比方用樹葉變成印鑑證明來騙人之類的。我可不想再被捲進更麻煩的事情了噢。」

「眞是不懂事的傢伙。」桑德斯上校咋舌說。「徹底笨到家了。你的腦漿是不是用豆腐做的？這個沒出息的傻瓜。什麼樹葉。我可不是貍貓。我是觀念。觀念和貍貓的成立是截然不同的。眞是的，說什麼無聊話。嘿，你以爲我還需要特地跑到房地產仲介公司去一一辦那種無聊手續嗎？『怎麼樣，房租可以再算便宜一點嗎？』你以爲我還要這樣說啊？別傻了。這種現世的事情我全部交給秘書辦。祕書會準備所有必要的文件。這不是當然的嗎？」

「這樣啊，歐吉桑還有祕書呢。」

「那當然。你到底把人家想成什麼了。瞧不起人也有個程度吧。我也很忙。請一個祕書有什麼奇怪的？」

「沒什麼，我知道了。別激動嘛。我只是開一下玩笑而已。不過，歐吉桑，爲什麼又非要那麼急著離開這裡不可呢？慢慢吃個早餐再走不行嗎？肚子好餓啊。而且中田先生還睡得很熟，把他叫起來也不會馬上就清醒啊……」

「你給我聽清楚，星野老弟。這可不是開玩笑。警察正在拚命找你們。這些傢伙今天一大早就會在市內的飯店和旅館開始盤問。中田先生和星野老弟的長相裝扮他們老早都已經知道了。所以只要一查就找得到。因爲你們兩個外貌都很特別。這是分秒必爭的時刻了……」

「警察？」青年提高聲音。「少來了，歐吉桑。我們又沒有做什麼不好的事情。雖然高中時代我確實曾經偷過幾次機車，但那也只是自己騎騎過過癮而已，並沒有拿去賣掉。我騎一騎然後又再好好的還回原地。從此以後就洗手不幹沒再犯過罪。要勉強說，只有上次從神社把石頭搬出來而已。而且那還是因爲歐吉桑叫我搬才……」

「這跟石頭沒關係。」桑德斯上校劈頭一句說。「眞是不懂事的傢伙。我不是叫你把石頭的事情忘掉嗎？警察既不知道石頭的事，就算知道也不會在意。至少不會因爲這點小事就一大早一起出動搜查市內。而是更更重大的事。」

「更更重大的事？」

「因爲這個事情中田先生正被警察追蹤。」

「可是，歐吉桑，我搞不太懂。中田先生看起來，不是全世界最不可能犯罪的人嗎？你說重大的事情到底是指什麼？是什麼樣的犯罪？爲什麼中田先生會跟那個有關呢？」

「現在電話上沒時間詳細說。重要的是，星野老弟你必須保護中田先生，逃出那裡才行。一切重責大任全都放在你星野老弟的雙肩上了。知道嗎？」

「不知道啊。」青年一面對著電話搖頭一面說。「完全搞不懂是怎麼回事。這樣一來，我豈不變成共犯了嗎？」

「不會被當成共犯，不過，大概要接受調查吧。可是沒時間了，星野老弟，困難的問題你先吞回去，現在先默默照我說的去做就是了。」

「喂喂，等一下。我啊，歐吉桑，這樣說有點不好聽，不過我討厭警察。最討厭了。他們比流氓、比自衛隊還要惡劣。做法骯髒，一下就神氣霸道起來，最喜歡欺負弱小的人。我高中時候，和當了卡車司機之後，都一直被這些傢伙整得很慘。所以，我可不想跟警察吵架噢。既沒有勝算，事後又麻煩。你懂嗎？我爲什麼又要被捲進這種事情呢？其實……」

電話掛斷了。

「眞要命。」青年說。深深嘆一口氣把行動電話收進袋子裡。然後開始去叫中田先生。

「嘿，中田先生。嘿，歐吉桑。火災呀。洪水呀。地震哪。革命了噢。酷斯拉來囉。你快點起來嘛。拜託啦。」

中田先生花了相當長的時間才醒過來。「中田剛剛把木頭的稜角刨圓了。剩下的木屑用來當引火柴。不，貓沒有洗澡。洗過澡的是中田。」中田先生說。他好像正在某個別的時間別的世界的樣子。青年搖搖中田先生的肩膀，捏捏他的鼻子，拉拉他的耳朵。這樣好不容易才把中田先生的意識拉回來。

「這不是星野先生嗎？」中田先生說。

「對，就是我星野。」青年說。「對不起，把你叫起來。」

「哪裡，沒關係。中田差不多也該起來了。請不用擔心。我已經把引火柴準備好了。」

「那很好。不過，發生了一點小事情，我們必須趕快離開這裡。」

「那是因爲 Johnnie Walker 先生的事情嗎？」

「詳細情形我也不太清楚。我從某個管道獲得特別的情報。叫我們離開這裡。警察正在找我們。」

「是這樣嗎？」

「說是這樣。可是，你跟 Johnnie Walker 先生之間，到底發生了什麼事？」

「喔，之前沒有跟星野先生說過那件事情嗎？」

「沒有，沒有說過。」

「怎麼覺得好像說過了。」

「不，我沒聽到重要的事情。」

「老實說，中田把 Johnnie Walker 先生殺掉了。」

「不是開玩笑的吧？」

「是的，沒有開玩笑，眞的殺了。」

「要命。」青年說。

青年把東西塞進旅行袋，用布巾包起石頭。石頭又再恢復成原來的重量。雖然不輕，但還不至於拿不動。中田先生也把自己的東西收進帆布包裡。青年到櫃檯去，說有急事要出發了。因爲已經預先付過房錢，所以退房結帳幾乎沒花時間。中田先生腳步還有點搖擺，不過總算還能走路。

「中田睡了多久啊？」

「這個嘛，」說著，青年在腦子裡計算時間，「大約40小時吧。」

「覺得睡得很好。」

「是啊。那當然。如果這樣還不覺得睡得好的話，睡眠的立場也就站不住了。對了，歐吉桑，肚子餓不餓？」

「好像很餓的樣子。」

「可以再忍耐一下嗎？總之我們必須趕快離開這裡才行。吃東西等一下再說。」

「知道了。中田還可以忍耐。」

星野好像支撐著中田先生般扶著他走到大馬路上，攔下一部經過的計程車。然後把桑德斯上校告訴他的地址給司機看。司機點點頭，把兩個人載到那裡去。大約花了25分鐘到達那裡。車子穿過市區，開上國道，終於進入郊區的住宅區。這裡與之前住過車站附近的旅館周邊截然不同，環境高雅而安靜。

這裡似乎是到處都有的極平常而雅致的五樓公寓。標有「高松 Park Heights」的名稱。雖然名爲公園高地卻建在平地上，附近也沒有公園。兩個人搭電梯上到三樓，星野青年在傘架下面找到鑰匙。房子是所謂2LDK的。有兩個房間和客廳、餐廳連廚房。規格化的浴室附洗手間。一切都清潔而嶄新。家具幾乎都沒有用過的跡象。大型電視、小型音響設備。沙發組。房間各有床。床上寢具齊全。廚房烹飪用具齊備，餐具櫥裡排列著全套餐具。牆上掛著幾幅別致的版畫。看起來有點像是高級大廈的建設公司爲目標顧客所準備的樣品屋似的。

「很不錯嘛。」星野先生說。「雖然稱不上有個性，至少很乾淨。」

「很漂亮的地方。」中田先生說。

打開米白色大冰箱時，裡面塞滿了好多食物。中田先生一面嘀咕著什麼一面一一檢查食物，最後拿出雞蛋、青椒和奶油。把青椒洗乾淨切絲，先炒起來。然後把雞蛋打在深口碗裡用筷子攪打混合。選了一個大小適中的平底鍋，手法熟練地作了兩個放青椒的煎蛋包。烤了土司麵包做成兩人份的早餐，端到餐桌來。燒開水泡了紅茶。

「手藝好巧啊。」星野青年好佩服。「眞了不起。」

「因爲一直一個人生活嘛，這種事情已經習慣了。」

「我也是一個人生活啊，可是一點也不會做菜。」

「中田本來就很閒，也沒什麼別的事可做。」

兩個人吃了麵包，吃了煎蛋包。這樣兩個人都還覺得餓，於是中田先生又炒了培根和小白菜。然後又各烤了兩片土司吃。這樣總算心滿意足了。

兩個人坐在沙發上，喝第二杯紅茶。

「好了。」星野青年說。「歐吉桑殺了人嗎？」

「是的。中田殺了人。」中田先生說。然後說明自己刺殺 Johnnie Walker 先生的始末。

「眞嚇人。」星野青年說。「怎麼會這樣。不過，這種事情就算你說了，不管多誠實地照實際情形說明，警察還是不會相信吧。連我也是到現在才總算可以相信了，要是稍早一點的話，我可能也會聽不進去的。」

「中田也完全不知道是怎麼回事。」

「不過不管怎麼樣總是有一個人被殺了，說到一個人被殺掉，可不光是眞嚇人就能了事的。警察正在認眞搜查，他們正在追捕歐吉桑。已經來到四國了。」

「也給星野先生帶來麻煩。」

「那麼，你沒有想要去自首嗎？」

「沒有。」中田先生以罕有的果斷聲音說。「當時有過，可是現在沒有。因爲中田另外還有非做不可的事情。中田如果現在去向警察自首的話，那件事情就沒辦法完成了。那樣的話，中田來到四國就沒意義了。」

「打開的入口不能不再關閉起來。」

「是的，星野先生，就是這樣。打開的東西不能不再關閉起來。然後中田就會恢復成普通的中田。可是在那之前必須先做幾件事情。」

「桑德斯上校正在幫助我們的行動。」青年說。「是他告訴我石頭在哪裡的，又像這樣幫我們躲起來。他為什麼要幫我們呢？桑德斯上校和 Johnnie Walker 之間好像有什麼關係吧？」

可是青年越想頭腦越開始亂成一團。不合理的事情硬要說得通也是白費力氣的，他想。

「愚笨的長考，好比在休息，是嗎？」青年交叉雙臂說。

「星野先生。」中田先生說。

「什麼事？」

「有海的氣味。」

青年走到窗邊去打開落地窗，走出狹小的陽台從鼻子吸進空氣看看。但是並沒有海的氣味。只看見遠方有綠色松林而已。松林上方飄浮著白色初夏的雲。

「沒有什麼海的氣味呀。」青年說。

中田先生走過來，像松鼠般用鼻子聞聞氣味。「有海的氣味。那邊有海。」他指著松林的方向。

「嗯，歐吉桑鼻子很靈。」青年說。「我有點鼻塞，所以這方面不太行。」

「星野先生，要不要到海邊去散散步？」

青年考慮一下。想想到海邊散步應該沒關係吧。「好啊，走吧。」他說。

「在那之前中田想要上大號，可以嗎？」

「沒什麼急事，你就盡量花時間慢慢來吧。」

中田先生上廁所的時候青年繞著房間走，試著把那裡的東西都檢查一遍。就像桑德斯上校說的那樣，生活所必須的東西全都準備齊全了。洗臉台從刮鬍膏、新的牙刷、棉花棒、絆創膏、到指甲剪，各種基本東西大體上都一應俱全。連熨斗和燙衣台都有。

「反正這種細微的事情全部都是讓祕書包辦的吧，不過還是眞細心周到啊。沒有一點疏忽遺漏的東西。」青年一個人自言自語。

打開衣櫥時，連要換穿的內衣和衣服都準備了。沒有夏威夷 Aloha 衫，只有格子紋的開襟襯衫，和 Polo 衫而已。全都是 Tommy Hilfiger 的，新的。「桑德斯上校這傢伙好像很聰明又好像不太聰明。」青年沒特別對誰說地抱怨著。「我是 Aloha 衫的迷，這只要看一眼就知道了。我是連冬天都可以靠一件 Aloha 衫過冬的人。如果做得這麼周到的話，也不會幫我準備一件 Aloha 衫，眞是的。」

不過到現在爲止所穿的襯衫果然已經滿身汗臭了，於是他乾脆換掉套上 Polo 衫。尺寸完全合身。

兩個人走到海岸。穿過松林，越過防波堤，下到沙灘。這是安靜的瀨戶內海的海邊。兩個人在沙灘上並排坐下，很久都沒說什麼，眺望著微小的波浪，就像掀起床單時那樣湧起來，發出微小的聲音濺起再碎散。海面看得見幾個小島。兩個人平常都沒看慣海這東西，因此看再多也看不膩。

「星野先生。」中田先生說。

「什麼事？」

「海這東西眞好啊。」

「是啊。看著就讓人的心安定下來。」

「爲什麼看著海時心會變得安定下來呢？」

「大概因爲很廣大什麼都沒有吧。」青年這樣說，指著大海。「因爲呀，如果那邊有7-11，那邊有西友商店，那邊有柏青哥小鋼珠店，那邊有吉川當鋪的廣告招牌的話，大概就沒辦法這麼安穩舒服了吧。一望無際什麼都沒有實在眞棒。」

「是啊。也許是這樣。」中田先生說著沉思一下。「星野先生。」

「什麼事？」

「我想請問一個很冒昧的問題。」

「說說看。」

「海底到底有什麼呢？」

「海底有海底的世界，那裡有魚有貝類有海草之類的，各種東西生活在那裡呀。你沒去過水族館嗎？」

「中田有生以來，從來沒有去過一次叫做水族館的地方。中田一直住在叫做松本的地方，那裡沒有水族館。」

「嗯，那也難怪。松本在山裡呀，頂多大概只有蘑菇博物館之類的吧。」青年說。「總之海底有各種東西。這些東西大多從水中吸取氧氣來呼吸。所以就算沒有空氣也能活下去。跟我們不一樣。有很漂亮的，有看起來很好吃的，有危險的，也有很多看起來很可怕的。對沒有實際看過的人，很難用嘴巴說明海底到底是什麼樣的東西，不過總之那裡是完全不同的世界。下到深的地方時，連日光都幾乎照不進去。住在那裡的東西特別怪異噁心。怎麼樣，中田先生，等這次這件亂七八糟的麻煩事情順利解決之後，我們兩個人到哪裡的水族館去看看吧。我也好久沒去了，相當有趣的地方噢。因爲高松靠近海，所以那邊或許有一個也不一定。」

「好啊。無論如何中田也想去看一看叫做水族館的地方。」

「還有啊，中田先生。」

「是的，什麼事情？星野先生。」

「我們前天中午左右，把石頭搬起來，打開了入口對嗎？」

「是的，中田和星野先生打開了入口的石頭。正如你說的那樣。後來中田就沉沉地睡著了。」

「那麼，我想知道的是，打開了入口的石頭是不是因此而實際發生了什麼事情呢？」

中田先生猛點頭。「是的，我想是發生了。」

「可是卻還不知道那是什麼事。」

中田先生斷然搖頭。「是的。還不知道。」

「那大概是……在某個地方，現在正在繼續發生吧？」

「是的。我想是這樣。正如星野先生說的那樣，還在繼續發生中的樣子。而且中田正在等著那個發生完畢。」

「那麼，也就是說，只要那個發生完畢的話，很多事情都可以順利解決了對嗎？」

中田先生再一次斷然搖頭。「不是。星野先生，這個中田就不知道了。中田所做的，只是該做的事情。至於藉著做這個事情，會發生什麼樣的事情，中田就不知道了。中田頭腦不好，所以這種困難的事情就想不到了。未來的事情我不知道。」

「你是說不管怎麼樣，事情發生完畢，結論之類的東西出現之前，還要花一點時間嗎？」

「是的。就是這樣。」

「而且在那之間，我們不可以被警察逮捕。因爲還有非做不可的事情等著要做。」

「是的，星野先生。就是這樣。中田去找警察是沒關係。什麼事情都可以依照知事先生吩咐的去做。可是現在卻有點困難。」

「嘿，歐吉桑。」星野先生說。「他們那些傢伙如果聽到中田先生說的那些莫名其妙的話，一定只會把你的口供扔掉，自己捏造適當的筆錄。換句話說他們那邊會隨便捏造事實。例如，本來要去偷東西而進入房子裡，可是因爲有人，就拿起菜刀來刺殺之類的。會把那弄成這種大家都容易懂的情況。對那些傢伙來說，眞實是什麼，正義是什麼，根本無所謂。爲了提高什麼鬼破案率而冤枉犯人根本是家常便飯。所以中田先生會被丟進監獄去，或重警備的精神病院去。不管哪邊都是很慘的地方。可能從此一輩子都出不來。反正想你應該也不會有錢請得起像樣的律師，所以只會道義上附一個差勁的公設辯護律師給你而已。可以想像會變成那樣。」

「這種複雜的事情中田不太知道。」

「總之這就是警察做的事情。我很清楚。」青年說。「所以呀，中田先生，我不想跟警察打交道。我跟警察超級不對盤。」

「是的。給星野先生添麻煩了。」

星野青年深深嘆一口氣。「不過啊，歐吉桑，世上有一句話說『服毒連盤子呑』。」

「那是什麼意思呢？」

「就是說既然要吃毒藥的話，乾脆一不做二不休順便把盤子也吃進去的意思啊。」

「可是星野先生，如果把盤子吃進去的話人會死掉啊。對牙齒也不好，喉嚨也會痛。」

「確實是這樣。」青年歪著頭。「爲什麼非要吃盤子不可噢？」

「中田頭腦不好所以不太明白，吃毒藥還可以理解，可是吃盤子就太硬了。」

「嗯。沒錯。我好像也漸漸搞不懂了。不是我自豪，我頭腦也不太好。可是總之我想說的是，既然已經走到這裡來了，所以就順便繼續保護中田先生讓你安全逃走的意思。我無論如何都不認爲中田先生會做壞事。我不可能在這裡就丟下歐吉桑不管。這樣星野老弟的道義就淪喪了。」

「謝謝你。眞的沒有辦法答謝星野先生。」中田先生說。「有你這番話似乎可以更放心依賴你了，中田還有一個請求。」

「說說看吧。」

「可能需要用到汽車。」

「汽車，租車子可以嗎？」

「中田不太知道租車子的事情，不過什麼樣的車都可以。小的也好大的也好，總之只要有一輛車子就可以了。」

「那簡單。車子的事情是我的專門。等一下就去租一輛來。那麼你要去哪裡呢？」

「是的。大概需要去某個地方。」
「嘿，中田先生，歐吉桑。」
「是。星野先生。」
「跟歐吉桑在一起永遠不會膩喲。雖然有很多莫名其妙的事情，不過至少可以這樣說。跟歐吉桑在一起永遠不會膩喲。」
「謝謝。你能這樣說中田也就安心一點了。可是，星野先生。」
「什麼事？」
「你說的膩是什麼意思，老實說，中田並不清楚。」
「歐吉桑，從來沒有對什麼覺得厭煩嗎？」
「是的。中田一次也沒有過這種事情。」
「這樣啊？我想也是，從以前我就這樣覺得了。」

第37章

在途中一個稍大的城鎮停下車，簡單地用過餐，走進超級市場和上次一樣買了食物和礦泉水，穿過山中未鋪柏油的道路到達小屋。小屋裡，還和一星期前我離開時一樣。我打開窗戶，把悶在裡面的空氣換新。然後整理買來的食物。

「我想在這裡睡一下。」大島先生說。然後像用雙手包住臉般打了一個呵欠。「因爲昨天晚上睡不太著。」

大概非常睏了吧，大島先生在床上簡單鋪個棉被，就那樣和衣鑽進去，面向牆壁立刻就睡著了。我用礦泉水幫他泡了咖啡，裝進攜帶用的熱水瓶。然後拿起兩個空塑膠桶，到森林裡的小溪邊去汲水。森林的風景也和上次來的時候一樣沒變。青草的氣味、鳥的啼聲、小溪的潺潺流水、穿越林間的風、婆娑搖曳的樹葉影子。飄過頭上的雲看起來非常近。感覺這些東西都以令我懷念的樣子，成爲我自己自然的一部分了。

大島先生在睡覺的時候，我走出門廊坐在椅子上，一面喝茶一面讀書。是寫關於1812年拿破崙遠征俄羅斯的書。由於這個幾乎沒有實質意義的大規模戰爭，大約有40萬的法國士兵在陌生的遼闊土地上喪失生命。戰鬥當然是殘酷而淒慘的。由於醫師人數不夠，醫療藥品不足，大多數負了重傷的士兵，就那樣在痛苦中死去。死法很悲慘。不過更多的死是由於飢餓與酷寒所帶來的。那同樣也是殘酷而淒慘的死法。我一面在山中小屋的門廊聽著小鳥的啼聲，一面喝著熱香草茶，腦子裡一面浮現雪花紛飛的俄羅斯戰場。

讀了三分之一左右時開始擔心起來，放下書本過去看看大島先生怎麼樣了。雖說是熟睡著，也未免太安靜了。感覺不到一點動靜。不過他依然蓋著薄被，非常安靜地呼吸著。走近旁邊去看看，可以知道他肩膀在輕微起伏著。我站在旁邊，望著他的肩膀一會兒。然後突然想起大島先生是女性的事。這個事實我只有偶爾才會想起來。大多時候我都把大島先生當作男性來接受。大島先生當然應該也是這樣希望。可是正在睡覺的大島先生，卻不可思議地令我感覺好像恢復成女性了似的。

之後我又走出門廊，繼續讀書。我的心再度回到沿路盡是凍僵屍體的斯摩林斯克（Smolensk）郊外的街道上去。

大島先生睡了大約2小時之後醒過來。走出門廊，確認自己的汽車還在那裡。綠色的 Roadster 因爲從乾燥未鋪柏油的路面開過來，因此幾乎已經變成雪白一片了。他大大伸了一個懶腰後，在我旁邊的椅子上坐下來。

「今年的梅雨季沒怎麼下雨噢。」大島先生一面揉著眼睛一面說。「這樣不太好。梅雨季如果雨水少的話，高松夏季一定會缺水。」

我提出一個問題。「佐伯小姐知道我現在在什麼地方嗎？」

大島先生搖搖頭。「老實說，這次的事情我什麼也沒跟她說。她應該也不知道我在這裡擁有小屋吧。我想她最好盡量不要知道太多事情比較好。不知道就沒有必要隱瞞了，這樣也就可以避免被捲進麻煩事裡。」

我點點頭。這也是我所希望的。

「到目前爲止她已經被捲進太多麻煩事了。」大島先生說。

「我終於告訴佐伯小姐我父親最近剛剛死掉的事情。」我說。「還有不知道被誰殺死的事。不過警察在追查我的事倒是沒有說。」

「不過就算你不說，我也不說，我覺得佐伯小姐可能也已經大約察覺到了。因爲她是個聰明人。所以如果我明天早晨到圖書館露面時，比方我說『田村好像有點事情，暫時去旅行的樣子。要我跟佐伯小姐打個招呼。』這樣報告，我想她大概也不會東問西問的。如果我不多加說明的話，她可能點個頭，就默默接受了。」

我點點頭。

「不過你很想見她對嗎？」

我沉默不語。我不知道該怎麼表達才好。不過答案非常清楚。

「雖然覺得很可憐，不過剛才也說過了，你們最好暫時分開比較好。」大島先生說。

「可是我以後也許就這樣再也看不到她了。」

「或許會這樣也說不定。」大島先生考慮一下之後承認了。「說起來雖然也是當然的，不過事情要實際發生後，才算發生了。而往往事情並不像表面上看起來的那樣。」

「嘿，佐伯小姐到底感覺怎麼樣？」

大島先生瞇細了眼睛看我的臉。「關於什麼？」

「也就是……如果她知道再也看不到我了，佐伯小姐對我，會不會也感覺到類似我現在一樣的感覺呢？」

大島先生微微笑一笑。「你爲什麼要問我這個問題？」

「因爲我完全不知道。所以才會問大島先生啊。因爲我以前沒有像這樣喜歡過誰、追求過誰的經驗。而且我以前也沒有被別人追求過的經驗。」

「所以心很亂，不知道該怎麼辦？」

我點點頭。「心很亂，不知道該怎麼辦。」

「自己對對方所感覺到的強烈而純粹的情緒，對方對你是不是也有這樣的感覺，你不知道。」大島先生說。

我搖搖頭。「一想到這裡就非常痛苦。」

大島先生一時之間什麼也沒說，瞇細了眼睛望著森林的方向。鳥從枝頭飛越到枝頭。他雙手交叉在脖子後面。

「你所感覺到的心情我也很瞭解。」大島先生說。「不過雖然如此，這還是要你自己去思考，自己去判斷才行的事。誰也不能代替你去思考。所謂戀愛就是這麼回事。田村卡夫卡老弟。目瞪口呆的美好，是由你一個人感受的話，那麼在深深的黑暗中迷失困惑的感覺也要由你一個人承受。你不得不以自己的身體和心去承受忍耐這個。」

大島先生2點半開車下山。

「如果節約一點的話，那裡的食物應該可以維持1星期左右。在那之前我會再回來這裡。如果有什麼事情無法過來時，我會聯絡我哥哥再加送食物過來。從他住的地方過來只要1小時就到得了。我跟我哥哥提過你在這裡的事。所以你不用擔心。知道嗎？」

「知道了。」我說。

「還有就像上次我也說過的那樣，你進入森林的時候一定要非常小心噢。一旦迷路就會出不來。」

「我會小心。」

「第二次世界大戰開始前不久的那段期間，帝國陸軍的部隊正好就在這一帶做過大規模的演習。假想在西伯利亞的森林與蘇維埃軍隊戰鬥所舉行的。我沒有提過這件事情嗎？」

「沒有。」我說。

「我好像常常會忘記重要的事情。」大島先生一面用手指按著太陽穴一面說。

「不過這裡看起來並不像西伯利亞的森林。」

「確實，這一帶是闊葉樹林，西伯利亞是針葉樹林。不過軍方對這種細節大概不在意吧。重要的是在深深的森林裡以全副武裝行軍，做戰鬥訓練。」

他把我泡的咖啡從熱水瓶倒進杯子裡，只加了一點點糖，就很美味似地喝著。

「因爲軍方來要求，我曾祖父就把山借給他們。他說請自由使用吧。因爲反正是沒有用的山。部隊從我們開車上來的道路走上來。然後進入森林。可是當幾天的演習結束後點名時，卻有兩個士兵不見了。他們在森林中散開後，還全副武裝就那樣消失了。兩個都是剛徵兵入伍的新兵。當然軍方展開大規模的搜索。可是始終沒找到這兩個人。」

大島先生又再喝一口咖啡。

「是在森林裡迷路了，還是逃走了，到現在都不知道。不過這一帶的山非常深，森林裡幾乎沒有可以吃的東西。」

我點點頭。

「我們所居住的這個世界，經常都跟別的世界比鄰而居。如果很注意的話，你某種程度可以踏進那個世界。也可以從那裡安全地回來。可是如果超越某一個地點時，就再也出不來了。會不知道回程的路怎麼走。那是個迷宮。你知道迷宮這東西剛開始是從什麼地方發想的嗎？」

我搖搖頭。

「以現在所知，迷宮這個概念，最初是古代美索布達米亞的人創造出來的。他們拉出動物的腸子——或許有時是人的腸子——以那形狀來預卜命運。並讚賞那複雜的形狀。所以迷宮形狀的基本原型是腸子。也就是說迷宮這東西的原理在你自己的內部。而且那跟你外部所有的迷宮性是互相呼應的。」

「隱喻。」我說。

「是的。相互隱喻。你外在的東西，是你內在東西的投影；你內在的東西，是你外在東西的投影。所以你往往，可以透過踏進你外在的迷宮，而踏進設定在你自己內在的迷宮。很多時候這是非常危險的。」

「就像進入森林的糖果屋裡去的漢斯和葛雷特一樣。」

「對。像漢斯和葛雷特一樣。森林設置了陷阱。不論你多麼小心，怎麼想辦法，還是有眼力敏銳的小鳥飛來，吃掉用來作記號的麵包屑。」

「我會注意的。」我說。

大島先生把 Roadster 的頂篷放下來成爲敞篷車，坐上駕駛座。戴上太陽眼鏡，手放在排檔桿上。然後熟悉的引擎聲便在森林裡響起來。用手指把前髮往後撩起，稍稍揮揮手，就離去了。揚起的灰塵在那裡飛舞一陣子，終於也被風吹散消失了。

我走進小屋裡，在剛才大島先生睡過的床上躺下來，閉上眼睛。試想一想我昨天晚上也沒怎麼睡。我感覺枕頭和棉被有大島先生的氣息。不，那與其說是大島先生的氣息，不如說是大島先生的睡眠所留下的氣息。我讓自己的身體沉進那氣息中。睡了30分鐘左右後，小屋外面發出咚的一聲巨大的聲響。是樹枝因爲承受不了某種重量而折斷，掉落地上似的聲音。因爲那聲音我醒過來。起身走出門廊看看週遭，可是眼睛所及並沒有任何東西改變。那也許是森林偶爾會發出的充滿謎意的聲音之一。或者那是在我睡夢中所發生的事也不一定。我無法看出那分界來。

我就那樣坐在門廊，看書看到太陽偏西。

我做了簡單的餐，一個人默默地吃。把餐具整理好之後，就讓身體沉進古老的沙發裡，想著佐伯小姐的事。

「正如大島先生說的那樣，佐伯小姐是個聰明人。而且擁有自己的風格。」叫做烏鴉的少年這樣說。

他坐在沙發上我的旁邊。就像在父親書房時一樣。

「她跟你相當不同。」他說。

她跟你相當不同。佐伯小姐過去經歷過各種狀況——而且都是不太尋常的狀況——她知道許多你所不知道的事情。經驗過許多你所未曾嚐過的感情經驗。分得出人要活下去什麼是重要的，什麼是不太重要的事情。她過去做過許多重要的判斷，看過因此所帶來的結果。但你並不是這樣，對嗎？你終究只是一個在狹小世界裡只有很有限經驗的小孩。雖然你很努力想變堅強起來。而且實際上在某些部分也堅強起來了。這點可以承認。不過在這個新世界的新局面中，你終究還是會走投無路。因為這些事情都是你第一次經驗到的。

你正走投無路。女性是不是有性慾，也是個不太能理解的問題之一。從理論上來說，女性當然應該也有性慾。這一點你也知道。可是一旦問到那麼那到底是怎麼形成的東西，那實際上是如何感覺的東西時，你就毫無概念了。以你自己的性慾來說，這很簡單可以知道。非常容易。可是說到女性的性慾時，尤其是佐伯小姐的性慾時，你就變得完全搞不清楚了。儘管她和你擁抱，可是她是否和你感覺到同樣的肉體上的快感呢？或者那是和你所感受到的完全不同性質的東西呢？

你越想越對自己是15歲的事感到厭煩。甚至開始絕望起來。如果你現在是20歲的話，不，就算18歲也好，總之只要不是15歲的話，你對佐伯小姐這個人，應該可以更正確地理解她的言語和行爲的含意才對。對那些也應該可以做出更正確的反應才對。你現在，正處於非常美好的事物中。這樣美好的事情也許將來再也遇不到了。是這麼的美好。然而現在，其中的美好，你竟然無法充分理解。這樣的焦躁甚至令你感到絕望。

你想像她現在正在做什麼。今天是星期一，圖書館休館。休假日佐伯小姐到底在做什麼呢？你想像她正一個人在房間裡。你一一想像她正在洗衣服、做飯、掃地、出去買東西的光景。越想像越覺得，自己現在在這裡的事令人窒息。你想化作一隻精悍的烏鴉，飛出這棟山中小屋。飛在空中，越過山林，停在她所住的房間外面，永遠一直看著她在那裡的身影姿態。

或許佐伯小姐到圖書館來，去你房間找你也不一定。她敲門。沒有反應。門沒有上鎖。於是她發現你不在那裡，行李也沒有留下來。床鋪得整整齊齊。她想你到哪裡去了呢。也許在房間稍微待一下，等你回來。在那之間也許會在書桌前的椅子上坐下來，托著腮，望著〈海邊的卡夫卡〉。大概會想起那裡面所包含的過去的時光吧。可是怎麼等你都沒回來。她終於放棄了，走出房間。走到停車場，上了

Volkswagen Golf，發動引擎。你不想就這樣讓她回去。你希望你人在那裡，緊緊擁抱住來訪的她，想知道她身體每個動作的意義。然而你卻不在那裡。你正置身於一個跟所有的人都遠遠隔離的地方，一個人孤零零的。

你上了床，把燈關掉，希望佐伯小姐能在房間裡出現。即使不是現實中的佐伯小姐也好。如果是那15歲少女的身影也好。不管是什麼形式的，是生靈或幻影，都想見到她。但願她就在你身旁。你的頭腦因為這些想法而快要爆炸。身體也快要崩潰解體成四分五裂了。可是不管怎麼想怎麼等，她都沒有出現。只能聽到窗外微風吹過的聲音而已。而且偶爾有夜鳥低低啼叫。你停止呼吸，在黑暗中安靜凝神注目。耳朵傾聽著風聲。想要讀出其中有什麼含意，感覺其中有什麼啓示。可是在你週遭，只有幾個層次的黑暗而已。你終於放棄了，閉上眼睛，沉沉睡去。

第38章

星野青年從房間裡的市區電話簿查出市內的租車公司，選了適當的地方打了電話。

「普通的轎車就行了，大約想租2、3天。不必太大，盡量不顯眼的比較好。」

「嗯，先生，」對方說，「我們這裡是處理Mazda的租車公司。這樣說也許不太妥當，不過說起來沒有一輛顯眼的轎車。請安心。」

「那就好。」

「Familia的可以嗎？這是可以信賴的車子，不顯眼方面可以請神佛保證。」

「嗯，那就可以了。Familia的。」青年說。租車公司在車站附近。大約1小時後去取車。

他一個人搭計程車到那裡，把信用卡和駕照給對方看，車子暫時先租2天。停在停車場的白色Familia確實不顯眼。甚至令人感覺那在所謂匿名性這個領域裡似乎可以算是一種成就。一旦眼光轉開之後，就幾乎想不起那是什麼形狀的了。

開著Familia回到公寓大廈的途中經過書店，買了高松市內地圖和四國道路地圖。在那附近看到有CD店，於是走過去找貝多芬的《大公三重奏》。街道旁的CD店裡古典音樂賣場並不太大，而且那裡只放了一張《大公三重奏》的廉價CD。可惜不是百萬三重奏所演奏的版本，不過總之青年還是以1000圓買下了。

回到房間，中田先生正站在廚房，手法熟練地煮著蘿蔔和油豆腐。溫柔的氣味飄散在房間裡。「因爲很閒，所以中田就作了各種料理。」中田先生說。

「很好啊，最近一直都在外面餐廳吃。差不多也開始想吃家庭式的清爽料理了。」青年說。「對了，歐吉桑，車子租來了噢。停在外面。是不是馬上就要用到呢？」

「不，那明天開始就可以了。今天想要跟石頭公再談一點話。」

「嗯，我想這樣很好。互相談一談是很重要的事。不管對方是誰，或是什麼，與其不談不如談一談比較好。我在開著卡車的時候，也常常跟引擎說話噢。很注意地側耳傾聽時，可以聽出各種事情來。」

「是的。中田也是這樣想。中田雖然無法跟引擎公談話，不過不管對方是誰，互相談一談是一件好事。」

「那麼，你跟石頭也稍微談得通了嗎？」

「是的。漸漸感覺好像心情開始互相通了似的。」

「那眞是再好不過了。那麼，中田先生，那位石頭公有沒有爲了被擅自搬來這裡的事情，感到生氣，或不愉快呢？」

「沒有。沒有這種事。以中田所感覺到的，石頭公對於場所的事情好像並不在意的樣子。」

「那就好。」青年聽到後才放下心。「如果連石頭都要懲罰我們的話就更沒有立足之地了。」

青年聽著買來的《大公三重奏》度過黃昏之前的時光。演奏沒有百萬三重奏那麼華麗而舒放，說起來是比較樸素而堅實的演奏，不過這樣也自有這樣不錯的地方。他躺在沙發上，側耳傾聽鋼琴和弦樂的音響。那深沉優美的旋律滲入他胸中，賦格曲的精緻纏綿挑動他的心。

如果是一星期前的話，我就算聽到這樣的音樂也可能一絲一毫都無法理解，青年想。甚至想去理解的心情都提不起來。但是卻因爲偶然的機緣碰巧進去那家小喫茶店，坐在舒服的沙發上喝了香濃的咖啡，因此才能夠很自然地接受了這個音樂。他覺得對他來說那似乎是自己所遇到的一件相當有意義的事情。

他好像要確認自己所學到的新能力般，重複聽了那張CD好幾次。CD上除了《大公三重奏》之外，還有出自同一作曲家之手的稱爲《幽靈三重奏》的鋼琴三重奏。那也是不錯的曲子。不過青年還是比較喜歡《大公三重奏》。這首比較有深度。在那之間中田先生則坐在房間的角落，朝著白色的石頭喃喃唸著什麼。偶爾點點頭，用手掌來回撫摸著頭。兩個人身在同一個房間裡，卻分別專注於各自不同的事情。

「音樂會不會妨礙你跟石頭公談話？」青年向中田先生開口問。

「不會，沒問題。音樂不會妨礙中田。音樂對中田來說就像是風聲一樣的東西。」

「嗯。」星野青年說。「風啊。」

到了6點，中田準備上晚餐。烤了鮭魚，做了生菜沙拉。並把預先做好的幾道燉菜裝進盤子裡。星野先生打開電視，看新聞節目。心想中田先生受到嫌疑的那件中野區殺人事件的搜查，不知道有沒有什麼進展，不過新聞報導完全沒有提到那個。只有綁票小女孩、以色列與巴勒斯坦的互相報復、中國公路上的大規模車禍、以外國人爲主的汽車竊盜集團、行政首長的歧視性失言、資訊業大公司裁員的報導等而已。沒有一件是明朗的消息。

兩個人隔著餐桌面對面用餐。

「嗯，好好吃噢。」星野佩服地說。「歐吉桑滿有做菜才華噢。」

「謝謝。不過中田所作的飯菜，像這樣有人賞光還是第一次。」

「歐吉桑沒有可以一起吃飯的朋友和家人嗎？」

「是的。有貓，不過貓和中田吃的東西相當不同。」

「那倒也是啊。」青年說。「不過總之，非常好吃。尤其這個燉煮的東西好好吃噢。」

「能讓你喜歡，眞是再好不過了。因爲不識字，所以中田常常會犯一些莫名其妙的錯誤。那樣的時候就會長出莫名其妙的東西。所以中田只用經常用的材料，經常做一樣的調理。如果識字的話，就可以做更多不同的東西了。」

「不過我完全不在乎。」

「星野先生。」中田坐正姿勢以認眞的聲音說。

「什麼事？」

「不識字是很痛苦的事情。」

「大概是吧。」青年說。「不過根據這張CD的解說，貝多芬耳朵也聽不見。貝多芬是一位非常偉大的作曲家，年輕時候據說是歐洲首屈一指的鋼琴家。以演奏家身分也獲得極大的名聲。可是有一天，他卻因爲生病的關係耳朵聾掉了。變成幾乎完全聽不見。一個作曲家居然耳朵聽不見，簡直是要命的事。你明白嗎？」

「是的。好像多少可以明白一點。」

「作曲家耳朵聽不見，就好像大廚師失去了味覺一樣。像青蛙失去了蹼一樣。像長途卡車司機被吊扣或吊銷駕駛執照。誰都會眼前發黑的。對嗎？可是貝多芬並沒有氣餒。當然我想是會有點心情低落啦，可是他並沒有被不幸所打敗。『怎麼碰到斜坡，這麼陡的斜坡啊，』（譯註：這是一首童謠的歌詞。）之類的。然後他還是繼續作了很多曲子，做出比以前內容更深入的傑出音樂。眞了不起。例如剛才聽到的《大公三重奏》就是他耳朵已經聽不太到之後所作的曲子。所以呀，歐吉桑不識字一定很不方便，也很難過吧，不過那並不是一切。就算不能讀字，歐吉桑還是有歐吉桑才能辦到的事情。必須要看那邊才行。例如，歐吉桑還能跟石頭說話。」

「是的。確實中田跟石頭公多少可以談得通一些。以前還可以跟貓說話。」

「那大概是只有中田先生才能做到的事。不管讀了多少書，普通一般人是無法跟石頭或貓說話的。」

「可是星野先生，中田最近常常作夢。夢中中田可以讀字。不知道因爲什麼原因變成可以讀字了。中田頭腦已經沒有那麼壞了。中田好高興，到圖書館去，讀了好多書。感覺原來會讀書識字是這麼美好的事情啊。中田一本又一本地讀下去。可是這時候房間的電燈卻突然啪一下熄滅了，變成一片黑漆漆的。有人把電燈關掉了。什麼都看不見。也不能再看書了。到這裡就醒過來。就算是在夢中也好，能夠讀字，能夠讀書，眞是一件美好的事情。」

「哦。」青年說。「我雖然認識字，可是卻完全不讀書。世間實在眞不順利啊。」

「星野先生。」中田先生說。

「什麼事？」

「今天是星期幾？」

「今天是星期六吧。」

「明天是星期天嗎？」

「平常是會這樣。」

「明天早上開始你可以幫我開車嗎？」

「可以呀，你想去哪裡？」

「這個中田也不清楚。上了車之後再來想。」

「你也許不相信。」青年說。「不過我就知道答案大概會是這樣。」

第二天早晨。7點過後青年醒過來。中田先生已經起來了，站在廚房準備早餐。青年走到洗手間去潑著冷水洗臉，用電動刮鬍刀刮鬍子。他們吃了熱飯和茄子味噌湯，竹筴魚乾和泡菜，這樣的早餐。青年還添了第二碗飯。

在中田先生收拾餐具的時候，青年又再次看電視新聞。這次倒有報導一點中野區殺人事件的事。

「事件發生後經過10天了，依然沒有查到有力的線索。」NHK播報員淡淡地敘述。畫面照出一間大門很氣派的房子。門前站著警察，四周圍著禁止進入的繩圈。

「事件發生前失蹤的15歲長男的搜索依然在繼續進行中，目前還未能掌握他的行蹤。此外事件後立刻到派出所去，提供有關殺人事件訊息的，住在附近的60幾歲男子的行蹤也正在搜索中。這兩個人之間是否有任何關係，目前還不清楚。從家中並沒有被弄亂的形跡看來，可能是因爲個人恩怨所引起的犯罪行爲。警察正在詳細調查被害者田村先生過去的交友關係。此外爲了表揚田村先生生前的藝術功績，東京國立近代美術館——」

「嗨，歐吉桑。」青年朝站在廚房的中田先生開口招呼。

「是的。什麼事？」

「歐吉桑，你會不會認識中野區被殺的人的兒子呢？聽說是15歲。」

「中田不認識那位兒子。中田知道的，就像上次也跟你說過的那樣，只有Johnnie Walker先生，和他的狗而已。」

「哦。」青年說。「警察除了找歐吉桑之外，好像也在找那兒子的樣子。他是獨生子沒有兄弟。也沒有母親。兒子在事件發生之前離家出走，從此失去了行蹤。」

「是這樣嗎？」

「眞是莫名其妙的事件。」青年說。「不過警察應該已經掌握多一點情報。他們只會提供一點消息。根據桑德斯上校的情報，那些傢伙已經知道歐吉桑來到高松的事情。還有也掌握到有一個像我星野似的英俊青年，跟歐吉桑作伴一起行動的事情。不過這點並沒有向媒體發布。因爲心想如果向世間公布說知道我們在高松的話，我們會逃到別的地方去。所以表面上還說並不知道我們在哪裡。他們都是些個性很壞的傢伙。」

8點半時兩個人坐上停在前面馬路上的 Familia。中田先生泡了熱熱的烘焙茶，裝進熱水瓶。戴上每次戴的那頂皺巴巴的登山帽，帶著雨傘和帆布包。落座在轎車的前座。星野青年也像往常一樣正要戴上中日龍隊的帽子時，看到玄關牆上掛著的鏡子忽然猛吃一驚。警察應該已經掌握住「年輕男子」戴著中日龍隊棒球帽，綠色太陽眼鏡，穿著夏威夷 Aloha 衫這樣的事實了吧。香川縣幾乎沒有人會戴中日龍隊棒球帽吧，再加上 Aloha 衫和綠色 Ray-Ban 太陽眼鏡，這就成爲非常具有特徵的外表了。所以桑德斯上校已經想到這點了，才會不幫我準備 Aloha 衫，卻幫我預備了不顯眼的深藍色 Polo 衫。眞細心的傢伙。於是決定把 Ray-Ban 和帽子留在房間裡。

「那麼，要去哪裡才好啊？」青年問。

「哪裡都沒關係。請在市內團團轉繞圈子吧。」

「哪裡都可以？」

「是的。到星野喜歡的地方也沒關係。中田會一直從窗戶看外面。」

「哦。」星野青年點點頭。「我在自衛隊和在貨運公司，一直都在開車子，所以開車我多少還有一點信心。不過，我握著方向盤時總是朝向某個目的地，筆直朝目的地一直線開。這已經變成一種習性了。從來沒有一次聽過叫我『去哪裡都行，隨便開吧。』。所以你這樣說我還不知道該怎麼辦呢。」

「對不起。」

「沒關係。你也不用道歉。我會想辦法盡力去做就是了。」星野青年說。把《大公三重奏》放進音響的CD唱盤裡面。「我就在市區團團轉，哪裡都行隨便開到哪裡，歐吉桑就看著窗外。這樣就可以嗎？」

「是的。這樣就很好。」

「如果你發現要找的東西的話，我們就在那裡停車。於是事情就會咻咻地顯示出新的進展。這樣嗎？」

「是的。也許會是這樣。」中田先生說。

「但願如此。」星野青年這樣說著便把市內地圖攤開在膝蓋上。

兩個人在高松市內繞著。星野青年用麥克筆在市內地圖上做記號。確認一個街區每個角落都繞過、所有的道路都通過後，再往下一個街區移動。有時停下車子，喝烘焙茶，抽Marlboro菸。重複聽著《大公三重奏》。中午時間走進餐廳吃咖哩飯。

「可是中田先生到底在找什麼東西呢？」青年吃過飯後試著問看看。

「這個中田也不知道。這個是——」

「——實際看到的話就知道，沒有實際看到就不知道。」

「是的，就是這樣。」

青年無力地搖搖頭。「我從一開始就知道答案了。不過只是想確認一下而已。」
「星野先生。」
「什麼事？」
「要發現那個之前，也許要花很多時間也不一定。」
「沒關係。能做的就盡量做看看吧。反正已經上了船了。」
「現在要去搭船嗎？」中田先生問。
「不是。現在還不必搭船。」青年回答。

到了3點兩個人走進咖啡廳，青年喝了咖啡。中田猶豫了很久之後點了冰牛奶。這時候青年已經累壞了，連話都不想說。連《大公三重奏》也聽膩了。在同一個地方團團轉著繞圈子開車，不適合他的個性。既無聊，又不能提高速度，可是卻有必要努力維持注意力。有時跟警察的車子擦身而過，星野青年盡量不去跟警察的目光相遇。也盡量避免從派出所前面通過。就算 Mazda Familia 是多麼不顯眼的車子，但如果實在看到太多次的話恐怕也難免會被臨檢。此外爲了避免一時疏忽而發生跟別的車子擦撞的事故，經常都必須比平常更小心地集中注意力才行。

他在一面查看地圖一面開車之間，中田先生就像小孩子或教養很好的狗一樣地，雙手搭在車窗上，不改姿勢地一直注意著窗外的風景。看來他眞的是在認眞尋找什麼的樣子。一直到黃昏兩個人都各自埋頭於自己的工作上，幾乎無言地度過。

「要找的到底是什麼呢——」青年一面開車，一面有點自暴自棄地唱起井上陽水的歌。後面的歌詞已經忘記了，於是自己隨便信口亂編起來。

還是還是找不到嗎？
看著看著天都快黑了
星野肚子開始餓起來
團團轉著，眼睛都轉花了。

到了6點兩個人回到公寓。

「星野先生，明天再繼續做吧。」中田先生說。

「今天一整天市區已經繞過很多地方了。明天我想應該可以把剩下的繞完。」青年說。「那麼，我想問一點問題。」

「是的。星野先生，什麼事情？」

「如果高松市內都找不到的話，接下來你想要怎麼辦？」

中田先生用手掌來回摩擦著頭。「如果高松市內找不到的話，我想大概要擴大範圍找吧。」

「有道理。」青年說。「那麼如果那樣還是找不到的話，我們又該怎麼辦呢？」

「是的。如果那樣還是找不到的話，我想大概就要把範圍更擴大吧。」中田先生說。

「換句話說，一直擴大範圍下去直到找到爲止。就像成語說的狗只要走路也會碰到棒子那樣，只能碰碰運氣了。」

「是的。我想就是這樣。」中田先生說。「不過星野先生，中田不太明白，爲什麼狗走路時會碰到棒子呢？我覺得狗看到前面有棒子的話應該會避開繞過去才對呀。」

星野被這樣一說歪頭想一想。「經你這麼一說也對呀。以前我都沒有注意過，狗爲什麼非要被棒子打到不可呢？」

「眞奇怪。」

「算了那沒關係。」星野青年說。「這種事情開始想起來，事情會變得越來越麻煩。狗跟棒子的問題現在暫時擱到一邊去吧。我想知道的是，到底搜索的範圍要擴大到什麼程度。要是不管的話，範圍一直擴張下去，可能會到鄰近的愛媛縣或高知縣也不一定。也許夏天都過了秋天都來了也不一定。」

「說不定會這樣也不一定。但是星野先生，就算秋天過了冬天來了，中田還是必須想辦法去找出來才行。當然也不能永遠請星野先生幫忙，往後就由中田一個人走著找。」

「那個再說吧……」青年說不下去了。「可是，石頭公怎麼不能把稍微周到詳細一點的資訊告訴你呢？比方大概在哪一帶，只要大概就行了啊。」

「很抱歉，石頭公很沉默寡言。」

「這樣啊，石頭是沉默寡言的——看樣子也可以想像得到。」星野青年說。「石頭公一定是沉默寡言，特別不擅長游泳的吧。沒關係。事到如今什麼都不用想了。好好的睡一覺，明天再繼續做吧。」

第二天也重複同樣的事情。青年把市內西側的半邊，和昨天同樣的順序開著車繞過一遍。市內地圖以黃色麥克筆一條一條畫掉做記號。不同的只有青年打哈欠的次數多少增加一些而已。中田先生依然把臉貼在玻璃窗上，以認眞的眼神找著什麼。兩個人還是幾乎沒有交談。青年一面留意著警察的身影一面握著方向盤，中田先生則毫不厭倦地繼續搜索著。可是並沒有發現要找的東西。

「今天是星期一吧？」中田先生問。

「嗯，昨天是星期天，所以今天是星期一。」青年說。然後幾乎自暴自棄地，把想到的話隨便配上旋律唱起來。

今天如果是星期一，
明天一定是星期二，
螞蟻是有名的勤勞工人，
燕子總打扮得光鮮亮麗，
煙囪高高，夕陽紅紅。

「星野先生。」過一會兒中田先生說。

「什麼事？」

「看螞蟻在做工怎麼看都看不膩噢。」

「是啊。」青年說。

到了中午兩個人走進鰻魚餐廳，吃了午餐特餐的鰻魚飯。3點走進喫茶店喝了咖啡和昆布茶。到了6點地圖已經全被塗滿了黃色，市內道路的各個角落幾乎都被這 Mazda Familia 優越而匿名性的輪胎滾過了。但是要找的東西依然還找不到。

「要找的東西到底是什麼——」青年又再以無力的聲音信口胡亂唱起歌來。

怎麼還找不到啊，

市內幾乎全繞過了，

屁股也已經坐痛了，

差不多該回家囉。

「這樣繼續下去的話，我大概不久就可以算得上一個詞曲創作家了噢。」星野先生說。

「那是什麼意思？」中田先生問。

「沒什麼。只是不犯法的玩笑而已。」

兩個人放棄了，離開高松市，穿過國道正想回公寓。但是因爲青年在想著事情，竟搞錯了該左轉的地點。雖然想試著回到原來的國道上，然而道路卻彎曲轉進奇怪的角度，加上大多是單行道，不久就分不出方向了。一留神時，兩個人已經進入一個沒見過的陌生住宅區。房子周圍砌有高高圍牆的古老高雅街坊一直延伸出去。路上安靜得出奇，也看不到人的蹤影。

「以距離來說應該離我們的公寓不太遠才對，怎麼就是完全認不出來。」青年把車子開到適當的空地，熄掉引擎拉起手煞車，攤開地圖。查一下電線桿上寫著的街名和號碼，在地圖上尋找這個地方。但不知道是不是眼睛累了卻老是找不到。

「星野先生。」中田先生招呼道。

「什麼事？」

「你正在忙不好意思，不過那個門上掛的牌子上，寫著什麼字？」

星野聽他這麼說從地圖上抬起眼睛，往中田先生所指的方向看。高牆連綿，稍前方有一扇古老風格的門，門旁邊掛著一塊木製的大招牌。黑色門扉緊閉。

「甲村紀念圖書館……」青年讀著。「在這麼安靜沒有人跡的地方竟然有圖書館哪。可是看起來一點也不像圖書館。像普通的住宅。」

「甲村紀念圖書館？」

「沒錯。可能是爲了紀念一個姓甲村的人所建的圖書館吧。甲村是個什麼樣的人我一點都不知道。」

「星野先生。」

「什麼事？」星野一面查著地圖一面回答。

「就是這裡。」

「什麼這裡？」

「中田一直在找的，就是這個地方。」

星野從地圖上抬起臉來，看著中田先生的眼睛。然後皺起眉頭看看圖書館的門。再一次慢慢讀出招牌上的文字。他拿出 Marlboro 菸盒，抖出一根來叼在嘴上，用塑膠打火機點了火。慢慢吸進香菸，打開窗戶把煙吐出窗外。

「眞的嗎？」

「是的。沒有錯。」

「所謂偶然碰巧這東西眞是可怕啊。」青年說。

「眞的就像你說的那樣。」中田先生也同意。

第39章

在山中的第二天就跟平常一樣，緩慢而沒有接縫痕跡地過去。某一天跟另一天之間的不同，說起來幾乎只有天候的不同而已。如果天候也類似的話，日期的感覺眼看著逐漸喪失。昨天和今天，今天和明天沒辦法適當區別。時間就像失落了錨的船隻一樣漫無目的地在大海上漂流著。

今天是星期二，我計算著。佐伯小姐正像平常一樣地——當然是指如果有人這樣希望的話——應該正在做著圖書館的簡單導覽。正如我第一次踏進甲村紀念圖書館大門時那樣……她穿著細跟鞋子，登上樓梯而去。那聲音在安靜的館內響著。絲襪的光澤、雪白的襯衫、小珍珠耳環、桌上的 Mont Blanc 鋼筆。安穩（而且投下放棄的長影子）的微笑。這些感覺都像相當遠的東西似的。或者，感覺幾乎不是現實的事情似的。

我坐在小屋沙發上，一面聞著那褪色布料的氣味，一面再想一次跟佐伯小姐做愛的事。記憶順序回溯，腦子裡一一浮現上來。她慢慢的脫衣服。然後走上床來。不用說，我的陰莖又開始勃起，變得非常硬。可是昨天的疼痛已經沒有了。龜頭的紅色不知不覺也已經消退。

耽溺於性幻想累了後我走出外面，把我每次所作的運動程序全部做完一遍。抓著門廊的扶手做腹肌運動。以快速度做蹬腿，做費力的伸展拉筋。流了大量的汗，把毛巾在森林的流水中浸濕，用它擦拭身體。水很冷，使我感情的亢奮多少鎮定下來。然後坐在門廊用MD隨身聽聽著 Radiohead。自從我離家出走以來，幾乎都在重複地聽著同樣的音樂。Radiohead 的 *Kid A* 和 Prince 的 *Greatest Hits*，然後偶爾聽聽約翰柯川的 *My Favorite Things*。

下午2點——正好是圖書館導覽的時間——我又到森林裡去。沿著跟上次同樣的小徑，走一陣子之後來到跟上次同樣的那塊開闊的地方。在那草地上坐下來。靠在樹幹上，抬頭望著張開的枝幹間圓圓洞開的天空。看得見夏天的雲白色的邊緣。到這裡爲止是安全地帶。從這裡可以回到小屋沒問題。是對初級者的迷宮，以電玩來說屬於「第一級」，可以輕鬆過關。可是從這裡要再開始往前走時，我就一腳踏進更複雜更具挑戰性的迷宮了。小徑會越變越狹小，會被羊齒植物之海所吞沒。

雖然如此，我還是鼓起勇氣，決定再往前面一點進去看看。

這片森林可以進到多深，我想試走看看。我知道那裡藏著有某種危險。然而那到底有多危險，那危險是什麼種類的東西，我想親眼去確認，以肌膚自己去感受。我不能不這樣做。有什麼在背後驅使我這樣做。

我非常小心，沿著那前面像是接著前進的道路繼續走。樹木長得越是高大挺拔，周圍的空氣密度變得更加濃重。頭上被更多層層疊疊的樹枝所覆蓋，變得幾乎看不見天空。剛才還飄散在週遭的夏天氣息也已經消失無蹤。好像這裡本來就根本沒有什麼季節存在似的。終於我對走著的路到底眞的是路或其實不是路，都開始沒有自信起來了。那看起來又像路，又像表面是路但其實並不是路的樣子。一股濃重的綠色氣味中一切事物的定義變得曖昧起來。正當的東西和不正當的東西混合在一起。頭上一隻烏鴉頻頻發出尖銳的叫聲。非常尖銳。那或許在向我發出警訊也不一定。我站定下來，小心地張望周圍一圈。如果沒有充分的裝備就冒然繼續前進可能會有危險。我想必須轉回頭了。

不過要退回去並不簡單。也許比繼續前進更困難也不一定。就像拿破崙的軍隊撤退戰一樣。不僅道路難以分辨，而且周圍的樹木互相交錯重疊，形成黑暗的牆壁阻擋在我前面。我的呼吸聲在耳邊聽來出奇地大聲。就像從世界的盡頭吹來的隙風似的。巴掌般大的漆黑蝴蝶，翩翩飛過我的視野。那形狀就像沾在我白色襯衫上的血跡一般。蝴蝶從樹木後面出現，慢慢在空間裡移動著，再消失到樹木後面去。蝴蝶的蹤影消失後，週遭的動靜變得更加沉重，空氣變得更加清冷。可能會迷失正確路途的恐怖感突然向我襲來。烏鴉又在正上方頻頻尖銳地啼叫。好像是跟剛才同一隻鳥，發出同樣的訊息似的。我站定下來再抬頭看一次。但還是看不見鳥的蹤影。現實的風好像忽然想起來似的時而吹一下，色調陰暗的葉子在腳邊發出沙沙的不穩聲音。感覺好像有幾個影子快速在背後移動似的。可是一轉身，他們已經不知隱藏到什麼地方去了。

不過我總算回到原來的圓形廣場——那個靜悄悄的安全地帶——可以回得來。我再一次在草地上坐下來，深呼吸。抬頭看看被切割成圓形明亮的眞正天空，確認好幾次自己終於已經跋涉回到原來的世界了。這裡有令人懷念的夏天氣息。陽光像薄膜般包裹著我，給我溫暖。可是在歸程中所感到的恐怖感覺，卻還像留在庭園陰冷角落裡還沒溶化的殘雪般，留在我身上許久。心臟偶爾還會發出不規則的聲音，皮膚還輕微起著雞皮疙瘩。

那天夜裡，我屏著氣息靜悄悄地躺在黑暗中，只有眼睛確實地睜開著，等待有人在黑暗中現身。我但願有人現身出來。念力是否能帶來什麼效果，我不知道。不過總之我集中精神，強烈地希望**那個**出現。我希望由於強烈的願望，能在那裡產生某種作用。

但是願望並沒有達成。我的願望被拒絕了。和昨天一樣，佐伯小姐並沒有出現。真正的佐伯小姐，和幻影的佐伯小姐，或身為15歲少女的佐伯小姐都沒有出現。黑暗始終還是黑暗。在入睡前我為強烈的勃起而煩惱。那比平常更強烈而堅硬。可是我並沒有自慰。我心裡決定暫時不用手碰，以保護我和佐伯小姐親密的回憶。我握緊雙手，進入睡眠。但願能夠夢見佐伯小姐。

可是我卻夢見櫻花。

或許那不是夢也不一定。一切都那麼清楚，而一貫。完全沒有曖昧不明的地方。我不知道該怎麼稱呼那個才好。不過以情況來看的話，那當然除了夢之外不是別的。我在她的公寓裡。她在床上睡覺。我躺在睡袋裡。就跟上次她讓我留在那裡住的時候同樣的狀況。時間倒流，我站在類似分歧點上的地方。

我半夜因為極度的口渴而醒來，從睡袋爬起來喝自來水。喝了好幾玻璃杯的水。5杯或6杯之多。我皮膚上有一層薄薄的汗膜，同樣也強烈勃起。平口褲前堅硬地凸出。那看來似乎跟我擁有不同的意識，根據不同系統發揮機能的不同生物似的。我喝過水，其中一部分就自動被那傢伙接收，可以聽得見那傢伙吸進水的輕微聲音。

我把玻璃杯放在流理台上，暫時靠在牆上。想要確認時間，卻看不到時鐘。大概是夜最深的時刻。連時鐘都不知道消失到什麼地方去的時刻。我站在櫻花的床邊。街燈的光線透過窗簾照進房間。她背對著我正沉沉地睡著。兩隻形狀美好的小小腳底露出薄薄的棉被外面。我背後好像有人悄悄把什麼電源打開似的。聽得見乾乾的微弱聲音。樹木枝葉層層疊疊，把我的視線遮住。那裡甚至沒有季節。我下定決心，鑽進櫻花身旁。單人小床因爲兩個人的體重而咿呀作響。我聞著她脖子的氣味。有輕微的汗味。我從後面輕輕摟住她的腰。櫻花發出不成聲音的微小聲音，但依然繼續睡覺。烏鴉頻頻發出尖銳的啼聲。我抬起頭看。卻看不見鳥的蹤影。連天空也看不見。

我掀起櫻花所穿的T恤衫，用手觸摸那柔軟的乳房。用手指捏著乳頭。像在調整收音機的調頻鈕似地。我勃起的陰莖頂著她大腿的內側。但櫻花並沒有出聲。呼吸也沒有亂。她一定還在深深的睡夢中，我想。烏鴉又再啼叫。那鳥又再向我傳遞訊息。可是我卻無法讀懂那內容。

櫻花的身體好溫暖，和我同樣地汗濕著。我鼓起勇氣試著改變她的姿勢。慢慢把她拉近來轉成朝上仰臥著。她大大吐一口氣。但依然沒有醒來的跡象。我把耳朵貼在那如畫紙般平坦的腹部，想聽出那下面的迷魂陣中夢的聲響。

依然繼續勃起。那感覺幾乎好像會永遠繼續下去似的。我脫下她身上穿的棉質小內褲。花時間從腳下脫下。然後用手掌撫摸露出的陰毛，手指輕輕碰觸那深處。那溫暖的、誘人的濡濕。我手指慢慢動起來。櫻花還沒有醒來。只在深深的睡夢中又嘆了一口大氣而已。

與這同時，在我裡面凹洞似的地方，有什麼正要破殼而出。不知不覺之間，我有了一雙向自己內側看的眼睛。所以可以觀察那光景。那個什麼是好東西還是壞東西，我還不知道。不過不管怎麼樣，我卻無法推進或阻止那什麼的動向。那還是個沒有臉的滑滑的東西。那終於破殼而出，擁有該有的臉，身體正要抖落果凍狀的外衣伸出來。這樣的話我就知道那本質了。可是現在，那個還形狀不明只不過像個記號般的東西似的。那伸出不成手的手，正要從殼最柔軟的部分破殼而出。我正目擊著那胎動。

我下定決心。

不，不是這樣。其實一點也下不了什麼決心。因爲我無從選擇。我脫掉平口褲，讓陰莖露出外面。抱著櫻花的身體，撥開她的腳進入裡面。這並不困難。她非常柔軟，我非常堅硬。我的陰莖已經不再感覺疼痛。龜頭這幾天來一直變得很硬。櫻花還在夢中。我的身體埋進她的夢中。

櫻花突然醒來。而且知道我正進入她裡面。

「嘿，田村君，你到底在做什麼啊？」

「我好像進到櫻花姐裡面了。」我說。

「你爲什麼要做這種事。」櫻花以非常乾的聲音說。「我不是說過不可以這樣做嗎？不是確實說過了嗎？」

「可是我沒辦法啊。」

「好啦你停下來。快點把那個拿出去。」

「出不去。」我說。而且搖搖頭。

「田村君，你聽我說。首先第一點我已經有固定的男朋友。第二你擅自闖進我的夢中。這是不對的。」

「我知道啊。」

「現在還不遲。雖然你確實已經這樣進到我裡面了，可是還沒有動，也還沒有射精。只是安靜地在那裡而已。就像在思考事情一樣。對嗎？」

我點點頭。

「拔出去。」她好像在告誡似地說。「而且把這件事情忘掉。我會忘掉，你也忘掉吧。我是你的姊姊，你是我的弟弟。就算沒有血緣關係，我們還是眞正的姊弟喲。這點你知道吧？我們是一家人，是家人的關係。不應該做這種事。」

「已經太遲了。」我說。

「爲什麼？」

「因爲我已經這樣決定了。」我說。

「因為你已經這樣決定了。」叫做烏鴉的少年這樣說。

你已經不想被很多事情任意擺佈了。不想被搞得很混亂。你已經殺掉身為父親的人。已經侵犯身為母親的人。而現在又這樣進入身為姊姊的人。如果真的有詛咒的話，你想主動去接受。想趕快結束這一連串的程式設定。也好早一刻把這重擔從背上卸下來。接下來再也不要做一個被捲進別人迷惑中的什麼人，而要以一個完全的你自己活下去。這是你所盼望的事情。

她以雙手捂著臉，哭了一下。你覺得她怪可憐的。可是事到如今已經不能從那裡出來了。你的陰莖在她體內變得越來越大，越來越硬了。就像已經在那裡生根了似地。

「我知道了。我不再說什麼了。」她說。「不過只有這個你給我記住。你是在強暴我噢。我雖然喜歡你，可是這並不是我所期望的方式。我們也許再也見不到面了。不管以後多麼強烈地想見面。這樣也沒關係嗎？」

你沒有回答。你已經把思考的開關關掉了。並抱緊她，腰開始動起來。仔細地小心地，然後激烈地。你為了能走回原路，而想把所經過的樹木形狀一一留在記憶中，但樹木卻都長成同樣的形狀，立刻被吞進無名的大海裡去。櫻花閉著眼睛身體任憑擺佈。她什麼也沒說。也沒抵抗。她把表情抹殺，臉轉向旁邊。但是她所感覺到的肉體的快感，你可以以你自身的延長來感覺到。你現在知道。樹木互相糾纏，化為黑黑的牆壁阻擋了你的視野。鳥已經不再傳遞訊息。於是你射精。

我射精。

我醒過來。我在床上，周圍沒有任何人。時間是半夜。黑暗無限深，所有的時鐘都從那裡消失了。我從床上起來脫下內褲，用廚房的水把那上面沾上的精液洗掉。那就像是黑暗所產下的私生子般，又白又重，黏黏稠稠的。我一連喝了幾杯水。但不管喝多少，都無法填滿我心中的渴。我感到難以忍受的孤獨。在半夜的深黑裡，被重重森林包圍下，感到不可能更孤獨的孤獨。在那裡沒有季節，也沒有光。我回到床上，在那裡坐下來，喘著大氣。黑暗包圍著我。

在你裡面的那個什麼，現在姿態清楚地現身出來了。那以一個黑影在那邊休息著。殼已經消失無蹤。殼完全被突破，被捨棄了。你手上正沾著黏稠的東西。好像是人的血似的。你把手拿到眼前看。可是要看清楚什麼，光線的量並不足。無論內側或外側都實在太暗了。

第40章

「甲村紀念圖書館」招牌旁邊有一塊導覽板，上面寫著休館日星期一，開館時間上午11點至下午5點，免費入場，如果有人需要可以在星期二下午2點參加館內的導覽。星野青年把那讀給中田先生聽。

「今天是星期一，所以正好關著門。」青年說。然後看看手錶。「不管今天是星期幾，都已經過了閉館時間了，所以都一樣。」

「星野先生。」

「什麼事？」

「這跟上次和星野先生去的那家圖書館，外觀相當不同噢。」中田先生說。

「嗯，因爲那邊是很大的公立圖書館，而這邊是私立圖書館哪。規模當然完全不同。」

「中田不太清楚，可是你說私立圖書館，是什麼樣的東西呢？」

「也就是說，某個地方喜歡讀書的資產家所設立的場所，把自己收集的許多書公開給世間的人。請大家隨便讀。眞是了不起。從大門的結構來看也相當氣派噢。」

「什麼叫做資產家？」

「就是指有錢人嘛。」

「那麼有錢人跟資產家又有什麼不同呢？」

星野青年歪著頭想一想。「有什麼不同噢，我也不太清楚。不過我想光是有錢人，好像不如資產家感覺比較有教養一點的樣子。」

「有教養嗎？」

「也就是說，任何人只要有錢就可以當一個有錢人。就算我或中田先生，只要有錢就變成有錢人了。可是資產家卻很難當。要當資產家還需要多花一些時間。」

「好困難啊。」

「是很難啊。不管哪一種都跟我們沒有關係。因爲我們連光是有錢人都當不成啊。」

「星野先生。」

「什麼事？」

「因爲星期一是休館日，所以我們明天11點來這裡的話，圖書館應該會開著吧？」中田先生說。

「應該是這樣。明天是星期二。」

「中田也可以進圖書館嗎？」

「招牌上是寫著誰都可以進去的。所以中田先生也可以進去。」

「不識字，也可以進去嗎？」

「嗯，沒問題。識不識字，並不會在入口一一檢查。」青年說。

「那麼中田想要進去這裡面。」

「可以呀。明天早上第一件事就來這裡，兩個人一起進去吧。」青年說。「那麼，歐吉桑，我想確認一件事情，這就是那個地方嗎？這家圖書館裡面，有你正在尋找的什麼重要東西嗎？」

中田先生脫下登山帽，用手掌來回磨蹭他的短髮幾次。「是的。應該有。」

「那麼就不用再找了對嗎？」

「是的。不用再找別的地方了。」

「那太好了。」青年以鬆一口氣的聲音說。「我還想要是到秋天還找不到該怎麼辦才好呢。」

兩個人回到桑德斯上校的公寓去好好睡一覺，第二天早上11點出發到甲村圖書館去。因爲離公寓大約只有步行20分鐘的距離，因此兩個人決定走路去。早上青年就到車站前去把租車還掉。

兩個人到圖書館時，門已經大開著。那是個可能會很悶熱的一天。周圍已經預先灑過水。門後面可以看見整理得很好的庭園。

「歐吉桑。」青年在門口說。

「是的。有什麼事嗎？」

「進到圖書館裡去，然後我們該怎麼辦才好？如果你忽然提出莫名其妙的事情的話也很傷腦筋，不如事先告訴我。因爲對我來說，也不能沒有個心理準備。」

中田落入沉思。「進到裡面要做什麼才好嗎？這個中田也不知道。不過這裡是圖書館，所以我想先讀書吧。中田可以選攝影集或畫冊看，星野先生也請選幾本書來讀。」

「知道了。因爲是圖書館所以就先看書。這個合情合理。」

「要做什麼才好，等到時候再一步一步考慮好了。」

「好的。以後的事情以後再一步一步考慮。這也是個健康的想法。」青年說。

兩個人穿過整理得很好的美麗庭園，從建築古老的玄關進入裡面。進去後立刻就有一個服務台，一位瘦瘦的英俊青年坐在那裡。穿著白色棉質扣領襯衫。戴著小眼鏡。掉落額頭的纖細修長前髮。好像楚浮的黑白電影上會出現的人物典型，星野青年想。那位英俊青年看到兩個人的臉時，露出微微一笑。

「你好。」星野青年以明朗的聲音說。

「你好。」對方也說。「歡迎光臨。」

「嗯，我們想讀書。」

「當然。」大島先生點頭說。「當然，請自由地讀吧。這家圖書館對一般人開放。書架是開放式的，所以請從那邊自己選擇。要查書可以查檢索卡。也可以用電腦檢索。如果有不明白的地方請不用客氣來問我。我非常樂意幫忙。」

「那眞謝謝。」

「有沒有特別感興趣的領域，或者想找什麼書嗎？」

星野青年搖搖頭。「不，現在還沒有。不如說，與其說是對書，不如說是對這家圖書館本身更感興趣。正好從前面經過，覺得很有趣所以就想進來看一看。而且建築物也相當氣派。」

大島先生輕輕優雅地微笑，漂亮地拿起削得尖尖的長鉛筆。「很多人也這麼說。」

「那眞好。」星野青年說。

「如果有時間的話，下午2點開始有簡單的館內導覽。如果客人希望的話，通常都在星期二下午舉行。由館長說明本圖書館的由來。正好今天就是星期二。」

「這個好像很有趣的樣子。嘿，怎麼樣，要不要去看看，中田先生？」

青年和大島先生隔著服務台交談之間，中田先生手上緊緊握著脫下來的登山帽，愣愣地環視著周圍，聽到青年在叫自己的名字時才忽然回過神來。

「是，什麼事情？」

「是這樣的，2點鐘開始好像有館內的導覽，怎麼樣，想不想參加？」

「是的，星野先生，謝謝。中田想參加。」中田先生說。

大島先生很感興趣地望著兩個人的對話。中田先生和星野先生——這兩個人到底是什麼關係呢？看起來並不像親戚，以年齡來看和以外表來看，都是相當奇怪的組合。怎麼都找不到共通點來。而且這位叫做中田先生的年長者，說話方式有一點奇怪。他心裡好像有被什麼卡住的感覺。不過那並不是惡劣的感覺。

「兩位是從遠地來的嗎？」大島先生問看看。

「嗯，我們是從名古屋來的。」星野青年在中田先生開口之前，急忙搶先回答。如果中田先生說了「從中野區來的」之類的話，事情就會變得有點麻煩起來。電視新聞中已經播出了中野區的殺人事件有像中田先生這樣的老人牽涉在裡面的事。不過幸虧就他所知，中田先生的相片並沒有播出來。

「相當遠啊。」大島先生說。

「是的。我們是越過大橋來的。非常大而氣派的橋。」中田先生說。

「是啊。非常大的橋。不過我還一次也沒有越過就是了。」大島先生說。

「中田有生以來，從來沒有看過那麼大的橋。」

「建那大橋，」大島先生說，「花了非常長的時間和非常多的錢。根據新聞報導，管理橋和高速公路的道路公團，一年就會出現1000億圓的赤字。那些大概都要由我們的稅金來填補。」

「1000億圓到底有多少，中田實在不太清楚。」

「老實說我也不清楚。」大島先生說。「任何東西都一樣，只要數量超過某一點之後，就會失去眞實感。總之是很多錢就是了。」

「謝謝你。」星野青年從旁插嘴。如果這樣下去放任不管的話，眞不知道中田先生還會說出什麼話來。「參加導覽，只要2點到這裡來就可以嗎？」青年說。

「是的。2點請到這裡來。館長會帶各位先生參觀。」大島先生說。

「在那之前我們就在那邊看書。」星野青年說。

大島先生一面轉著手中的鉛筆，一面看了兩個人的背影一會兒。然後才重新回到原來的工作上。

兩個人從書架上選了適當的書。青年選了《貝多芬和那個時代》的書。中田先生抱了幾本家具的攝影集來，放在桌子上。然後就像非常小心的狗似的仔細觀察室內，到處摸一摸，聞一聞味道，有時一直注視著某個地方。到12點以前因爲都沒有其他閱覽者，所以也沒有人注意中田先生的這種舉動。

「嘿，歐吉桑。」星野青年小聲說。

「是的。有什麼事嗎？」

「是這樣子，有一件急事要拜託你，希望你盡量不要開口說出你是從中野區來的。」

「爲什麼呢？」

「要說起來話就很長了，總之，我想還是這樣比較好。如果知道中田先生是從中野區來的話，可能會給別人帶來一點麻煩哪。」

「知道了。」中田先生深深點個頭。「給人家添麻煩不好。就照星野先生說的那樣，中田就閉口不說是從中野區來的事情。」

「能這樣做就謝謝你了。」青年說。「可是，你那個要找的重要東西找到了沒有？」

「還沒有，星野先生。還沒有發現任何東西。」

「可是地方是這裡沒錯吧？」

中田先生點點頭。「是的。昨天晚上跟石頭公也好好談過了。我想這裡就是那個地方不會錯。」

「那就好。」

星野青年點點頭，再度回到貝多芬的傳記上去。貝多芬很自豪，對自己的才華有絕對的自信，從不巴結奉承貴族階級。他認爲只有藝術、只有情感的正確流露，是這世界上最崇高、最值得尊敬的東西，權力和財富應該爲這個服務奉獻才對。當海頓寄居在貴族家裡時（他大多時候都寄居著），必須跟僕人們一起用餐。音樂家們在海頓活著的時代，是屬於雇工階層（其實個性坦率爽快、人又好的海頓，覺得與其跟貴族拘束地用餐，還不如跟僕人們一起用餐還比較開心）。

可是貝多芬受到這樣的侮辱卻非常生氣，把東西摔到牆上，主張要跟貴族平等地上餐桌用餐。貝多芬性子很急（幾乎可以說是火爆脾氣），一生起氣來就拿他沒辦法。政治上想法也很激進，而且並不加以掩飾。耳朵聾了之後，這種個性上的剛強更變本加厲。他的音樂隨著年齡的增長，寬廣度更飛躍性地增加，同時也更稠密地向內部專注進去。這種相背反的事情也只有貝多芬能夠同時辦到。可是這種非常人所能及的功課，卻逐漸破壞他的現實人生。人的肉體和精神終究是有限度的，實在無法承受這樣激烈的任務。

「當一個偉人還眞辛苦。」星野青年看到一半放下書來，嘆了一口氣，深感佩服。在學校音樂教室裡放有貝多芬的銅塑胸像，他只記得那副咬牙切齒極不愉快的容貌，卻不知道這個男人原來度過這麼充滿苦難的人生。如果是這樣的話也難怪他會板著一張彆扭的苦臉了，青年想。

「這樣說也許不合適，不過我實在當不了一個偉人。」青年想。然後他看看中田先生那邊。中田先生一面專注地看著民藝家具的照片，一面做著打鑿子、上小刨刀的動作。看著家具時，身體就會因爲慣性而擅自動起來。

「那個人說不定能成爲偉人呢。」青年想。「普通人很難變成那樣。眞不簡單。」

過了12點，其他閱覽者（兩個中年婦人）來了，於是他們兩個人就到外面去喘一口氣。青年準備了午餐的麵包。中田先生又像平常一樣，包包裡帶著泡有烘焙茶的小熱水瓶。星野先生去問坐在服務台的大島先生，能不能在這一帶找個地方用餐。

「當然。」大島先生說。「那邊有簷廊。我想你們可以一面觀賞庭園，一面慢慢用餐。如果喜歡的話，等一下請用咖啡。這邊有準備，所以請不用客氣。」

「謝謝。」星野青年道過謝。「這裡是相當家庭式的圖書館啊。」

大島先生微笑著，把前髮往後撩。「是的。我想跟普通的圖書館有點不同。確實或許可以說是家庭式的吧。我們希望的，是營造一個能安靜讀書的親密空間。」

感覺非常好，星野青年想。充滿知性，乾淨，而教養好的樣子。而且態度非常親切。說不定是同性戀，他想。不過星野青年對同性戀並沒有偏見。人有各種偏好。有人可以跟石頭對話。男人跟男人睡覺也不奇怪。

用過餐之後，星野青年站起來伸了一個大懶腰，然後一個人到服務台去，喝了熱咖啡。不喝咖啡的中田先生則坐在簷廊，一面望著庭園裡飛來的小鳥一面喝著熱水瓶的烘焙茶。

「怎麼樣啊，有沒有發現什麼有趣的書？」大島先生問星野青年。

「嗯，我一直在讀貝多芬的傳記。」星野青年說。「相當有趣的書。貝多芬的人生追溯起來，有很多令人深思的事情。」

大島先生點點頭。「是的。以極保留來說，貝多芬的人生是相當艱苦的人生。」

「嗯，那眞是相當艱苦的人生。」青年說。「不過我想，變成這樣大多是本人的責任。本來貝多芬就幾乎沒有所謂的妥協性之類的東西，只考慮到自己的事。腦子裡只有自己，和自己的音樂。覺得爲了這個犧牲什麼都無所謂。如果現實生活中接近這樣的人的話，一定很難過吧。要是我的話可能就要說『喂喂，貝多芬，饒了我吧。』他的外甥會得精神病也難怪。不過音樂眞是了不起。能打動人心。眞不可思議啊。」

「說得有理。」大島先生同意。

「可是，他爲什麼非要特地過那樣艱苦的人生不可呢。我覺得不妨過得稍微正常一點，跟普通人一樣地生活也可以呀。」

大島先生團團轉著手上的鉛筆。「是啊。可是在貝多芬的時代，或許表達自我被當成是相當重要的事情吧。那樣的行爲在以前的時代，也就是絕對君權時代，是被認爲不適當而脫離社會性的，也被嚴格壓制。這種抑制到了進入19世紀時，隨著資產階級掌握社會實權之後，一起被解放了。在很多部分自我就露骨地表現出來了。自由和自我的發揮成爲同義詞。藝術，尤其是音樂則正面受到這變動的波及。追隨貝多芬之後出來的許多人，白遼士、華格納、李斯特、舒曼……都各自度過古怪而波濤萬丈的生涯。當時被認爲這種古怪才是生活方式的一種理想典型。非常簡單。被稱爲浪漫派的時代。確實對他們本人來說，我想那種生活方式有時候是相當辛苦的。」大島先生說。「您喜歡貝多芬的音樂嗎？」

「其實我還沒有詳細聽那麼多貝多芬，說不上喜歡不喜歡。」星野青年老實說。「或者，不妨可以說幾乎沒有聽過。我只是喜歡《大公三重奏》這首曲子而已。」

「我也喜歡這音樂。」

「我很欣賞百萬三重奏的演奏。」青年說。

大島先生說。「我個人喜歡的是捷克的蘇克三重奏。優美而協調，有一股吹過綠草叢的風般的氣味。不過百萬三重奏我也聽過。魯賓斯坦、海飛茲、費爾曼，那也是令人印象深刻的優雅演奏。」

「嗯，大島先生。」青年一面看著服務台上擺著的名字標示一面說。「你對音樂知道得很詳細噢。」

大島先生微笑著。「還不能算是詳細的程度，不過很喜歡，一個人的時候常常聽。」

「那麼我想請教一個問題，你想音樂是不是有改變一個人的力量？也就是說，某個時候聽了某個音樂，因此自己心中的什麼，發生了很大改變，之類的。」

大島先生點點頭。「當然。」他說。「有這種事。因為經驗了什麼，因此我們心中的什麼起了變化。就像化學作用一樣的東西。而且後來我們自己檢視自己，發現那裡面一切衡量刻度都往上升高了一個階段。自己的世界已經向外擴大了一圈。我也有這種經驗。雖然只偶爾才會有，不過真的偶爾會有。就像戀愛一樣。」

星野青年並沒有過那麼豐富的戀愛經驗，不過總之點點頭。

「這一定是很重要的事情吧？」他說。「也就是說在我們的人生裡面。」

「是的。我這樣想。」大島先生回答。「如果完全沒有這種東西的話，我們的人生可能會非常無味枯燥。白遼士說。如果你沒有讀《哈姆雷特》就過完人生的話，你就像在礦坑深處度過一生一樣。」

「礦坑深處……」

「不過，這是19世紀式的極端論調就是了。」

「謝謝你的咖啡。」星野青年說。「跟你談話很愉快。」

大島先生感覺很好地欣然微笑。

2點之前青年和中田先生一直讀著書。中田先生依然加上動作，熱心地看著家具的照片。除了兩個婦人之外，下午又有三個閱覽者來。不過希望參加館內導覽的只有青年和中田先生而已。

「參加者只有兩個人，可以嗎？好像只爲了我們而增加大家的麻煩似的，不好意思。」青年向大島先生說。

「請不必擔心。就算只有一個人，館長也很樂意爲客人導覽。」大島先生說。

到了2點，一位容貌端莊的中年女性走下樓梯來。背挺得筆直走路步伐優雅。穿著剪裁俐落的深藍色套裝，黑色高跟皮鞋。頭髮綁在後面，大開領的脖子上看得見細細的銀色項鍊。非常洗練，沒有任何多餘的地方，品味很好。

「各位好。我叫做佐伯。目前擔任這家圖書館的館長。」她說。然後安穩地微笑。「雖然這麼說，不過這裡也只有我和這位大島先生兩個人而已。」

「我叫星野。」青年說。

「中田是從中野區來的。」中田先生兩手一面握緊登山帽一面說。

「從大老遠來到這裡非常歡迎。」佐伯小姐說。星野青年雖然覺得一陣發冷，不過佐伯小姐似乎完全沒有注意的樣子。中田先生當然也完全沒有感覺。

「是的。中田度過非常大的橋來到這裡。」

「相當氣派的建築物啊。」星野青年從旁插嘴。因爲一提到橋，恐怕話又會變得很長。

「是的。這棟獨棟的建築物是明治初期建造的，本來是甲村家的的書庫，兼做來賓用的客房。曾經有許多文人墨客來訪，寄居過。已經成爲高松市的貴重文化遺產。」

「文人墨客？」中田先生問。

佐伯小姐微笑。「參與文藝的人士——讀過很多書，會吟詠詩歌、會寫小說的那些人。過去各地的資產家會援助這些藝術家。所謂藝術和現在不同，以前是不能靠那個生活的。甲村家在當地多年以來也是從事這種文化保護工作的資產家之一。這家圖書館就是爲了將這樣的歷史留給後世而建造、營運的。」

「資產家中田也知道。」中田先生說。「要成爲資產家需要花時間。」

佐伯小姐依然面帶微笑地點點頭。「是啊。要成爲資產家需要花時間。不管累積多少錢，都沒辦法買時間。那麼我就先從二樓開始介紹吧。」

他們順序繞了二樓的房間。佐伯小姐像平常那樣說明住過這房子的文人，展示他們所留下的書法和作品。佐伯小姐現在當作辦公室使用的書房的書桌，依然像平常那樣放著佐伯小姐的鋼筆。在導覽途中，中田先生對在那裡的東西一一興趣濃厚地看著。似乎沒聽進說明的樣子。對佐伯小姐的說明仔細聽、加以應答是星野青年的任務。他一面搭腔，一面擔心地斜眼看看中田先生會不會開始在做什麼奇怪的事情。不過中田先生只是仔細地看著那裡的各種東西而已。佐伯小姐對於中田先生在做什麼幾乎並不介意的樣子。她很有要領而且親切微笑著導覽館內一圈。她眞是非常沉穩的人，星野青年這樣佩服著。

大約20分鐘左右導覽就結束了。兩個人向佐伯小姐道過謝。佐伯小姐在導覽之間，一次也沒有停止過微笑。可是在看著她時，星野青年卻逐漸開始不明白起來。這個人這樣笑著看我們的臉，可是同時什麼也沒看見。換句話說雖然在看著我們，同時卻在看著別的東西。這個人一面在說明，腦子裡卻在想著別的事情。她雖然禮貌週到得沒話說，態度和藹可親。問她什麼也都親切回答讓人容易了解。可是看來她的心卻好像並不在這裡的樣子。當然她並不是在敷衍應付著。她那樣確切地執行實際性的任務，某個部分她也感到樂意的。只是心不在焉而已。

兩個人回到閱覽室，坐在沙發上各自默默翻著書頁。青年一面翻著書，一面無意間想著佐伯小姐的事。這個美麗的女人有一點不可思議的地方。可是他又無法把那不可思議法巧妙地轉換成語言。青年放棄了，回到書本上。

到了3點，中田先生毫無預兆地站起來。那以中田先生的動作來說是稀有的果斷而且堅定。手上緊緊握著登山帽。

「喲，歐吉桑，你要去哪裡？」青年小聲問。可是中田先生沒有回答。他嘴唇緊閉成一直線，快步朝玄關的方向走。行李還放在腳邊的地上。星野覺得他樣子有點奇怪，也合上書本站了起來。

「嘿，等一下。」他說。而且知道中田先生並沒有等待時，急忙從後面追上前去。其他閱覽者都抬起頭來看他們。

中田先生在玄關前面向左轉，毫不猶豫地開始上樓梯。樓梯口立著一塊「閒人勿進」的牌子，但中田先生卻無視它的存在——不如說他本來就不識字。網球鞋磨損的橡膠底在踏板上發出啾啾的聲音。

「對不起，不好意思。」大島先生從服務台探身出來，往中田先生背後呼喚。「現在不能進入那裡。」

可是那聲音似乎也沒有傳進中田先生耳裡。星野青年從後面追上去上了樓梯。「歐吉桑，那邊不行噢。不可以進去。」大島先生也走出服務台來，跟在青年後面上了樓梯。

中田先生毫不猶豫地走進走廊，進入書房。書房的門像平常那樣敞開著。佐伯小姐背對著窗戶，面向書桌讀著書。她聽見腳步聲抬起頭來，看中田先生。他走到書桌前便站定下來，從正面俯視佐伯小姐的臉。中田先生什麼也沒說，佐伯小姐也什麼都沒說。星野青年立刻從後面走過來。大島先生也露面了。

「歐吉桑，嘿。」星野青年說。並從後面伸手拍中田先生的肩膀。「這裡不可以隨便進來喲。這是規定。所以，我們回去吧。」

「中田有話要說。」中田先生向佐伯小姐說。

「什麼樣的話呢？」佐伯小姐以安穩的聲音問。

「關於石頭的事。我想說關於入口石頭的事。」

佐伯小姐一時無言地看著中田先生的臉。那眼睛浮現非常中立性的光。然後眨了幾次眼，靜靜地合上正在讀著的書。把雙手整齊地放在書桌上，重新抬頭看中田先生。她看來似乎決定不下該怎麼辦才好，只輕輕點了一次頭。她看看星野青年，其次再看看大島先生。

「讓我們兩個人單獨談一下好嗎？」她向大島先生說。「我跟這位先生要在這裡談話。請把門關上。」

大島先生一瞬之間猶豫一下，終於點點頭。然後輕輕拉星野青年的手肘，退出走廊把書房的門關上。

「沒問題嗎？」星野青年問。

「佐伯小姐是會下判斷的人。」大島先生一面帶著青年走下樓梯一面說。「如果她說可以，就可以。以她來說，不必擔心。下樓去喝杯咖啡吧。星野先生。」

「以中田先生來說的話，擔心也是白擔心。眞的。」星野青年一面搖頭一面說。

•••••

第41章

這次要準備充分再進入森林。羅盤和刀子，水壺和乾糧，作業手套，從工具箱裡找到的黃色噴漆和小型柴刀。把這些裝進小尼龍遠足袋（這也是在工具箱裡的），進入森林。皮膚裸露的部分噴了防蟲液。穿上長袖襯衫，脖子周圍圍上毛巾，戴上大島先生給的帽子。天空陰陰沉沉的很悶熱，看起來好像快要下雨的樣子。決定在遠足袋裡放進雨天用的斗篷。鳥群一面互相呼喚著，一面以低低的灰色雲爲背景橫切過天空而去。

就像平常那樣很容易前進到圓形開闊的場所。以羅盤大概確定朝北的方向，然後再往森林深處踏進。這次我在經過的樹幹上，用噴漆在一些地方預先做了黃色記號。只要沿著這記號，應該就可以回到原來的地方。跟《糖果屋》童話裡出現的作記號的麵包屑不一樣，噴漆不用擔心被鳥吃掉。

由於有備而來，我這次所感覺到的害怕已經不再像上次那麼強烈了。當然還是會緊張。不過心臟的鼓動已經相當鎮定。這次驅動我的反而是好奇心。這小徑的前方有什麼呢，我很想知道。如果前面什麼也沒有的話，我也想知道是什麼都沒有。我不能不知道。我一面很小心謹愼地把周圍的風景牢牢記進腦子裡，一面一步一步確實地往前邁進。

偶爾聽得到什麼地方有不知道是什麼的聲音。咚的一下，東西掉落地面似的聲音，或地上因沉重而傾軋的咿呀聲。此外還有語言所無法適當表現的奇怪聲音。不過我不知道這些聲音意味著什麼。連想像都很難。這些聲音聽起來好像是從很遠的地方傳過來的，又像就在身旁的樣子。在這裡距離感好像會一下伸長一下縮短似的。頭上有時有鳥振翅飛起的聲響。那聲音出奇地巨大，可能比實際誇張。聽到這種聲音時，我會停下腳步，側耳傾聽。屏住氣息等待看看有什麼要發生。然而並沒有發生任何事情。於是我再繼續走。

除了這些偶爾突發的聲音之外，周圍大體上都靜悄悄的。沒有風，頭上也沒有樹葉搖晃的聲音。傳進耳朵裡的，只有我撥開草叢往前踏進的腳步聲而已。腳底下踩到掉落的枯枝時，啪一下乾脆的聲音便響徹週遭。

我右手拿著用砥石剛剛磨利過的柴刀。沒戴手套的掌心，有刀柄粗粗的觸感。那把刀實際派上用場的狀況，現在還沒有遇到。不過那沉甸甸的厚重感，給了我一種自己是被保護著的感覺。我是被保護著的——不過到底要對抗什麼？這四國的森林裡應該沒有熊也沒有狼。毒蛇，這可能有少數也不一定。可是仔細想想，森林裡面最危險的生物，我覺得恐怕是我這個自己吧。終究我所害怕的可能就是我自己的影子而已，不是嗎？

雖然如此，走在森林裡時總有一種自己在被看著、被聽著的感覺。不知道是什麼在什麼地方正在監視著我。屏著氣息，身體一面隱藏在背景中，卻一面注視著我的一舉一動。有什麼在遠遠的某個地方，傾聽著我所發出的聲音。而且在推測我是以什麼樣的目的正朝向什麼地方前進。不過我盡可能試著不去想他們。因爲那可能是錯覺，錯覺這東西，你越去想就會越膨脹，越會變得具體起來。而且那可能不久就會變成不再是錯覺了。

我爲了打破沉默而開始吹起口哨。*My Favorite Things*，約翰柯川的高音薩克斯風。當然以我那不靈光的口哨，沒辦法達到那音符緊密鋪陳的即興曲複雜微妙的境界。只能把腦子裡想得起來的音階的動向，加上某種程度的音階而已。但是總比什麼都沒有要好。我看看手錶。是上午10點半。這時候大島先生一定在準備圖書館開門前的作業吧。今天是……星期三。我想像他正在庭園灑水，用抹布擦桌子，燒開水泡咖啡。平常我負責的工作。而我現在卻這樣在深深的森林裡。並繼續往更深的地方走著。誰都不知道我在這裡。知道的只有我，和他們而已。

我跋涉在那裡的路上。要把那稱爲路也許有些困難。可能是水流花很漫長的歲月逐漸形成的自然通路。森林一下起大量的雨時，速度快的水流激烈地沖刷泥土，壓倒雜草，裸露樹根。如果有巨大的岩石，就繞道流過。雨停之後，水位退下變成乾涸的河床，成爲人們可以走過的道路似的。那道路的很大部分被羊齒植物和綠草所覆蓋。不注意看的話很快就會不見。有些地方成爲陡峭的斜坡，我手抓著樹根攀爬上去。

不知不覺之間約翰柯川的高音薩克斯風的獨奏已經吹完了。現在耳朵深處響起了麥考伊泰納（McCoy Tyner）的鋼琴獨奏。左手彈出單調的伴奏模式，而右手則持續累積深厚暗沉的和弦。那彷彿將某人（沒有名字的誰，沒有面貌的誰）陰暗的過去，像內臟般從黑暗中長長地一直拖拉出來的樣子，簡直像神話的場面般，連細部都栩栩如生地描繪出來。至少在我耳朵裡聽起來是這樣。很有耐心的重複一點一點地將現實的場面切割開來，重新組合起來。其中有輕微的催眠性危險氣味。那——和森林類似。

我一面用左手拿著噴漆在樹幹上做小小的記號，一面繼續前進。偶爾回過頭看後面，確定那黃色記號真的看得見。沒問題。那上面顯示回程路線的記號，就像海上的浮標不整齊地連續著。我為了愼重起見還用柴刀，在樹幹的好些地方留下刻痕。這也是一種記號。並不是所有的樹木都可以順利刻得下。有些樹皮是我所帶的小柴刀完全使不上力的。如果有不太粗、看來柔軟的樹木，我才用柴刀刻，留下嶄新的傷痕。樹木默默地承受那一擊。

黑色的大蚊子不時像偵察者般飛來。往我眼睛旁邊露出的皮膚上刺來。耳朵聽到嗡嗡的振翅聲。我用手揮開，或把那拍死。拍到時，手上就有啪嚓一下確實的反應。有時那已經吸滿了我的血。癢是事後才會上來。我把沾在手掌上的血跡，用纏在脖子上的毛巾擦掉。

以前在這山中行軍的士兵們，如果季節是夏天的話，一定也為蚊子而煩惱吧。不過所謂「全副武裝」到底要穿戴多重的裝備呢？像整塊鐵的舊式步槍，許多的子彈、刺刀、鋼盔、幾顆手榴彈，當然還有乾糧和水，為挖掘戰壕所攜帶的鏟子、鋁製飯盒……大約會有20公斤重吧。總之應該是非常重的。跟我所帶的尼龍遠足袋不能相比。或許在那前面一點茂密樹叢的轉彎地方，就會撞見那樣的士兵的妄想突然向我襲來。不過士兵們在這裡消失已經是60多年前的事了。

我想起在小屋門廊所讀到關於拿破崙遠征俄羅斯的事。1812年夏天走過漫漫長路進軍到莫斯科的法國軍隊的士兵，應該也曾為蚊子而煩惱過吧。不用說，不只是蚊子讓他們煩惱。法軍士兵還不得不跟其他很多東西捨命戰鬥。饑餓乾渴、泥濘惡路、傳染病、酷暑、突擊沿路漫長補給線的哥薩克游擊隊、醫療物品短缺，還有當然以俄羅斯正規軍爲對手的幾次大規模會戰。好不容易進入居民已經逃光變成無人空城的莫斯科時，士兵的人數已經從原有的50萬大軍銳減爲10萬人了。

我停下腳步，喝一點水壺的水潤潤喉。手錶的數字正好指著11點。正是圖書館開門的時刻。我想像大島先生開了門，到服務台的椅子上坐下來的樣子。桌上應該放著每次那削得尖尖的長鉛筆。他有時會拿起那鉛筆來，在手中團團轉著。用有橡皮擦的部分輕輕按著太陽穴。那樣的光景非常眞實地浮現。然而那個場所卻在非常遙遠的地方。

大島先生說。我沒有月經。乳頭沒有感覺，但陰蒂有感覺。性交不用陰道，而是用肛門。

我想起在小屋的床上，臉朝向牆壁睡著的大島先生的姿態。還有後來他／她所留下的氣息。我在同一張床上在那氣息包圍之下睡覺。不過關於那件事情不要再去想了。

代替的是，再想戰爭。想關於拿破崙的戰爭，想關於日本軍隊士兵不得不戰的戰爭。手中感覺著柴刀確實的重量。那剛磨過的銳利白色刀刃閃閃照射我的眼睛。我不禁移開目光。爲什麼人們要戰鬥呢？爲什麼非要聚集數十萬、數百萬人成爲集團互相殘殺不可呢？那些戰爭是因爲憤怒所帶來的嗎？還是因爲害怕所帶來的呢？或者害怕和憤怒，都是一個靈魂的不同側面而已呢？

我用柴刀在樹幹上砍剁。樹木發出聽不見的哀叫聲，流出看不見的血。我繼續走著。約翰柯川再拿起高音薩克斯風，反覆將現實的場面切開粉碎，再更換組合。

我的心在不知不覺之間踏進了夢的領域。那又安靜地回來了。我抱著櫻花。她在我懷裡，我在她裡面。

我已經不想再被各種東西隨便擺佈了。不想再被擾亂了。我已經殺了父親。已經侵犯了母親。而且正這樣進入姊姊裡面。如果這裡頭眞有詛咒的話，就讓我主動地接受吧。我想早一點把它結束掉。想早一刻把那重擔從背上卸下來。而且以後再也不要做一個被捲進誰的迷惑中的誰了，我要以我自己活下去。這是我的希望。然後我在她裡面射精。

「就算是在夢中，你也不應該這樣做。」叫做烏鴉的少年對我出聲說。

他就緊跟在我背後。他跟著我一起走在森林裡。

「我那時候很想阻止你。你應該也知道。你應該聽得到我的聲音才對。可是你卻不聽我的話。你就那樣往前進。」

我沒有回答，也沒有回頭，只是默默地往前移步。

「你以爲這樣做，就能夠超越施加在自己身上的詛咒。對嗎？可是到底眞的能這樣嗎？」叫做烏鴉的少年問。

可是到底真的能這樣嗎？你殺了身為父親的人，侵犯了身為母親的人，侵犯了身為姊姊的人。你把預言全都一一實行了。你打算，這樣一來父親對你所施加的詛咒應該就會結束了。可是實際上沒有一件事情是已經結束的。也沒有能夠超越。那詛咒反而比以前更執拗地灼燒你的精神。你現在應該已經知道了。你的遺傳因子現在依然充滿那詛咒。那會化為你所吐出的氣息，乘著從四面吹來的風，散播到全世

界去。你心中的黑暗混亂依然在那裡。對嗎？你一直懷有的恐怖、憤怒和不安感，也完全沒有消失。那些還在你心中。固執地苛責著你的心。

「你聽好噢，所謂爲了終止戰爭的戰爭，這種東西是任何地方都不存在的。」叫做烏鴉的少年說。「戰爭，是在戰爭本身中成長起來的。那是啜飲因暴力所流的血，啃噬因暴力所受傷的肉而長大的。所謂戰爭是一種完全生物。你不能不知道這個。」

姊姊。我脫口喊出來。

我不應該侵犯櫻花。就算在夢中。

「我該怎麼辦才好呢？」我眼睛依然對著前方的地面問道。

「這個嘛，你不能不做的事情，大概是要超越你心中的恐怖和憤怒。」叫做烏鴉的少年說。「讓明亮的光照進裡面，將你心中冷卻的部分融化掉。這樣才能稱爲眞正變強悍。這樣你才能開始成爲世界上最強悍的15歲少年。我說的話你懂了吧？從現在開始還不遲。從現在開始的話你還可以眞正地找回自己。要用頭腦想。該怎麼辦才好，要用腦筋思考噢。你絕對不是傻瓜。應該會思考。」

「我眞的殺了父親嗎？」我問。

沒有回答。我回頭看。叫做烏鴉的少年已經不在那裡了。我的問題被吸進沉默中去了。

在深深的森林中，我一個人孤零零的，感覺自己這樣的人非常空虛。覺得自己就像大島先生上次說過的那樣彷彿變成「空心人」了似的。我心中有個很大的空白。而那空白現在依然一點一點膨脹，把我心中所殘存的內容逐漸吞食下去。我耳朵可以聽到那聲音。我逐漸搞不懂所謂自己這個存在了。我真的走投無路了。既沒有方向，沒有天空，也沒有地面。我想起佐伯小姐，想起櫻花，想起大島先生。可是我卻在離他們所在的地方有幾光年之遠。好像把望遠鏡方向拿顛倒看時那樣，不管把手伸得多長，都觸摸不到他們。我正孤獨地，身在陰暗的迷宮中。耳朵要傾聽風的聲音，大島先生說。我側耳傾聽。可是這裡並沒有什麼風在吹。叫做烏鴉的少年也不知道消失到哪裡去了。

要用頭腦想。該怎麼辦才好，要用腦筋思考噢。

可是已經什麼都沒辦法想了。不管想什麼，怎麼想，我去到的地方終究都是迷宮的死路而已。可是我的內容到底是什麼？那是跟空白相對立的東西嗎？

如果現在在這裡，就能把所謂自己這個存在抹殺掉的話該多好，我認真地想。在這樹林的厚牆中，在不是道路的路上，停止呼吸，將意識靜靜地埋入黑暗中，讓含有暴力的黑暗血液連最後一滴都流盡，讓一切遺傳因子在雜草間腐爛掉。這樣一來我的戰爭不就可以結束了嗎？我這樣想。如果不這樣的話，我可能永遠會去殺身爲父親的人，會去侵犯身爲母親的人，會去侵犯身爲姊姊的人，會繼續傷害世界本身。我閉上眼睛。凝視自己的內心。覆蓋那裡的黑暗非常不整齊，粗粗的。烏雲裂開，四照花的葉子在月光照射下發出千把刀刃般的光。

這時我感覺皮膚深處有什麼在重組似的。聽得見腦子裡喀鏘一聲。我睜開眼睛，深深吸進一口氣。然後把噴漆罐頭丟在腳下。丟掉柴刀，丟掉羅盤。一切都發出聲音掉落地面。那些聲音從很遠的地方傳過來。有一種自己變得一身非常輕的感覺。我把背上背的遠足袋拿下來，把那也丟棄在地上。我的觸覺比剛才變得敏銳多了。周圍的空氣透明感更增加。森林的氣息變成更濃密。我耳朵深處約翰柯川還在繼續吹著迷宮式的獨奏。那裡面是沒有所謂終了這東西的。

然後我改變想法，從遠足袋裡拿出狩獵用的刀子，放進衣服口袋。這是從父親書桌裡帶出來的銳利刀子。如果有必要的話可以用這把刀割開手腕的血管，讓我體內所有的血都流到地面上去。這樣一來，我就可以破壞一切裝置了。

我開始邁步踏進森林的核心。我是••••••一個空心人。我是實體已經被蠶食光的空白。正因爲這樣，那裡已經沒有可怕的東西了。一樣也沒有。

於是我就邁步踏進森林的核心而去。

第42章

房間裡只剩下兩個人的時候，佐伯小姐請中田先生在椅子上就坐。中田先生考慮一下，然後在那裡坐下。兩個人暫時什麼也沒有說，只是隔著桌子互相看著對方。中田先生把登山帽放在並攏的雙膝上，像平常那樣用手掌來回撫摸著短短的頭髮。佐伯小姐把雙手放在書桌上，安靜地看著中田先生那個樣子。

「如果我沒有想錯的話，我想我大概一直在等您的到來。」她說。

「是的。中田也想大概是這樣吧。」中田先生說。「可是花了很多時間。大概讓您等太久了？中田自然也很著急，可是這已經是盡量快了。」

佐伯小姐搖搖頭。「不，沒有這回事。我想比這早一點，或比這晚一點，我可能會更困惑。對我來說，現在是最恰當的時間。」

「星野先生很熱心地幫了我很多忙。如果沒有他的話，中田一個人一定會花更長的時間。因爲中田不識字。」

「星野先生是您的好朋友噢？」

「是的。」中田先生說。他點一點頭。「也許是這樣吧。不過老實說，這方面中田也不太清楚。因爲除了貓之外，中田這一輩子，沒有過一個能稱得上朋友的人。」

「我也有很長一段時間沒有稱得上朋友的人或東西。」佐伯小姐說。「我是說，除了回憶之外。」

「佐伯小姐。」

「是的。」佐伯小姐回答。

「老實說，中田連所謂的回憶也一件都沒有。這說起來，也因爲中田頭腦不好。回憶這東西，到底是什麼樣的東西呢？」

佐伯小姐看著自己放在桌上的雙手，然後再抬頭看中田先生的臉。「回憶可以把你的身體從內部幫你溫暖起來。可是同時也可以把你的身體從內側強烈地割裂下去。」

中田先生搖搖頭。「眞是個困難的問題。回憶這東西，中田還不太瞭解。中田除了現在的事情以外都不太瞭解。」

「我好像正好相反。」佐伯小姐說。

深深的沉默持續降落到這書房裡。打破這沉默的是中田先生。他小聲乾咳一下。

「佐伯小姐。」

「什麼事？」

「妳知道入口的石頭的事情吧？」

「是的。我知道。」她說。她的手指觸摸著桌上放著的 Mont Blanc 鋼筆。「我在很久以前曾經在某個地方遇到過那個。或許不知道會比較好。可是那並不是我可以選擇的事情。」

「中田在幾天前又把那個打開了一次。在雷公大響的那個下午。很多雷公掉落街上。星野君也幫了我的忙。如果只有中田一個人的話實在辦不到。雷公響的那天您知道嗎？」

佐伯小姐點點頭。「我記得。」

「中田打開那個，是因爲那個不能不打開。」

「我知道。爲了讓很多東西恢復成該有的形狀對嗎？」

中田先生點點頭。「您說得沒有錯。」

「您有這個資格。」

「中田不太明白資格是什麼。可是，佐伯小姐，不管怎麼樣那是沒有選擇的事情。老實說，中田在中野區殺了一個人。中田並不想殺人。可是被 Johnnie Walker 先生引導，中田代替了本來應該在那裡的15歲少年，殺了一個人。中田不得不接受那個。」

佐伯小姐閉上眼睛，然後又睜開眼看中田先生的臉。「那些各種事情，是因爲我在很久以前打開了入口的石頭才發生的嗎？那個還拖著尾巴、現在還在到處製造出歪斜扭曲的不正事情嗎？」

中田先生搖搖頭。「佐伯小姐。」

「是的。」她說。

「這些事情中田不清楚。中田的任務只有，現在在這裡的現在，把事物還回本來應有的形狀。因爲這個中田才從中野區出來，跨過大橋，來到四國。而且您大概也知道吧，佐伯小姐不能留在這裡。」

佐伯小姐微笑著。「沒問題。」她說。「那是我長久以來一直求之不得的事情。中田先生。那是過去我所求的，也是現在我所求的事情。可是不管怎麼樣都求之不得。我只好一直等待那個時候——也就是現在——的來臨。那很多情況是很難忍受的。不過受苦也是賦予我的責任似的。」

「佐伯小姐，」中田先生說，「中田只有一半的影子而已。跟佐伯小姐一樣。」

「是的。」

「中田在上次戰爭的時候失掉了那個。爲什麼會發生那樣的事情，爲什麼非要是中田不可呢，中田不太明白。不管怎麼樣，從此以後過了很長的時間。我們差不多必須離開這裡了。」

「我知道。」

「中田已經活很久了。可是就像剛才也說過的那樣，中田沒有所謂的回憶。因此對中田來說，佐伯小姐所說的『苦』的感覺，是中田不太能理解的東西。不過中田想，不管那是多麼苦的東西，佐伯小姐可能都不想放棄那回憶吧？」

「是的。」佐伯小姐說。「您說得沒錯。懷著那個不管多麼苦，只要還活著我想我都不願意放棄那回憶。那是我活到現在的唯一意義和證據。」

中田先生默默地點頭。

「因爲我活得比必要的長久，很多人和很多事物因此而受到損傷。」她繼續說。「我，和您所提到的15歲少年發生了性關係。這是最近的事情。我在那個房間重新回到15歲的少女，跟他相交。不管那是對的或不對的，我都不得不那樣做。可是因爲這樣做了，可能又有別的什麼受到傷害也不一定。只有這個令我掛心。」

「中田不知道性慾的事情。」中田先生說。「就像中田沒有記憶一樣，也沒有性慾這東西。因此，也不太知道對的性慾和不對的性慾的差別。不過如果那已經發生了的話，就是已經發生了。不管對也好，不對也好，一切已經發生的事情就那樣接受吧，因此才有現在的中田。這是中田的立場。」

「中田先生。」

「是的。什麼事嗎？」

「我想拜託您一件事。」

佐伯小姐拿起腳邊的一個包包，從裡面拿出一把小鑰匙。並用那鑰匙打開書桌的抽屜。從抽屜裡拿出幾冊厚厚的檔案出來，放在桌上。

她說：「我回到這個地方以來，一直面對書桌寫出這些原稿。把我所經歷過的人生寫下來、記錄下來。我就出生在這附近，深深愛上住在這棟房子裡的一個男生。愛得不可能更深的愛。他也同樣地愛我。我們生活在一個完全的圓裡。一切都在那個圓裡完結。但當然那種事情不可能永遠繼續下去。我們長大了，時代變遷了。圓在很多地方出現了破綻，外界的東西進入樂園內部來，內部的東西想要出去外面。這是理所當然的事情。可是對於當時的我來說，卻無論如何不認爲那是當然的。所以我爲了防止那樣的侵入和流出而打開了入口的石頭。是怎麼做到這種事情的，到現在我已經想不太起來了。可是爲了不失去他，爲了讓外界的東西不要損傷我們的世界，不管怎麼樣我都決心非要打開石頭不可。那是意味著什麼，當時的我還無法瞭解。然後不用說，我遭到報應了。」

她在這裡切斷話語，拿起鋼筆，閉上眼睛。

「對我來說，我的人生在20歲時就已經結束了。從此以後的人生，只不過是日復一日的後話般的東西而已。那是陰暗的彎曲的，哪裡也到不了的長走廊一樣的東西。可是我卻不得不在那裡繼續活下去。接受著空虛的一天又一天，再原樣空虛地送走那一天又一天而已。在這樣的日子裡，我也做了很多錯事。不，老實說我覺得我幾乎只做了錯誤的事情而已。有時候我會一個人縮進自己內側去活著。就像一個人活在深井底下一樣。詛咒外面的一切，憎恨外面的一切。有時候我會出到外面，做一些好像還活著的事情。接受一切的一切，無感覺地穿過世界。也跟很多男人睡過覺。有時甚至做過像結婚一樣的事情。而且——不過，一切都是沒有意義的事情。一切都轉眼就過去了，事後什麼都沒有留下。只留下我所貶低、損傷過的東西的幾個傷痕而已。」

她把手放在桌上重疊的三冊檔案上面。

「我把所有發生的那些事情全都詳細記錄在這裡。我爲了整理自己而寫在這裡。我自己是什麼樣的人，度過什麼樣的人生，我想再一次仔細一一確認。當然除了我以外我無法責備任何人，那是一件像切割身體一般痛苦的作業。但那作業終於整理好了。我把一切都寫完了。這種東西我已經不再需要了。而且也不想讓任何其他人讀。如果讓誰看到的話，也許又會造成其他新的傷害也不一定。因此，請您幫我把這個在什麼地方完全燒掉。連痕跡都不要留下。如果可能的話，這件事我想請中田先生來做。除了中田先生之外沒有人可以拜託。這是我任性的請託，可以嗎？」

「我知道了。」中田先生說。而且重重地點了幾次頭。「如果這是佐伯小姐的希望的話，中田會好好的把這燒掉。請您安心。」

「謝謝。」佐伯小姐說。

「寫字是很重要的事情吧？」中田先生問。

「是的。沒錯。寫字是很重要的事情。在寫下來的東西裡，在那完成的形式裡，沒有任何意義。」

「因爲中田不會讀不會寫，所以什麼都沒辦法記錄下來。」中田先生說。「中田跟貓一樣。」

「中田先生。」

「什麼事嗎？」

「我覺得好像從很久以前就認識您了似的。」佐伯小姐說。「您不是在那幅畫裡面嗎？以在海邊爲背景裡的人物之一。捲起白色的褲管，腳泡在海裡的人。」

中田先生安靜地從椅子上站起來，走到佐伯小姐所坐的書桌前。然後把自己粗硬曬黑的手，重疊在放在檔案上的佐伯小姐的手上。然後好像在安靜傾聽著什麼似地，讓那上面的溫暖移到自己的手掌上。

「佐伯小姐。」

「是的。」

「中田也知道一點了。」

「知道什麼？」

「您所說的回憶，是什麼樣的東西。透過佐伯小姐的手，中田也可以感覺到那個。」

佐伯小姐微笑起來。「很好。」她說。

中田先生一直把自己的手重疊在她的手上。佐伯小姐終於閉上眼睛，讓身體安靜地沉進回憶中。其中已經沒有痛苦。有人已經把那痛永遠幫她吸走了。圓再度完結。她打開遙遠的房間的門，在那牆上，她看到兩組美麗的和音以像蜥蜴一般的樣子正沉睡著。她用手指輕輕觸摸那兩隻蜥蜴。指尖可以感覺得到牠們安詳的睡眠。微風正吹著。從古老窗簾的偶爾搖晃可以知道。那簡直就像是什麼的比喻似的意味深長地搖著。她穿著裙襬長長的藍色衣服。那是很久以前穿過的洋裝。走起路來裙襬會發出輕微的聲音。窗外有沙灘。聽得見海浪的聲音。也聽得見人的聲音。風中可以感覺到潮水的氣味。季節是夏天。季節總是夏天。天空飄浮著幾朵輪廓清晰的白色小雲。

中田先生抱著那三冊厚厚的檔案走下樓梯。大島先生坐在服務台，正在和閱覽者說著什麼。當他看到走下樓來的中田先生的臉時，便對他微笑。中田先生也規規矩矩地點頭答禮。然後大島先生又接著繼續談話。星野青年在閱覽室裡熱心地讀著書。

「星野先生。」中田先生說。

青年把書放在桌上，抬頭看中田先生。「喲，談好久啊。事情都辦完了嗎？」

「是的。中田在這裡的事情已經結束了。如果星野先生可以的話，我想差不多該回去了。」

「噢，我已經好了。讀到一半的書也大概讀完了。貝多芬已經死了，現在正在舉行葬禮。很氣派的葬禮喲。因爲有2萬5000人的維也納市民排隊送葬到墓地，連學校都放假呢。」

「星野先生。」

「什麼事？」

「只剩下一件事情，中田想要拜託星野先生。」

「你說看看。」

「我想把這個拿到什麼地方去燒掉。」

星野青年望著中田先生手上抱著的那些檔案。「嗯，這個量相當不少噢。有這麼大的量，總不能在哪邊隨便燒。還是要找個寬闊的河邊，或類似的地方才行。」

「星野先生。」

「什麼事？」

「那麼我們就去找河邊吧。」

「我再這樣問也許顯得無禮，不過那是不是非常重要的東西呢？如果往那邊隨便一丟，大概不行是嗎？」

「是的。星野先生。這是非常重要的東西。一定要燒掉才行。讓它化成煙，升上天去才行。一定要看著做完才行。」

星野青年站起來，伸一個大懶腰。

「明白了，現在我們兩個人就去找寬闊的河邊。雖然不知道什麼地方有，不過只要好好找，四國也總會有一個河邊吧。」

這是平常所沒有的忙碌下午。很多閱覽者來到，其中有幾個人提出比較專門的問題。大島先生忙著回答，或幫忙尋找他們所要閱覽的資料。也有幾件是需要用電腦檢索才行的。平常還可以請佐伯小姐支援，但今天這也行不通的樣子。因爲這種種，他幾次離開座位，連中田先生回去了都沒發現。等忙碌告一段落之後，回頭看看四周時才知道那兩個人好像已經不在圖書館裡了。大島先生走上樓梯到二樓佐伯小姐的辦公室去。很稀奇地門是關閉著的。他短促地敲兩次等了一下。但沒有回應。再敲一次門。「佐伯小姐。」他從門外出聲問。「妳還好嗎？」

還是沒有回答。

他輕輕轉動門把看看。沒有上鎖。大島先生把門打開一個小縫，探頭進去看看。看見佐伯小姐正趴在桌上。頭髮散落在前面，遮住了臉。大島先生猶豫了一下。也許只是累了正在睡覺也不一定。可是他過去從沒看過佐伯小姐睡午覺的樣子。她不是會在工作中打瞌睡的那種人。他走進房間，走到書桌前。然後彎下身，在她耳邊試著叫佐伯小姐的名字。沒有反應。他手觸摸佐伯小姐的肩膀，然後拿起她的手腕，用手指按看看。沒有脈搏。肌膚雖然還留下一些溫暖，但那也非常冷淡而不切實。

他把佐伯小姐的頭髮撩起來，確認她的臉。兩邊眼睛微微張開。她不是在睡覺。她是死了。不過臉上卻露出，簡直像在作著安詳的夢的人所露出的表情一樣。嘴角還留下微笑的淡淡影子。連死掉時她都沒有失去端莊，大島先生這樣想。他把頭髮放回原位，然後拿起桌上的電話。

他早有這樣的覺悟，這樣的日子不久將會來臨。可是眞正像這樣，實際和已經成爲死者的佐伯小姐兩個人單獨留在安靜的房間裡時，也不知道該怎麼辦才好。心裡非常乾。我是需要這個人的，大島先生想。也許爲了塡補我心中的空白，我需要這個人的存在。可是我卻無法塡滿這個人所懷抱的空白。到最後的最後，佐伯小姐的空白依然只是她自己的東西。

有人在樓下喊他的名字。他好像聽到那樣的聲音。房間的門是開著的，可以聽到樓下的人忙著走來走去的聲音。電話鈴聲也響過。但大島先生無視這一切。他坐在椅子上繼續看著佐伯小姐的姿勢。要叫我的名字，就儘管叫吧。想打電話就儘管打吧。終於聽到遠方有救護車的警笛聲。那好像逐漸接近這裡的樣子。再過不久人們就會過來，把她帶到什麼地方去吧。永遠地。他舉起左手腕，看看手錶。時刻是4點35分。星期二下午的4點35分。這個時刻必須記憶下來，他想。這天下午，這個日期必須永遠記憶下來。

「田村卡夫卡老弟，」他朝向身旁的牆壁喃喃地說，「我不得不告訴你這件事。當然，我是說，如果你還不知道的話。」

第43章

把行李丟掉，變得一身輕之後，繼續走進森林。把精神只集中到往前進這一件事上。已經沒有必要在樹上作記號了。也沒有必要記住回去的路了。我連周圍的風景都不太看了。反正這裡所有的都是沒有什麼改變的風景。層層疊疊的高聳樹木，茂密的羊齒植物，垂懸的爬藤，蚪結的樹根，成堆腐敗的落葉，昆蟲蛻變後的乾枯空殼，韌性很強的黏著蜘蛛網。還有無數的樹枝——這裡簡直就是樹枝的世界。威脅性的樹枝，爭奪空間的樹枝，巧妙藏身的樹枝，彎曲扭轉的樹枝，思索的樹枝，快枯死的樹枝。這些風景無止盡地反覆重複。只是，在每次的反覆重複中一切便又逐漸變得更加深沉下去。

我在那路上——或像路一樣的地方——閉著嘴繼續前進。路一直往上升高，不過現在還沒有明顯的斜度。也沒有令人喘氣的陡坡。偶爾路會快要消失到羊齒的草海裡，或有刺的灌木中去，不過大概試探著往前走時，還是會再度出現像是路的地方。我已經不再感覺森林可怕了。那裡頭還是自有類似規則般的東西，或是模式般的東西。一旦不再害怕之後，眼睛就能漸漸看得出這種東西來。我學會了這種重複性，把那當成自己的一部分。

我已經不帶任何東西了。剛才還非常珍惜地拿在手上的黃色噴漆，剛磨利的柴刀，都已經不在了。

也不再背著遠足袋，不帶水壺和乾糧，連羅盤都沒了。一切的一切都逐漸被我留在一路走來的半路上了。我想要藉著這麼做，以眼睛看得見的形式向森林傳達，我已經不再害怕了，所以已經選擇了無防備的狀態了。或者也想向自己這樣傳達。我以捨棄掉硬殼的肉身的我，一個人獨自朝向迷宮的中心前進。而且委身於在那裡的空白中。

耳朵深處鳴響的音樂，不知何時也已經消失。留下的只有輕微的空白雜音。那就像鋪在寬大床上沒有一絲皺紋的白色床單一樣。我手指摸摸那床單，以指尖遊走過那白。那白永無止境地繼續著。我腋下冒著汗。從樹木的高枝間偶爾看得見的天空，被均勻的灰色烏雲毫無空隙地全面覆蓋。不過還沒有要下雨的樣子。雲紋絲不動，維持著現狀。停在高高枝頭上的那些鳥，互相發出短促的鳴叫傳遞著若有含意的訊息。昆蟲在草叢裡發出預言的羽音。

我想起現在已經沒有任何人在住的野方的家。那裡現在大概已經被封閉了。沒關係，封閉起來就好了，我想。滲進去的血跡就讓它滲進去吧。我才不管呢。我再也不願意回到那裡了。那個家，在最近的流血事件發生之前，早已經是許多事物死掉的場所。不，是有許多事物**被殺掉**的場所。

森林有時從頭上，有時從腳下想要威脅我。往我的脖子吹來一股冷氣。化爲千眼細針刺著我的皮膚。以種種方式，把我當成異物想把我驅逐出去。但我漸漸能夠巧妙地應付這些威脅了。在這裡的森林，終究也是我的一部分哪——我從某個時候開始採取了這樣的看法。我正在自己的內部旅行著。就像血液正順著血管旅行一樣。我現在眼睛所看到的正是我自己的內部，看起來像是威脅的，只有我心中所有恐怖的回音而已。那邊所張開的蜘蛛網就是我心中所張開的蜘蛛網，頭上正在鳴叫的那些鳥就是我自己所飼養的鳥。這種印象在我心中產生，並且逐漸生根下去。

像被巨大的心臟鼓動聲推著往前似地，我繼續在森林中的路上前進。那路通往我自己的特別場所。那是紡出黑暗的光源，是生出無聲之響的場所。我想看清楚那裡到底有什麼。我是攜帶著密封的重要親筆信函的，自己的密使。

疑問。

爲什麼她不愛我呢？

難道我連被母親愛的資格都沒有嗎？

這個問題歷經長年累月，一直強烈地燒灼我的心，繼續侵蝕我的靈魂。不被母親所愛，是我自己有很深的問題嗎？我難道一出生身上就帶有污穢般的東西嗎？我難道是生來就該被人人所背棄的人嗎？母親在出走以前甚至沒有擁抱過我。連隻字片語都沒有留給我。她把臉轉開不看我，只帶著姊姊一個人什麼也沒說地就離家出走了。她像安靜的煙那樣，就從我眼前消失掉了。而且那轉開的臉，從此永遠地離我遠去不再回來。

頭上又有鳥在發出尖銳的鳴聲。我抬頭看天空。那裡只有平板的灰色雲而已。沒有風。我只管繼續走。我走在意識的海邊。這裡有意識的潮起，意識的潮落，這些海浪湧上來留下文字，立刻下一波又湧上來把文字消去。我想把寫在沙灘的語言，在潮起潮落之間迅速讀取下來。但那並不是一件簡單的事。在還沒讀到最後之前，那文章已經又被下一波海浪沖掉了。只留下帶有謎意的隻字片語還殘留在意識裡。

心再度被拉回野方的家中。我清楚地記得母親帶著姊姊離開那裡而去的那天的事。我一個人坐在簷廊下看著庭園。初夏的黃昏，樹木的影子拉得長長的。家裡只有我在。不知道爲什麼，不過我知道自己已經被遺棄了，一個人被留在那裡。知道這件事情未來將會對自己帶來深刻的決定性影響。並沒有誰告訴我。我就是知道。家裡就像被遺棄的邊境瞭望台一般空蕩蕩的了無人跡。夕陽西斜，我凝視著，各種物體的影子逐漸一點一點地將世界包進去。在有時間的世界裡，任何東西都不會回頭。影子的觸手正一個刻度、又一個刻度地往新的地面侵蝕下去，剛才還在這裡的母親，也終於被吞進那黑暗而陰冷的領域裡去。那張臉以堅決轉開的表情，從我的記憶中自動地被剝奪、被消去。

一面走在森林裡，我一面想起佐伯小姐。腦子裡浮現她的臉。浮現那安穩而淡淡的微笑，想起她手的溫暖。我試著想像那位佐伯小姐是我的母親，在我剛滿4歲時把我留下而離去的情形。我不禁搖搖頭。覺得那實在太不自然了，太不適當了。佐伯小姐爲什麼非這樣做不可呢？她爲什麼非要傷害我，傷害我的人生不可呢？其中一定有什麼沒弄清楚的重要理由，有什麼深刻意義存在才對。

她當時所感到的事情，我也想同樣地感受看看。想站在她的立場想看看。那當然不是簡單的事。因爲我是被遺棄的一方，而她是遺棄我的一方。可是花一些時間，我離開我自己。靈魂脫離我這個僵硬的軀殼化作一隻黑色烏鴉，停在庭園松樹的高高枝頭，從那裡眺望坐在簷廊的4歲的我自己。

我變成一隻在做假設的黑烏鴉。

「你的母親並不是不愛你。」叫做烏鴉的少年從背後對我說。「說得正確一點，其實她愛你非常深。你首先必須相信這個。這將成爲出發點。」

「可是她卻拋棄了我。把我一個人留在不對的地方自己就消失了。我可能因此而深深受傷，嚴重損壞了。如今那連我都知道了。如果她眞的愛我的話，爲什麼會做那種事情呢？」

「以結果來說確實是變成那樣。」叫做烏鴉的少年說。「你深深地受了傷、嚴重地損壞了。而且你今後可能仍然會一直繼續背負著那傷痕。關於這點我覺得很可憐。可是雖然如此，你還是應該這樣想。就是，你還是可以復原的。你還年輕，而且堅強。柔軟而富有彈性。也可以把傷口包裹起來，好好抬起頭來，往前進。可是她卻已經無法挽回了。她只能就那樣失去了。這不是誰好誰壞的問題。在現實上擁有優勢的是你。你應該試著想想這點。」

我沉默著。

「你聽我說，那是已經發生的事情。」叫做烏鴉的少年繼續說。「事到如今已經無法挽回的事情。她當時不該丟下你，你不該被她丟下。不過所謂已經發生的事情，就像已經摔得粉碎的盤子一樣。不管你怎麼想盡辦法，那還是無法恢復原狀。對嗎？」

我點點頭。**不管怎麼想盡辦法，都無法恢復原狀**。眞的是這樣。

叫做烏鴉的少年繼續說：「你聽我說，你母親心中同樣也有強烈的恐怖和憤怒。就像現在的你一樣。所以她那時候，才會不得不遺棄你。」

「就算她是愛我的嗎？」

「是啊。」叫做烏鴉的少年說。「就算她是愛你的，也不得不遺棄你。你必須做的是去理解、去接受她的心。去理解她當時所感受到的壓倒性恐怖和憤怒，當作自己的事情去接收。而不是去繼承和反覆。換句話說，你必須原諒她。那當然不容易。可是不能不做。那是對你的唯一救贖。而且除此之外你無法得救。」

關於這個我試著思考。越想卻越混亂。我的心一團亂，身體各個部位的皮膚像被撕裂般疼痛。

「嘿，佐伯小姐是不是我眞正的母親呢？」我問。

叫做烏鴉的少年說。「她不是也說過嗎？她說那還只是以假設在作用著。總之就是這樣。那還只是以假設在作用著。我能說的也只有這個而已。」

「是還找不到有效反證的假設。」

「沒錯。」叫做烏鴉的少年說。

「而且我不得不認眞地一直去追究那假設。」

「沒錯。」叫做烏鴉的少年以斷然的聲音說。「找不到有效反證的假設，是有追究價値的假設。而且現在，除了追究那個之外你也沒有事情可做。你手上除了那個之外沒有別的可以選擇。所以你就算捨棄自己的身體，也不能不徹底追究這件事情。」

「捨棄自己的身體？」這句話裡透著一點不可思議的意味。我無法完全明白。

可是沒有回答。我開始不安起來回過頭去看。叫做烏鴉的少年還在那裡。他就跟在我後面和我以同樣的步調走著。

「佐伯小姐當時，心中是懷著什麼樣的恐怖和憤怒呢？那又是從哪裡來的呢？」我一面朝前面走一面問他。

「你認爲她當時，心中到底是懷著什麼樣的恐怖和憤怒呢？」叫做烏鴉的少年反過來問我。「你要好好的想。這一點，你如果不在腦子裡好好的想的話是沒辦法的。頭腦就是爲了這個而用的啊。」

我思考。不能不在太遲之前去理解、並接受。可是我還無法讀取留在那意識的海邊的詳細文字。一波湧起和一波退下之間，間隔非常短暫。

「我愛上佐伯小姐了。」我說。這句話非常自然地脫口而出。

「我知道。」叫做烏鴉的少年以粗魯的口氣說。

「我以前沒有經驗過這種心情。而且現在那對我來說是比什麼都更具有重大意義的事情。」我說。

「那當然。」叫做烏鴉的少年說。「不用說也知道。那當然是有意義的事情。所以你才會來到這樣的地方不是嗎？」

「可是，我還不明白。我現在正想不通。你說母親是愛我的。你說她愛得非常深。我很想相信你說的話。可是，如果眞的是這樣的話，我無論如何還是無法瞭解。爲什麼深深愛一個人這種事情，和深深傷害那個人這件事情，非要是同一件事情不可呢？換句話說，如果眞的是這樣的話，深深去愛某一個人到底又有什麼意義呢？到底爲什麼非要發生這種事情不可呢？」

我等待答案。我久久閉著嘴巴。但是沒有回答。

我回過頭去看。但是叫做烏鴉的少年已經不在那裡了。我頭上傳來乾乾的振翅飛起的聲音。

你正走投無路。

終於兩個士兵出現在我的前面。

兩個人都穿著舊帝國陸軍野戰軍服。是短袖的夏天制服。打著綁腿，背著行囊。沒有戴鋼盔，而是戴著有帽舌的便帽，臉上塗著像黑色顏料般的東西。兩個都是年輕士兵。一個個子高高瘦瘦的，戴著圓形金屬框眼鏡，另一個個子矮矮的肩膀寬闊、體格結實強壯。他們兩個人並排坐在平坦的岩石上。並沒有採取戰鬥姿勢。三八式步槍立著靠在腳邊。高個子的士兵一副無聊的樣子嘴上銜著一根草。他們非常自然地，像理所當然的樣子在那裡。而且以毫不猶豫的安穩眼光看著逐漸走近的我。

附近變得稍微開闊、平坦一點。簡直像樓梯中段的平台。

「嗨。」高個子的士兵以明朗的聲音說。

「你好。」體格結實的士兵，稍微皺一下眉說。

「你好。」我答禮道。看到他們出現或許應該驚奇吧。不過我似乎並沒有感到特別驚奇。也沒有覺得不可思議。這是十分有可能的事情。

「我們在等你喲。」高個子的說。

「等我？」我說。

「當然。」對方說。「因爲現在除了你之外，就沒有人會來這裡了。」

「我們等了好久噢。」體格結實的那個說。

「不過時間並不是太重要的問題。」高個子的士兵補充說明。「雖然這樣還是比預料的花了更長的時間。」

「你們就是很久以前在這山中失蹤的人對嗎?在演習的時候。」我問。

體格強壯結實的士兵點點頭。「沒錯。」

「大家好像找你們找了好久的樣子。」我說。

「我們知道。」體格結實的說。「我們知道大家在找我們。這個森林發生的事情,我們都知道。可是他們怎麼找都不可能找到。」

「正確說的話,我們並不是迷路。」高個子的以安靜的聲音說。「我們可以算是,主動逃走的。」

「要說是逃走嘛,不如說碰巧發現了這個地方,就這樣留下來了也許比較接近吧。」強壯的那個補充說。「跟單純的迷路不一樣。」

「這裡也不是任何人都可以找到的。」高個子的士兵說。「不過我們兩個找到了,你也找到了。至少對我們兩個人來說這是幸運的事。」

「如果照那樣下去的話,反正都會以士兵的身分被帶到外地去。」強壯的那個說。「然後不得不去殺人,或被人殺掉。我們不想去那種地方。我本來是農民,他大學剛畢業。我們兩個都不想殺人,更討厭被殺掉。這是當然的啊。」

「要是你呢?你難道想殺人,想被人殺掉嗎?」高個子的士兵問我。

我搖搖頭。我誰也不想殺。也不想被誰殺掉。

「誰都是這樣啊。」高個子的說。「嗯,我是說幾乎誰都是這樣。不過就算你說不想去參加戰爭,國家也不會親切地體諒你說『是嗎，你不想去戰爭啊。好吧，你不用去。』也不能逃走。在這個日本，沒有地方可以讓你逃。不管你到哪裡都會立刻被發現。因爲就是這麼狹小的島國啊。所以我們才會留在這裡。這裡只是一個藏身的場所。」

他搖搖頭，繼續說。

「而且就這樣一直留在這裡。從你所說的很久以前噢。不過就像剛才說過的那樣，時間這東西在這裡並不是重要問題。現在和很久以前之間幾乎沒有不同。」

「完全沒有不同。」強壯的那個說。並且用手勢咻一下彈開什麼的樣子。

「你們知道我會來到這裡嗎？」我問。

「當然。」強壯的那個說。

「因爲我們一直守在這裡呀，非常清楚有誰會來。因爲我們就像是森林的一部分一樣。」另一個人說。

「換句話說，這裡是入口。」強壯的那個說。「而我們是這裡的守衛。」

「現在這個入口碰巧打開了。」高個子的那個向我說明。「不過不久之後應該又會關閉起來。所以如果你眞的想進去的話，就趁現在吧。因爲這裡並不是常常會打開的噢。」

「如果要進去這裡的話，前面就由我們來帶路。因爲是很難認的路，所以一定要有人帶路。」強壯的那個說。

「如果不要進去的話，你就再回到剛才走來的路去吧。」高個子的說。「從這裡退回去，並不太難。你不用擔心，可以回得去的。然後你會在原來的世界，繼續過著和過去一樣的生活。要選擇哪一邊完全由你決定。要進去不進去，誰都不會強迫你。不過一旦進去裡面之後，就很難退回來了。」

「請帶我去吧。」我毫不猶豫地回答。

「眞的嗎？」強壯的那個說。

「我不能不去見在裡面的一個人，我想可能在。」我說。

兩個人什麼也沒說地從岩石上慢慢站起來，拿起三八式步槍。然後互看一眼之後，就在我前面帶頭開始走起來。

「爲什麼我們現在還要背著這種沉重的鐵塊呢？你也許會覺得奇怪。」高個子的回過頭來對我說。「一點用處都沒有。而且連子彈都沒裝。」

「換句話說，這是個記號。」強壯的那個沒有看我這邊就說。「我們所離開的東西，和我們所遺留在那邊的東西的記號。」

「所謂象徵是很重要的東西。」高個子的說。「我們碰巧帶了槍，穿著這樣的軍服，所以在這裡還是繼續接下類似步哨的角色做。職務。那也是象徵所引導出來的東西。」

「你有沒有帶什麼這類的東西？可以成爲記號的東西。」強壯的那個說。

我搖搖頭。「沒有，我沒有帶。我什麼也沒帶。帶著的只有記憶而已。」

「哦。」強壯的那個說。「記憶呀？」

「沒關係，當然。」高個子的說。「那應該也可以成爲很像樣的象徵。雖然我並不太清楚，所謂的記憶這東西到底能繼續到什麼時候？那本來是多牢靠的東西？」

「最好是有形的東西比較好。」強壯的那個說。「那種東西比較容易了解。」

「例如像步槍。」高個子的說。「對了，你的名字呢？」

「田村卡夫卡。」我回答。

「田村卡夫卡。」兩個人說。

「好奇怪的名字。」高個子的說。

「確實是。」強壯的那個說。

後來的路上，我們默默地繼續走。

第44章

兩個人在沿著國道旁的河灘上，把佐伯小姐託付的三冊檔案燒掉。星野青年在便利商店買了打火機用的燃油，充分澆在檔案上，用打火機點著火。兩個人站在旁邊，眺望著一張張稿紙被火焰捲進去。幾乎沒有風。煙筆直升上天空，無聲地消失到低垂的灰色雲裡去。

「現在我們所燒的稿子，拿來只讀一點點都不行嗎？」星野青年問。

「是的。不可以讀。」中田先生說。「中田和佐伯小姐約好了一個字都不讀地燒掉的。遵守約定是中田的任務。」

「嗯，對。遵守約定是很重要的大事。」星野青年一面流著汗一面說。「對誰來說都是重要的大事。只是啊，我想如果用碎紙機處理，既省事也省時間，不是輕鬆多了嗎？只要到一家幫人家複印的小店，就有放置大型出租碎紙機。費用很便宜。不是我在抱怨，不過在這種季節用火燒東西，老實說非常熱。如果是冬天的話這樣做倒是很好。」

「不好意思，中田跟佐伯小姐約好了，要把這些整個燒乾淨。所以還是不得不燒。」

「沒關係。反正也沒有別的急事要辦。稍微熱一點也不是不能忍耐。我只是，怎麼說呢，建議一下而已。」

兩個人在河邊燒著不合季節的營火，附近一隻路過的貓停下腳步來興趣濃厚地看著。一隻瘦瘦的茶色條紋貓。尾巴尖端有一點彎曲。好像個性相當好的貓，中田因此很想跟貓說話，可是想起來星野先生就在旁邊而作罷。貓如果不是中田先生一個人在的時候也不會隨便跟他溝通。而且是不是能像以前那樣跟貓能說得通，中田先生也沒有自信。對中田先生來說，他不想說出奇怪的話把貓嚇到。貓不久就看膩了營火，站起來走開了。

花了很長的時間，把三冊檔案完全燒掉之後，星野青年用腳把那燒掉的灰燼踏熄，完全化爲粉碎。如果遇上一陣強風的話那應該就會被吹散得乾乾淨淨。時刻已經接近黃昏，可以看見一群烏鴉正飛向歸巢的蹤影。

「喲，歐吉桑，這樣一來誰也不能讀到這些稿子了。」星野青年說。「雖然不知道裡面寫了些什麼，不過總之全部都化爲烏有了。世界上有形之物減少了一些，相對的無則增加了一些。」

「星野先生。」

「什麼事？」

「我想問一件事情。」

「好啊。」

「無是會增加的東西嗎？」

星野青年一時歪著頭想了一想。「這是個很難的問題。」他說。「無會增加嗎？歸於無也就是變成零了，零再加零，還是零對嗎？」

「中田也不太知道。」

「星野也不太清楚，一開始想起這種事情我的頭就漸漸痛起來。」

「那麼就不要再想了。」

「我也這樣想。」青年說。「總之稿子已經完全燒掉了。那裡面所說的事情已經一點也沒有留下地消失了。歸於無了——這是我想說的。」

「是的。這樣一來中田也安心了。」

「那麼，這裡該做的事情已經做完了對嗎？」青年問。

「是的。這樣一來事情大概結束了。剩下來的只有把入口塞起來恢復原狀而已了。」中田先生說。

「那是重要的大事。」

「是的。非常重要的大事。打開的東西不得不再關上。」

「那麼就趕快去做吧。好事就趕快做。」

「星野先生。」

「嗯？」

「可是這樣不行。」

「爲什麼？」

「因爲時候還沒到。」中田先生說。「要把入口關閉起來，還必須等該關閉的時候來到才行。而且中田在那之前，還必須再熟睡才行。中田非常睏。」

青年看看中田先生的臉。「嘿，這次還是要像上次那樣一連熟睡幾天嗎？」

「是的。雖然說不準會怎麼樣，不過我想也許會這樣吧。」

「那麼，在長久熟睡之前，能不能忍耐一下等事情辦完再說呢？因為，歐吉桑一旦進入睡眠狀態的話，事情就完全無法往前推展了。」

「星野先生。」

「什麼事？」

「很抱歉。如果能那樣的話不知道有多好。中田也一樣，可能的話，也想先把入口的打開和關閉做完再說。可是很遺憾，中田不得不先睡覺。眼睛已經快要睜不開了。」

「那是不是像電池沒電了一樣呢？」

「也許是。比想像的要花時間。中田的力氣現在快要用盡了。能不能帶我回去可以睡覺的地方？」

「可以呀。招一輛計程車立刻回到那棟公寓去。你可以像木頭一樣愛睡多久就睡多久。」

一坐上計程車的座位，中田先生立刻就開始打起瞌睡了。

「歐吉桑，回到房間以後就可以讓你好好隨心所欲地睡了。再忍耐一下吧。」

「星野先生。」

「嗯。」

「給你添了好多麻煩。」中田先生以恍惚的聲音說。

「確實覺得添了不少麻煩。」青年承認。「不過，我仔細想一想到現在爲止的種種事情時，其實是我自己主動要跟歐吉桑來的。換句話說，就像是我自己主動找麻煩來受似的。並沒有人拜託我。就像是爲了興趣所做的鏟雪一樣。所以歐吉桑不需要一一介意喲。我說放輕鬆吧。」

「如果沒有星野先生的話，我想中田一定走投無路相當爲難。我想事情可能連這一半都辦不成呢。」

「你能這樣說，星野就覺得做得很值得。」

「中田非常感謝。」

「可是啊，中田先生。」

「是的。」

「我覺得我這邊也有事情必須感謝中田先生。」

「是嗎？」

「我們這樣經歷了種種事情，兩個人一起到處走也已經有10天以上了。」青年說。「在這之間我的工作一直休息沒做。最初幾天我有跟公司聯絡過說要請假，可是後來就眞的是擅自缺勤。可能沒辦法再回去上班了。如果好好道歉的話，或許勉強可以原諒我也不一定。不過，那都沒關係。不是我自豪，我是個技術很好的卡車司機，本來就很勤快，新工作橫豎是可以找到的。所以這個我倒不擔心，中田先生也不用擔心。不管怎麼樣我想說的是，你知道，我對這件事情完全不後悔。這10天之間我經歷了很多奇怪的事情。螞蝗從天而降，桑德斯上校出現，和說是在大學上哲學課什麼的絕世美女做過不得了的愛做的事，從神社把石頭偷偷搬出來，各種怪事情。簡直覺得像把一輩子的怪事，全都在這10天裡經驗到了似的。感覺就像搭上長途雲霄飛車試車似的。」

青年說到這裡把話切斷，想一想該怎麼接下去。

「可是啊，歐吉桑。」

「是的。」

「我這樣想，其中最奇怪最不可思議的，怎麼說還是歐吉桑本身。對，是中田先生。如果要問爲什麼是歐吉桑最不可思議的話，是因爲歐吉桑把我這個人改變了。嗯。就在這10天之間，我覺得自己好像變了很多。怎麼說呢，很多風景的看法都好像很不同了。過去覺得沒什麼的平凡東西，開始覺得看起來不一樣了噢。過去覺得一點都沒意思的音樂，怎麼說呢，會一下重重地打動我的心。而且，會想到這種感覺，如果能向誰、向能夠瞭解類似事情的人講的話該有多好。這種事情，過去我從來沒有過。於是我想，爲什麼會變成這樣呢？因爲我一直跟在中田先生身旁的關係。而且開始透過中田先生的眼睛看東西的關係。當然並不是一切都透過中田先生的眼睛在看東西的噢。不過，怎麼說呢，是非常自然地，我透過歐吉桑的眼睛看各種東西喲。如果要問爲什麼要這樣做的話，是因爲我滿喜歡歐吉桑看世界的態度之類的。所以我，這個星野，才會一直跟著歐吉桑一路來到這裡吧。我沒辦法離開歐吉桑。這件事情，是我過去的人生裡所發生的事情中最有結果的事情之一。關於這個，反而是我不能不感謝歐吉桑才對。所以歐吉桑不必感謝我。當然你說感謝我我也覺得很高興。只是我想說的是，中田先生眞的爲我做了非常好的事情噢。嘿，你明白嗎？」

可是中田先生已經沒有在聽了。他已經閉上眼睛，發出很規則的鼻息。

「這個人這麼樂天，眞好。」說著，星野青年嘆了一口氣。

抱著中田先生回到公寓的房間，青年讓他在床上躺下。衣服就那樣穿著，只幫他脫下鞋子，身上加蓋一件薄被子。中田先生稍微移動身體成爲每次那種正對天花板的姿勢，安靜地發出鼻息，然後就一動也不動了。

「眞要命，這個樣子一定又會沉睡個2、3天吧。」青年想。

可是事情並不像青年所預期的那樣。第二天星期三的中午之前，中田先生就死了。他在深深的睡眠中安靜地斷了氣。臉上就像平常那樣極爲安詳，猛一看和在睡覺沒有兩樣。只是沒有在呼吸而已。青年搖了好幾次中田先生的肩膀，試著呼喚他的名字。可是沒錯，中田先生是死掉了。沒有脈搏，爲了愼重起見，還拿鏡子到他嘴巴前面，鏡面也不會變白。呼吸完全停止了。他已經再也不會在這個世界上醒過來了。

和死者在同一個房間裡時，覺得其他的聲音正逐漸消失。周圍的現實聲音，逐漸失去現實性。有意義的聲音，終於只剩下沉默而已。那沉默像沉積海底的泥一般，逐漸加深。在腳邊沉積，積到腰間，積到胸前。雖然如此青年還是長久和中田先生兩個人留在房間裡，以眼睛測度著沉積在那裡的沉默的深度。他在沙發上坐下來，望著中田先生的側臉，實際感受他已經死去的事實。要接受這一切花了很長的時間。空氣開始帶有獨特的重量，他開始變得無法清楚分辨現在自己所感覺到的事情，是不是眞正自己現在所感覺到的事情。不過另一方面，有幾件事情卻自然可以理解了。

中田先生因爲死這件事情，使他好不容易能夠恢復成普通的中田先生了，青年這樣感覺到。中田先生因爲實在一直都太有中田先生的獨特樣子，因此中田先生要變成普通的中田先生，只有死沒有其他辦法。

「嘿，歐吉桑。」青年對中田先生說。「這樣說也許失禮，不過這種死法也不錯噢。」

中田先生在深深的睡眠中，應該是什麼也不想了，只是靜靜地就那樣死著。死相也很安穩，看起來似乎沒有痛苦，沒有後悔，也沒有迷惑的樣子。很像中田先生，這樣也好，青年想。中田先生的人生到底是什麼？其中有什麼意義嗎？不知道。不過如果要提起這個的話，可能誰的人生都沒有那麼明顯的意義吧。對人來說眞正重要的事情，眞正具有重量的，一定是死法這邊，青年想。跟死的方式比起來，活的方式其實並沒有什麼大不了的事情。雖然如此，可是決定人的死法的應該是生的方式。一面看著中田先生死掉的臉，青年一面無意間想著這樣的事情。

只是還留下一個重要問題。就是必須有人來把入口的石頭關閉起來。中田先生幾乎把所有的事情都辦完了，可是只剩下這個還沒做。石頭還確實在沙發腳下放著。等時候到了我必須把那翻轉過來，把入口關閉起來。可是正如中田先生說的那樣，石頭如果處理方法不當可能會非常危險。一定有正確的翻轉方式才對。如果使盡力氣卻翻轉錯了，世界也許會搞得亂七八糟也不一定。

「嘿，歐吉桑，死掉了也沒辦法，可是像這樣把重要工作留下來也眞傷腦筋哪。」青年朝死者出聲說。可是當然沒有回應。

還有一點，中田先生的遺體怎麼善後的問題。當然可以從這裡立刻打電話報警或打到醫院去，請他們把遺體運到醫院去是正統的做法。世間的人百分之九十九都採取這樣的行動。可能的話青年也想這樣做。可是中田先生畢竟是牽涉到殺人事件，警察正在尋找的重要參考人。如果被他們知道自己跟這樣的人10天都在一起行動的話，青年自己也會處於相當微妙的立場。想必會被警察帶走，受到冗長的盤問吧。只有這點必須想辦法避免。要一一說明到目前爲止的事情經過既麻煩，何況自己向來不善於對付警察，這種事情也最好不要牽扯進去。

「還有這間公寓房子的事情，」青年想，「到底該怎麼說明才好？」

一個裝扮成桑德斯上校樣子的老人，把這間房子借給我們。這是特地爲你們準備的房子，所以你們可以愛住多久就住多久，那個歐吉桑這樣說——這種話警察會輕易相信嗎？不可能。桑德斯上校是誰？跟美軍有關的人？不，就是那個，肯德基炸雞招牌上的歐吉桑啊。刑警先生也知道吧。嗯，是啊，就是那個戴著眼鏡留白鬍子的……那個人在高松的巷子裡拉皮條。我在那裡認識的。他幫我介紹女人。如果說出這種話來，下場一定是被罵「混蛋，少裝蒜。」還會挨他們揍。他們就像是領國家薪水的流氓一樣的東西。

青年深深嘆一口氣。

我該做的事情，是盡早離開這裡，走得越遠越好。從車站打匿名電話給警察。告訴他們這裡的地址，說這裡有人死掉了。然後就立刻上火車，回到名古屋去。這樣的話我就可以跟這件事情無關了。怎麼想都是自然死，所以警察也不會太囉唆地窮追不捨吧。中田先生的親戚會來把遺體領回去，至少應該會幫他舉行個簡單的葬禮。而我則到公司去向社長鞠躬道歉。說對不起，我從今以後會認眞工作。於是一切終於恢復正常。

他開始整理行李。把換洗衣服裝進旅行袋。戴上中日龍隊棒球帽，把馬尾巴從後面的洞拉出來，戴上綠色太陽眼鏡。因爲口渴了，從冰箱拿出 Diet Pepsi 來喝。正靠在冰箱門上喝著時，忽然看到沙發腳下放著的圓形石頭。依然保持翻成背面的「入口的石頭」。然後他走進房間，再看一次躺在床上的中田先生的模樣。中田先生看起來不像死了。看來好像還在安靜呼吸的樣子。看來好像會就那樣坐起來說出「星野先生，中田死掉是搞錯了。」不過沒這回事。中田先生確實死了。奇蹟不會發生。他已經越過生命的分水嶺了。

青年手上還拿著可樂罐頭搖搖頭。不行，他想。我不能就這樣留下石頭走掉。如果這樣做的話，中田先生可能會死不瞑目。中田先生是凡事都要規規矩矩處理到最後爲止否則不會罷休的個性。可是在這之前電池已經耗盡了。所以雖然不是他的本意，卻無法把最後的重要工作全部辦完。他把鋁罐在手中捏成一團，丟進垃圾桶。雖然這樣還是很渴，於是回到廚房，從冰箱拿出第二罐 Diet Pepsi 拉開拉環。

中田先生對我說過在死以前就算一次也好想變成會讀字。那樣的話就可以到圖書館去，隨心所欲地讀書。可是這個願望沒有實現就死掉了。當然死掉以後，到別的世界去，也許在那邊當一個普通的中田先生開始變成會讀字了也不一定，可是在這個世界的期間，卻到最後都無法讀字。不但如此，中田先生最後所做的事情，相反的，卻是把字燒掉。把上面所有的許許多多的語言一字不剩地送進虛無中去。眞諷刺。那麼，以我來說，無論如何都要讓他另一個最後的願望實現才行。就是關閉入口。這是非常重要的事情。結果，電影院和水族館都沒有能夠帶他去。

他喝完第二罐 Diet Pepsi 後，走到沙發前面彎下腰來，試著拿起石頭看看。石頭並不重。雖然絕對不輕，不過只要用一點力氣就可以簡單地拿起來。和桑德斯上校一起從神社的祠堂拿出來時一樣重。正適合用來當壓泡菜的鎮石那樣的重量。也就是說，現在這只是一塊普通的石頭而已，青年想。這在發揮入口任務的時候，重得可不是一般的力量就能搬動的程度。在還輕的時候，只不過是到處都有的普通石頭而已。要到特別的事情發生時，處於那樣的狀況下這塊石頭才開始獲得不尋常的重量，開始扮演起「入口的石頭」的角色，達成它的任務。例如城市裡發生落雷事件之類的時候……

青年走到窗邊拉開窗簾，從陽台仰望天空。天空和昨天一樣佈滿沉重灰色的烏雲。可是並沒有要下雨的跡象。也不像會打雷的樣子。側耳傾聽，也聞聞空氣的氣味。可是沒有一點改變的地方。今天世界的中心主題似乎是「維持現狀」的樣子。

「嘿，歐吉桑。」他對死掉的中田先生出聲說。「也就是說，我在這個房間裡，必須和歐吉桑兩個人老老實實地，等待那特別事情的來臨對嗎？可是特別的事情，到底是什麼樣的事情呢？我一點都猜不透啊。而且那到底什麼時候會來也不知道。更糟糕的是，現在是6月天，要是不管的話，歐吉桑的身體會逐漸腐壞下去。還會發臭。歐吉桑一定不太喜歡聽到這個，可是這就是所謂自然的原理。而且時間過得越久，向警察通報得越遲，我的立場就會變得越糟糕。不過我會試著盡量努力做到可能的範圍爲止，希望你能諒解這些情況才好。」

可是當然沒有回答。

青年在屋子裡漫無目的地來回走著。對了，說不定桑德斯上校會聯絡進來。那個歐吉桑的話，應該知道石頭該怎麼辦才好。說不定會給我一個溫暖的有益忠告。可是不管怎麼盯著電話機看，鈴聲還是沒有響。它一直保持著沉默。沉默著的電話機顯得極端的內省。或者有人來敲門嗎？也沒有。一封郵件都沒有。沒有發生任何特別事情。天氣沒有改變，也沒有任何預兆。時間只是無表情地通過而已。中午來了，下午安靜地拱手讓給黃昏。牆上電子掛鐘的針像豉蟲般平滑地滑在時間的水面。床上中田先生繼續死著。不知怎麼完全湧不起食欲。青年在傍晚喝了第三罐可樂，義務似地啃了幾片餅乾。

到了6點青年在沙發上坐下來，拿起遙控器打開電視來看。看了NHK的定時新聞，但沒有一件新聞引人注意的。就像平常一樣，沒有改變的一天。新聞播報完畢之後他把電視關掉。覺得播報員的聲音非常煩。外面的黑暗逐漸加深，最後完全的黑夜來臨。夜為房子帶來更深的寂靜。

「嘿，歐吉桑。」星野對中田先生出聲招呼。「只要一下就好，可以請你起來一下嗎？星野老弟現在有一點不知所措。而且好想聽歐吉桑的聲音。」

可是中田先生當然沒有回答。中田先生依然在分水嶺的另一邊。他依舊無言，只是繼續死著。沉默加深，側耳傾聽時甚至好像可以聽見地球自轉的聲音似的。

他走到客廳去放《大公三重奏》的CD。在聽著最初樂章的主題時，兩隻眼睛很自然地湧出眼淚來。流了很多淚。眞要命。自己上次落淚是什麼時候的事情了？星野青年想。可是想不起來。

第45章

確實從進了「入口」以後的路變得非常難認。不如說，已經完全放棄成爲一條路了。森林比先前更深更巨大。腳下的坡地斜度變得陡多了。草叢和灌木密密地覆蓋了地面。天空幾乎消失了蹤影，週遭變得像黃昏一樣暗。蜘蛛網變得厚厚的，植物發出更濃烈的氣味。沉默漸漸帶有重量，森林拒絕人的侵入。但兩個士兵肩上斜掛著步槍走在前面，卻毫不費力地穿過森林前進。兩個人腳步快得驚人。把低垂的樹枝撥開鑽過去，扭身攀上岩石，跳過低陷的凹洞，巧妙地撥開帶刺的灌木叢直走過去。

深怕看不見那兩個人的背影，只好拚命緊跟在後面。士兵甚至沒有確認我是不是跟得上來。他們簡直像在考驗我的能力似的。看我能忍耐到什麼地步。或者（雖然不知道爲什麼）甚至覺得他們好像在生我的氣似的。他們一句話都沒說。不只跟我沒話說，連兩個人之間也沒有交談。他們向著前方一心不亂地繼續走著。兩個人並沒有誰說出口，卻互相輪流一個先走一個跟在後面。士兵背上背的步槍黑色的槍身，在我眼前規則地左右搖晃著。那簡直就像一對節拍器一樣。以那個爲目標走著時，逐漸覺得自己像被施加催眠術了似的。意識朝向別的地方，像滑在冰上般移動著。不過總之我只想到不要比他們的步調慢而已，一面流著汗一面繼續默默地走著。

「會不會走太快？」體格強壯的那個士兵終於回過頭來，問我。那聲音中聽不出喘氣來。

「不會。」我說。「沒問題。我可以跟得上。」

「你還年輕，而且看來也很強壯。」高個子仍然臉朝前方說。

「我們平常已經習慣在這條路上來回走，所以不知不覺腳步就快起來。」強壯的那個士兵好像在解釋似地說。「所以如果太快的話你就說太快。不用客氣。那麼我們就會稍微走慢一點。不過，以我們來說是不想走太慢就是了。明白嗎？」

「如果跟不上的話，我會說。」我回答。勉強調整氣息，盡量讓對方察覺不到我的疲倦。「前面還很遠嗎？」

「不太遠了。」高個子的說。

「還有一點點。」另一個說。

不過我覺得他們的意見也許不太可靠。就像他們自己說的那樣，在這裡時間並不是多重要的要素。一時之間，我們又沉默地繼續走。可是速度已經不再像先前那麼猛烈了。考驗似乎已經結束的樣子。

「這森林裡沒有毒蛇之類的東西嗎？」我把擔心的事情提出來問。

「毒蛇啊。」高個子戴眼鏡的士兵依然背對著我說。他經常都眼睛朝著前方說話。感覺好像不知道什麼時候眼前隨時會跳出什麼重要東西來似的。「還沒有想到過這個呢。」

「也許有。」體格強壯的那個回過頭來說。「雖然不記得有看過，不過可能有也不一定。但是就算有，也跟我們無關。」

「我們想說的是，」高個子的以有點悠閒的口氣說。「這片森林並不想傷害你。」

「所以可以不用擔心毒蛇或這類的東西。」體格強壯的那個士兵說。「這樣有沒有覺得輕鬆一點？」

「有。」我說。

「不管是毒蛇、毒蜘蛛、毒蟲、毒蘑菇，任何其他東西，在這裡都無法加害於你。」高個子的士兵依然臉朝前方說。

「其他東西？」我反問。也許因爲疲倦吧，語言在腦子裡形象連貫不太起來。

「其他東西。其他的什麼東西。」他說。「不管什麼樣的其他東西在這裡都不會加害於你。因爲這裡是森林的最深部分。不論是誰，就連你自己，都無法加害於你。」

我努力想理解他所說的話。可是因爲疲勞和流汗，更加重了反覆所帶來的催眠效果，使思考能力退步相當多。沒辦法思考整件事情。

「我們在當兵的時候，一直被訓練用刺刀刺對方的腹部。」身體強壯的那個士兵說。「你，知道刺刀的用法嗎？」

「不知道。」我說。

「首先猛然刺進對方腹部，然後把那往旁邊絞，把腸子切割寸斷。這樣對方就會痛苦而死。這種死法既拖時間，而且痛苦當然也很淒慘。不過如果只是刺進去而不旋轉的話，對方會立刻站起來，接著則反過來把你的腸子刺斷。這就是過去我們所處的世界。」

腸子，我想。那是迷魂陣的隱喻，大島先生這樣教我。我的腦子裡各種東西互相糾結，纏繞在一起，是什麼和不是什麼之間無法清楚分開。

「爲什麼人非要對人，做出這麼殘忍的事情不可，你知道嗎？」高個子的士兵說。

「我不知道。」我說。

「我也不太知道。」高個子的士兵說。「對方不管是中國兵也好，俄國兵也好，美國兵也好，我都不想把人家的腸子割得寸斷。可是總之我們卻住在那樣的世界。所以我們才會逃出來。不過你不要誤會喲，我們絕不是軟弱的人。我想以士兵來說反而應該算是優秀的。只是無法忍受那種含有暴力性意志的事情而已。你也不是個軟弱的人吧？」

「我自己不太知道。」我誠實地說。「不過一直在努力活著，想要至少變強一點。」

「這是很重要的事情。」強壯的那個士兵轉過頭來對我說。「非常重要，我是說擁有想要變強的意志而去努力這件事。」

「不用說我們也非常清楚你很強。」高個子的說。「這樣的年紀，能到這裡來相當不簡單。」

「非常堅強。」強壯的那個似乎很佩服地說。

兩個人到這裡才好不容易停下腳步。高個子的士兵摘下眼鏡，手指來回摩擦鼻子旁邊幾次，然後再戴上眼鏡。兩個人既沒有喘氣，也沒有流汗。

「口渴嗎？」高個子的士兵問我。

「有一點。」我說。老實說，其實口非常渴。因爲已經把裝水壺的遠足袋都丟掉了。他拿下掛在腰間的鋁製水壺，遞給我。我喝了幾口那溫溫的水。水使我體內的每個細胞都受到滋潤。我把壺嘴擦一擦然後還給他。「謝謝。」我說。高個子的士兵默默點點頭。

「這裡已經是山脊了。」強壯的那個士兵說。

「要一口氣走下去所以你別跌倒噢。」高個子的士兵說。

於是我們開始在不容易落腳的斜坡惡路上小心謹慎地走下去。

下到長而陡峭的斜坡一半左右，轉一個大彎離開森林的地方，那個世界便突然出現在我們眼前。兩個士兵在這裡停下腳步，回過頭來看我的臉，什麼也沒說。不過他們的眼睛在無言之間對我說。這就是那個地方。你將要進去那裡面。我也站定下來，眺望這個世界。

這是個巧妙利用地形所開墾出來的平坦盆地。裡面住著多少人，我不知道。不過以規模來看，可以確定人數不會太多。有幾條路，沿路錯落地排列著幾棟建築物。路小小的，建築物也小小的。路上看不見人影。建築物都沒有表情，看來與其說是以外觀的美感，不如說是以遮風擋雨為基準所蓋的房子似的。還稱不上「町」那麼大。其中既沒有商店，也沒有大的公共設施。沒有看板沒有招牌。只是同樣大小同樣形狀的簡樸建築物彷彿想到就蓋似的形成聚落而已。每棟建築都沒有庭園，路上一棵樹也看不見。簡直像在說如果要植物的話，周圍森林裡已經足夠了吧。

風微微吹著。風穿過森林，搖晃著我們周圍到處都是的樹葉。那沙沙的匿名性聲音，在我心的表面留下風紋。我手摸著樹幹閉上眼睛。那風紋就像什麼暗號般，不是看不見，只是我還無法讀取那意思。

那看起來就像我完全不懂的外國語一般。我放棄地睜開眼睛，重新眺望一次在那裡的新世界。在斜坡路的途中站定下來，和士兵們一起一直眺望著那個地方時，可以感覺到我裡面的風紋又再繼續移動下去。隨著那移動，暗號重新組合，隱喻繼續轉換下去。有一種我遠離了我自己，飄流而去似的感覺。我化成蝴蝶在世界的周圍翩翩地飛著。周圍外側，有空白和實體緊緊重疊成一體的空間。過去和未來形成沒有分界的無限圓圈。在那裡飄浮著誰都還沒讀過的記號，誰都還沒聽過的和音。

我調整著呼吸。我的心還沒有適當形成一個形狀。不過其中並沒有畏怯。

士兵們什麼也沒說地再度開始走起來，我也就默默地跟在後面。隨著下坡，町逐漸接近。以石壁築出堤岸的小河，沿著路流過。傳來舒服的水聲。美麗清澈的水。所有的東西在這裡都很簡樸，雅致。有些地方立著細細的電線杆，在那之間拉著電線。那麼也就是說，電有通到這裡來的樣子。電力？那讓我有一種不對勁的感覺。

這地方四周被高高的綠色山脊所包圍。天空還是全面覆蓋著灰色的雲。我和士兵們走過道路，但在那之間我們沒有遇到任何人。週遭靜悄悄的，沒有一點聲音。人們也許都躲在家裡屏住氣息，等著我們通過也不一定。

兩個士兵帶我到建築物中的一棟去。那和大島先生的山中小屋大小和形狀都像得不可思議。簡直令人想到像以其中之一爲模型再複製出另一棟似的。正面有門廊，那裡擺著椅子。是平房建築，從屋頂突出暖爐的煙囪。不同的只有，寢室和客廳是分開的，和裡面有洗手間，而且有電可以用。廚房裡有電冰箱。是東芝的，不太大的舊型電冰箱。有電燈從天花板垂下來。也有電視。電視？

寢室裡放著一張沒有裝飾感的簡單的床，床上寢具都準備齊全。

「在安頓下來之前就暫時住在這裡吧。」強壯的那個說。「大概不會太久吧？只是暫時。」

「就像剛才也說過的那樣，在這裡時間不是那麼重要的問題。」高個子的說。

「一點都不重要。」強壯的那個點點頭。

電力是從哪裡來的呢？

兩個人面面相覷。

「雖然只是個小風力發電所，不過森林深處有在發電。那裡經常有風在吹著。」高個子的說明。

「沒有電也傷腦筋吧。」

「沒有電的話冰箱就不能用，沒有冰箱的話就不能保存食物。」強壯的那個說。

「雖然沒有就以沒有的方式想辦法過——」高個子的說，「有的話倒是很方便。」

「你如果肚子餓了，冰箱裡的東西什麼都可以吃。不過沒有什麼不得了的東西就是了。」強壯的那個說。

「這裡沒有肉，沒有魚，沒有咖啡，也沒有酒。」高個子的說。「剛開始可能會有一點難過，不過很快就會習慣。」

「有蛋、乳酪和牛奶。」強壯的士兵說。「因爲某種程度也必須要有動物性蛋白質。」

高個子的說，「這些東西這裡沒辦法生產，所以要到外面才能得到。以物易物的方式噢。」

外面？

高個子的點點頭。「是啊。這裡並不是從世界孤立出來的。確實也有外面。你也會逐漸知道各種事情。」

「到了傍晚應該有人會來準備晚餐。」強壯的那個士兵說。「到那時候之前如果無聊可以看看電視。」

電視有什麼節目呢？

「這個嘛，不知道在播什麼噢？」高個子的好像很爲難似地說。然後歪著頭，看看強壯的士兵那邊。

強壯的士兵也歪著頭。一臉爲難的樣子。「老實說電視的事情我不清楚。因爲我一次也沒看過啊。」

「只是爲了剛來的人，可能有用吧，所以才姑且放在那裡的。」高個子的說。

「不過大概可以看到什麼吧。」強壯的那個說。

「總之你暫且在這裡休息吧。」高個子的說。「我們必須回去崗位上。」

謝謝你們帶我來。

「沒什麼，簡單的事情。」強壯的那個說。「你比其他人腳力強壯多了。很多人沒辦法好好跟上來。有的還非得背著來不可呢。你還算是輕鬆的。」

「記得你說過，這裡有你想見的人，對嗎？」高個子的士兵說。

是的。

「我想不久應該可以見到噢。」高個子的說。然後點了幾次頭。「因爲這裡是狹小的世界。」

「但願你很快就習慣。」強壯的士兵說。

「只要一習慣，後來就輕鬆了。」高個子的士兵說。

謝謝。

兩個人雙腳併攏姿勢端正地敬禮。再把步槍斜掛在背上，走出外面去。然後快步地走過路上，回到崗位上去了。他們也許不分晝夜地守在那入口吧。

我到廚房去探頭看看冰箱。裡面有番茄和成塊的乳酪。有蛋。有蕪菁和紅蘿蔔。大陶瓶裡裝著牛奶。也有牛油。櫥子裡有麵包，於是我切了一片來吃看看。有點變硬了，不過味道還不錯。

廚房有流理台，有自來水的水龍頭。轉開水龍頭有水出來。很乾淨的冷水。因爲有電，所以大概是用馬達從井裡抽水吧。我用杯子接來喝看看。

我走到窗邊眺望外面。天空依然灰撲撲的陰著，可是並沒有要下雨的跡象。我望著窗外久久，但還是看不到人的蹤影。感覺整個町好像完全死掉了似的。或者人們因爲某種原因避免讓我看到。

我離開窗邊，在椅子上坐下。形狀筆直的硬木椅子。椅子總共有三張，前面有餐桌。是一張正方形的桌子，好像重新刷過幾次透明漆似的。圍著房間的白灰泥牆壁上沒有掛畫沒有掛照片也沒有掛月曆。只是白牆而已。從天花板垂掛著一個電燈泡。燈泡上附有簡單的玻璃傘罩。傘罩因熱度而泛著黃色。

房間打掃得很乾淨。我用手指抹過，確定桌上、窗框上都完全沒有積灰塵。窗戶的玻璃也沒有一點污點。鍋子餐具和烹調用具，雖然都不是新東西，卻都整理得很好，保持得乾乾淨淨的好清潔。調理台旁邊，放著兩個從前的舊式電爐。我試著打開開關看看。電熱線立刻就變紅而帶熱起來。

除了桌子和椅子之外，形狀古老的三菱彩色電視機是這房子裡唯一的家具。製造之後可能已經過了15年或20年。沒有附帶遙控器。看起來像是從哪裡撿來的被丟掉的東西似的（小屋裡的電器看起來全都像是從巨大垃圾放置場搬來似的，雖然不會不乾淨，也還能用，不過都是褪了色的，而且款式都過時了）。我打開電源看看，電視上播著老電影《眞善美》。小學時候學校老師帶我們到電影院去，看過大銀幕的。這是我小時候看過的少數電影中的一部（因爲身邊沒有會帶我去看電影的大人）。脾氣古怪嚴肅而嚴格的父親，達菩上校到維也納出差期間，家庭教師瑪麗亞帶著孩子們到山上去遠足。然後坐在草原上，一面彈著吉他一面唱了好幾首天眞無邪的歌。這是有名的電影中的一幕。我坐在電視機前面，像要被吸進去似地看著那部電影。如果我少年時代也有像瑪麗亞那樣的人在旁邊的話，我的人生一定會不一樣吧（第一次看到這部電影時也這樣想過）。不過不用說，那樣的人並沒有出現在我眼前。

然後我忽然回到現實。爲什麼現在在這裡我非要認眞地看《眞善美》不可呢？爲什麼一開始就有《眞善美》呢？這裡的人都用接收衛星轉播的天線，在接收著從某個電視台發出的電波嗎？或者在別的地方播放著錄影帶之類的東西呢？我想大概是錄影帶吧。我試著轉換頻道看看，可是除了《眞善美》之外什麼也沒播。除了一個頻道之外，都只映出沙塵暴而已。那粗粗的雪白畫面和無機質的雜音，對我來說眞是令人聯想起名副其實的沙塵暴來。

播到唱〈小白花〉（Edelweiss）的地方時，我把電視關掉。房間恢復成原來的安靜。因爲口渴了於是我到廚房去，從冰箱拿出大瓶裝的牛奶來喝。濃厚而新鮮的牛奶。和在便利商店買來喝的牛奶味道大不相同。在用玻璃杯繼續喝了好幾杯那牛奶之間，我忽然想起楚浮的電影《四百擊》。電影裡男孩安東尼離家出走肚子餓了，清晨把別人家裡派送到府的牛奶偷來喝，一面悄悄地逃走一面喝著牛奶的那一幕。因爲相當大瓶所以要喝完還挺花時間的。好悲哀好難過的一幕。吃東西喝東西，居然也能夠拍得那麼悲哀那麼難過，眞是令人難以相信。那也是我小時候所看的少數電影之一。小學5年級的時候，我被片名所吸引，一個人到名片廳去看那部電影。搭電車到池袋去，看了電影，再搭電車回家。走出電影院時，立刻買了牛奶來喝。不喝實在受不了。

喝完牛奶時，我發現自己變得非常睏。幾乎是到了壓倒性不舒服的睏。頭腦的轉動變得慢吞吞的速度遲緩，像列車在車站停下來時那樣地停止，終於變得不能正常思考事情了。身體的中心好像逐漸僵硬下去了似的。我走到寢室去。以不靈活的動作脫掉長褲和鞋子，在床上躺下來。然後把臉埋進枕頭，閉上眼睛。枕頭有陽光的氣味。好懷念的氣味。我安靜地吸進那氣味，再吐出來。睡眠轉眼就來到。

醒過來時，週遭是漆黑的。我張開眼睛，在記憶裡所沒有的黑暗中，思考自己現在到底在什麼地方。我在兩個士兵引導下穿過了森林，來到有河流的小町。記憶逐漸回來。情景的焦點也逐漸對上了。耳邊響著熟悉的旋律。是〈小白花〉。廚房那邊有鍋子發出叮叮噹噹輕微而親密的聲音。從臥室門縫透出電燈的光線來，在地上畫出一道筆直的黃色線條。光溜溜的，粉粉的。

我想從床上起來，身體卻麻痺著。非常均勻的麻痺法。我深深吸進一大口氣，看著天花板。有餐具和餐具相碰的聲音。也聽得見有人在地板上忙碌移動的聲音。大概是在爲我做飯吧。我終於從床上起來，站在地板上。花時間穿上長褲，穿上襪子和鞋子。安靜地轉動門把，打開門。

廚房裡有一個少女在幫我做晚餐。背向著這邊彎身向鍋子，正用湯匙試著味道，我打開門時就抬起頭，轉向這邊。是在甲村圖書館每天晚上到我房間來，注視牆上那幅畫的少女。對，15歲時的佐伯小姐。她穿著和那時候相同的衣服。淺藍色的長袖洋裝。只有用髮夾固定頭髮的地方不同而已。看到我的臉時，少女輕輕溫和地微笑。我感覺周圍的世界好像整個換掉了似地強烈動搖。有形的東西全部分崩離析過一次，然後再重新形成形狀。不過在那裡的她不是幻影，也不是幽靈。她以具有眞正肉體的少女，可以觸摸得到的東西存在那裡。站在黃昏的現實的廚房裡，正爲我作著現實的晚餐。她的胸部微微隆起，脖子像剛燒好的瓷器般白皙。

「起來了噢？」她說。

我聲音出不來。我還正在把自己重組成一體的途中。

「看你好像睡得很熟的樣子。」她說。然後再轉身背向這邊，繼續試嚐味道。「如果一直不起來的話，我還想把食物留下來就走呢。」

「本來沒有打算睡這麼沉的。」我終於找回聲音了。

「因爲你穿過森林來到這裡呀。」她說。「肚子餓了吧？」

「不太知道。不過我想大概餓了。」

我想伸手摸摸她。只爲了確定她是不是眞的手能觸碰的東西而已。可是不能這樣。我站在那邊，只是一直看著她。傾聽著她身體移動所發出的聲音。

少女把用鍋子熱好的濃湯移到白色素面的盤子裡，幫我端到餐桌上來。深口碗裡裝有番茄和青菜的沙拉。然後有很大的麵包。濃湯裡放有馬鈴薯和紅蘿蔔。發出一股令人懷念的氣味。那氣味吸進肺裡之後，才想到肚子已經相當餓了。不管怎麼樣，必須填滿這空腹才行。我用傷痕累累的古老叉子和湯匙吃著那些之間，她把椅子放在稍微離開一點的地方，坐下來看著我吃。簡直就像那也是工作的重要部分似地，以非常認眞的臉色看著。並不時用手摸一下頭髮。

「聽說你15歲？」她問。

「嗯。」我一面在麵包上抹奶油一面說。「不久前才剛滿15歲。」

「我也是15歲。」她說。

我點點頭。我知道啊。差一點就要說出口來。不過這種話現在說出來還太早。我就那樣默默吃著。

「我暫時，會在這裡做飯。」少女說。「也會打掃和洗衣服。乾淨的衣服在臥室的衣櫥裡，你可以隨便穿。換掉要洗的東西只要丟進籃子裡，我就會處理。」

「這些工作是由誰來分派的呢？」

她一直注視著我的臉。沒有回答。我的問題好像迴路錯誤的樣子，被呑進某個地方的無名空間裡去，就那樣消失了。

「妳的名字是？」我問別的問題。

她輕輕搖搖頭。「沒有名字。我們在這裡沒有名字。」

「可是沒有名字的話，要叫妳的時候可能很傷腦筋。」

「沒有必要叫啊。」她說。「如果有必要的時候，我就會在這裡。」

「在這裡我的名字大概也沒有必要吧。」

她點點頭。「因爲你就是你，不是其他的誰。你就是你對嗎？」

「我想是吧。」我說。不過不是很肯定。我眞的是我嗎？

她一直注視著我的臉。

「妳記得圖書館的事情嗎？」我下定決心發問。

「圖書館？」她搖搖頭。「不，不記得。圖書館很遠。在離這裡相當遠的地方。可是這裡沒有。」

「有圖書館嗎？」

「嗯。不過那個圖書館沒有放書。」

「圖書館沒有放書，那麼放什麼呢？」

她沒有回答。只是輕輕地偏一下頭而已。那個問題也被吞進錯誤的迴路裡去了。

「妳去過那裡嗎？」

「很久以前去過。」她說。

「可是那不是爲了讀書。」

她點點頭。「因爲那裡沒有放書。」

然後我暫時默默吃著。喝了濃湯，吃了沙拉，吃了麵包。她也什麼都沒說，依然以認眞的眼神看著我吃的樣子。

「東西好吃嗎？」我把一切都吃完之後，她問我。

「很好吃噢。非常好吃。」

「沒有魚沒有肉也行嗎？」

我展示空空的盤子。「妳看，什麼都沒剩下吧。」

「是我作的噢。」

「非常好吃。」我重複說。而且那是眞話。

置身在少女前面，我感覺胸部像被冰凍的刀尖插進去般的疼痛。雖然是激烈的痛，但我卻反而要感謝那激烈。我可以在那冰凍的疼痛上，將自己的存在重疊上去。那痛成爲安定的錨，將我聯繫固定在這裡。她站起來去燒開水，泡了熱茶。然後我在餐桌喝著茶時，她把吃完的餐具收到廚房，開始用流理台的水洗著。我從後面一直看著那樣的姿態。我想說什麼。可是在她面前，我發現一切的語言都已經失去作爲語言的本來作用了。或許連接語言和語言之間的意義之類的東西，已經從那裡消失了。我注視著自己的雙手。然後想起了窗外，月光下閃著光的四照花。刺在我胸前的冰凍刀子就在那裡。

「我還會再看到妳嗎？」我問。

「當然。」少女回答。「我剛才也說過，只要你需要我，我就會在這裡。」

「妳不會突然到什麼地方去嗎？」

她什麼也沒說，只是以不可思議的眼光看著我。好像在說，到底我會去哪裡呢？

「我以前見過妳。」我乾脆說出來。「在別的地方，別的圖書館。」

「大概吧，如果你這樣說的話。」少女伸手摸摸頭髮，確定髮夾在那裡。少女的聲音裡幾乎不帶有感情。好像在對我顯示她對那話題並沒有特別感興趣似的。

「而且我可能是爲了再見妳一面而來到這裡的。爲了見妳，還有另一位女人。」

她抬起頭一本正經地點點頭。「穿過深深的森林。」

「是的。我無論如何都不能不見妳和另一個女人。」

「然後你在這裡見到了我。」

我點點頭。

「我不是說過嗎？」少女對我說。「只要你有需要，我就會在這裡。」

她洗完東西，把裝食物的容器放進帆布袋裡，掛在肩上。

「明天早上見。」她對我說。「希望你早一點習慣這裡。」

我站在門口，目送著少女的身影消失到稍前方的黑暗中去。我再度一個人被留在小屋裡。我在封閉的圓裡。時間在這裡不是重要的要素。任何人在這裡都沒有名字。只要我需要她就會在這裡。在這裡她15歲。可能永遠都是15歲。可是我到底會變成怎麼樣呢？我也會在這裡永遠停留在15歲嗎？或者年齡在這裡也不是重要的要素呢？

少女的身影不見了之後，我還一個人站在門口，漫無目的地眺望著外面的風景。天空沒有星星也沒有月亮。建築物有幾棟亮著燈。從窗戶透出燈光來。和照著這棟房子同樣古古的泛黃的燈光。不過依然看不見人的蹤影。看得見的只有燈光而已。那外側漆黑暗影的領域無限延伸出去。而我知道在那深處，聳立著比黑暗更漆黑的山脊，深深的森林則形成高牆把這個町團團圍繞起來。

第46章

知道中田先生死掉之後，星野青年變得無法離開那個公寓房子了。因爲「入口的石頭」還在那裡，不知道什麼時候會發生什麼事情，而當那什麼發生的時候，有必要在石頭的旁邊迅速採取對策。那就像是他已經被分派的任務似的。把中田先生的任務原樣照接下來。他把中田先生屍體橫臥著的房間空氣調節機的溫度設定降到最低，風量調到最大，確認窗戶是緊緊關閉著的。

「嘿，歐吉桑，但願你不會太冷。」青年對著中田先生出聲招呼說。中田先生當然對這個沒有表示任何意見。房間所瀰漫的空氣特殊的重量，肯定是從死者身體花很長時間慢慢滲出來的東西。

青年坐在客廳的沙發上，什麼也沒做地度過時間。既提不起勁聽音樂，也提不起勁讀書。黃昏來臨，屋子裡的每個角落逐漸暗下來了，他都沒有站起來開燈。好像全身力量都消失了似的，一旦在那裡坐下來之後，就沒辦法好好站起來了。時間慢慢地來到，又慢慢地離去。有時候，甚至覺得會不會偷偷地趁人不注意又悄悄往回倒退了一點呢。

爺爺死掉的時候確實也很難過，可是沒有這麼嚴重啊，他想。爺爺的情況是長久患病，知道遲早會死。所以實際死的時候，心裡已經有某種程度的準備了。因爲這種預備階段的有無，而出現很大的差別。不過不只這樣而已，他想。中田先生的死有某種讓青年深深眞誠沉思的東西。

覺得肚子有點餓了，於是到廚房去從冰箱拿出冷凍炒飯來，在微波爐解凍，只吃了一半。然後喝了一罐啤酒。吃完之後，又到鄰室去看中田先生的樣子。因爲心想說不定又活回來呢。但是中田先生還是和先前一樣地繼續死著。房間裡像冰箱一般冷。這麼冷的話可能連冰淇淋都不容易溶化吧。

跟死者兩個人，單獨在同一個屋簷下過夜這是第一次的經驗。可能因爲這樣，心還不能順利地安然收定在一個地方。並不是害怕，青年想。也不是氣味不好。只是不習慣怎麼跟死人打交道而已。死掉的東西跟活著的東西，從時間的流法來看就不同。聲音的響法也不同。所以好像，有一點無法鎮定。這可能是沒辦法的事吧。因爲中田先生現在已經在死掉的人的世界，而我則在活著的人的世界。那樣，當然會有所謂對不攏的東西呀。他從沙發上下來，坐在石頭旁邊。然後像摸貓一般，用手掌撫摸著圓圓的石頭。

「眞不知道該怎麼辦才好。」他開始對石頭說話。「我希望把中田先生交到一個正當的地方去，可是在把你安頓好之前，那卻辦不到。所以有點傷腦筋。如果你知道星野該怎麼辦才好的話，可不可以告訴我一下？」

可是沒有回答。現在這個還是普通的石頭。這點星野也可以理解。不管跟它商量什麼都不可能有答案回應。不過青年還是坐在那石頭旁邊，繼續撫摸著石頭。發出幾個問題，把理由排列出來加以說服。也訴諸同情心。當然知道說也沒有用。可是也想不到其他事情可做。而且中田先生也經常跟這塊石頭，像這樣說話的不是嗎？

「不過對著石頭傾訴請求同情，也未免太可憐了吧。」青年想。「因爲俗語就有所謂鐵石心腸的表現法啊。」

想從電視上看新聞而準備從地上站起來的，又改變心意而作罷。並且重新在石頭旁邊坐下來。或許現在保持安靜比較重要，青年感覺到。我必須側耳傾聽，等待什麼才行。可是我啊，實在不太擅長等待，青年向石頭說。試想起來，從以前到現在一直都因爲太性急而吃虧。沒有考慮清楚，想到什麼就急忙忙的去行動，因此總是失敗。你就像早春的貓一樣沉不住氣，爺爺也曾經這樣數落過我。但現在在這裡，我只有耐心等待了。要忍耐，星野老弟，青年說給自己聽。

除了鄰室全開的空調的吟聲之外，沒有聲音傳進耳朵裡來。時針已經繞過9點，又繞過10點。可是什麼事情也沒發生。只有時間在過去，夜逐漸加深而已。青年從自己的房間拿了毛毯過來，躺在沙發上，把毛毯蓋在身上。因爲覺得就算睡覺的時候，也盡可能接近石頭會比較好。他把電燈關掉，在沙發上閉起眼睛。

「嘿，石頭老弟，我要睡覺了噢。」青年向腳下的石頭打招呼。「明天早上再繼續聊吧。今天眞是好長的一天。星野老弟也想睡覺了。」

對呀，他重新想到。漫長的一天。一天裡眞的發生了好多事情。

「嘿，歐吉桑。」星野青年大聲向鄰室的門打招呼。「中田先生。有沒有聽到？」

沒有回答。青年嘆一口氣閉上眼睛，調整一下枕頭的位置，就那樣睡著了。一個夢都沒作，到早晨來臨前沒中斷地睡著。鄰室的中田先生也一個夢都沒作，像石頭般堅硬地深深睡著。

早晨7點過後醒來時，他立刻到鄰室去看看中田先生的樣子。空調依舊不變，一面發出吟聲，一面把冷風送進整個房間裡。在那冷氣裡中田先生還是繼續死著。在這裡死的氣息比昨天晚上看到時更濃重而強烈。皮膚已經變得相當蒼白，眼睛的閉法也有點生份疏遠。中田先生會不會忽然回過氣來坐起來說，「對不起，星野先生。中田完全睡過頭了。不好意思。剩下的事情就由中田來接著做。請放心。」然後幫我好好處理入口的石頭呢？這種事，已經絕對不會發生了。中田先生已經完全死了，這是誰也動搖不了的決定性事實。青年這樣想。

青年冷得身體直打顫，走出房間把門關上。然後到廚房去用咖啡機泡了咖啡，喝了兩杯。然後烤了土司，抹奶油和果醬吃。吃完後在廚房的椅子上坐下來，一面眺望著窗外一面抽了幾根菸。夜間雲已經不知道飄到什麼地方去了。窗外夏天筆直的藍天寬闊地延伸出去。沙發腳下依然躺著石頭。石頭從昨天開始似乎就既沒睡，也沒醒，只是安靜不動地一直蹲在那裡的樣子。他試著把它拿起來看看。石頭很容易就拿起來了。

「嘿。」青年以明朗的聲音向石頭打招呼。「是我啦。你的好朋友星野老弟。記得吧？今天大概還要跟你交談一天的樣子。」

石頭依然無言。

「沒關係。不記得也可以。反正有的是時間。彼此耐心地相處下去吧。」

他在那裡坐下來，一面用右手慢慢撫摸石頭，一面尋思到底要對石頭談什麼才好？因爲過去一次也沒有跟石頭談話的經驗，所以一時也不容易想起適當的話題。不過他想，大清早的，搬出太苦惱的話題也不是辦法。一天還很長，所以想到什麼就輕鬆地說得出來的話題比較好。

考慮一會兒之後，決定談談有關女人的事情。青年決定來談一談以前跟自己有過性關係的女性，一個接一個地說。只限於知道名字的對象的話，人數並不太多。青年試著屈指算了一下。有6個人。加上不知道名字的對象的話可就多了，這次就省略吧。

「雖然也覺得以石頭爲對象談過去睡過的女人可能也沒什麼意思吧。」青年說。「對石頭老弟來說，一大清早的，可能也不想聽這種事情。可是別的要談什麼才好，我完全想不起來。而且石老弟偶爾聽聽這種柔性話題也不妨吧。所謂聽聽經驗談參考一下嘛。」

關於她們，青年回溯記憶，把想得起來的詳細具體插曲都說出來。第一個是高中時，騎著機車做了很多壞事的時候。對方是大3歲的女人。在岐阜市內的酒館上班的女孩子。也做過同居般的事情，雖然只是短期間。可是對方認眞起來，還談到要死要活的事情，說老家打電話來，說父母親有怨言啦，於是我開始覺得麻煩了，正好學校也畢業了，於是把一切都放棄而進了自衛隊。入伍之後立刻被帶到山梨的駐紮地去，跟她之間就這樣斷了。從此沒有見過面。

「所以呀，所謂嫌麻煩就成了星野的人生關鍵語。」青年對石頭說明。「事情一開始麻煩起來，我就立刻逃之夭夭。不是我自豪，逃得比誰都快。所以到目前爲止，凡事從來沒有徹底追究到底堅持到最後的。這是星野的問題所在。」

第二個是在山梨駐紮地附近認識的女孩子。休假日在路邊幫忙換鈴木汽車 Alto 的輪胎，因此認識而感情好起來。比我大一歲，是護士學校的學生。

「性情溫和的好女孩喲。」青年對石頭說。「胸部大而用情深。也喜歡做那個。我才19歲，所以嘛，一見面就一整天蓋著棉被做個不停。可是這個啊，是個醋罈子愛吃醋，我如果放假日一天沒跟她見面，她就會問我，到哪裡去了，做什麼了，跟誰見面，囉唆得要命。總之問個沒完沒了。這邊老實回答，她也不太相信。結果就因爲這樣而分手。大概交往了1年左右吧……石老弟怎麼樣我不知道，不過我啊，要是人家問東問西的窮囉唆，我最不行。覺得快窒息，就沒勁了。於是，只好逃走啦。進自衛隊的好處是，一有什麼事可以往裡面逃。在事件的喧鬧冷靜下來之前只要不出到軍營的牆外去就行了。對方沒辦法伸手進來抓你。如果想跟女人分手的話，進自衛隊是最好的辦法。石老弟也把這件事情牢牢記住不會錯。雖然老是叫你挖洞和堆沙包很要命就是了。」

以石頭爲對象想到什麼說什麼之間，青年重新發現過去自己幾乎沒幹過什麼好事的事實。在交往過的6個人之中，至少有4個是個性溫和的女孩子（另外兩個，覺得客觀來說性格上是有點問題）。她們大致對青年都很親切。雖然稱不上是令人驚艷的大美人，不過都各有可愛的地方。做愛也隨你喜歡讓你做個夠。你嫌麻煩隨便省略前戲，也沒抱怨過一句。假日幫你做吃的，生日到了還買禮物送你，發薪水前還會借錢給你（幾乎不記得有還過），也沒要求你提供什麼抵押或相對的回報。雖然這樣我還是一點都不知道感謝。以爲這些都是理所當然的事情。

跟一個女人交往著時，我只跟對方睡覺。沒有走私過一次。這方面倒還算正經。不過對方如果稍微開始抱怨，或搬出道理來跟我理論，或吃醋，勸我存錢，定期發作輕微的歇斯底里，或開始說起對未來感到不安之類的話時，那好，再見。我以爲跟女人交往最重要的是不要拖泥帶水，事後糾纏不清。如果有什麼麻煩出現時，就趕快逃之夭夭。於是再找下一個女人，又從頭開始重複同樣的事情。以爲這是一般人的生活方式。

「嘿石老弟，如果我是女人，如果也跟像我一樣隨便任性的男人交往的話，一定也會很火大吧。」青年對石頭說。「現在想起來，自己也這樣覺得噢。可是爲什麼大家都對我忍耐那麼久呢？眞是的，連我自己都搞不懂噢。」

他點起 Marlboro 菸，一面慢慢吐出煙來，一面用一隻手撫摸著石頭。

「你說是嗎？你看我，星野老弟既不特別英俊，做愛也沒特別行。既沒有錢，個性又不好。頭腦也不很靈光——算起來還相當有問題。一個岐阜鄉下貧農的兒子，自衛隊退伍、微不足道的長途卡車司機。可是回過頭來看看，我過去還滿受女人眷顧的。雖然算不上特別有女人緣，不過記憶中也從來沒缺過女人。讓你抱抱，幫你煮飯，連錢都借給你。不過啊，石老弟。好事情也許不會永遠繼續喲。最近我漸漸開始這樣覺得。喂，星野老弟，不久之後你欠人家的就輪到你還債了噢。」

青年就這樣以石頭爲對象繼續談著他過去的兩性關係，在那之間一直撫摸著石頭。石頭摸習慣了之後，漸漸停不下來了。到了中午，聽見附近學校的鐘聲。他到廚房去，做了烏龍麵吃。切一點蔥花，打個蛋放進麵裡。

吃過麵後青年又再聽《大公三重奏》。

「嘿，石老弟。」青年在第一樂章結束的地方向石頭出聲說。「怎麼樣，很棒的音樂吧。聽著是不是覺得心胸都寬大起來了呢？」

石頭沉默著。石頭是在聽著音樂還是沒在聽呢，也不知道。不過青年並不介意地繼續說。

「就像從早上就跟你說的那樣，我過去做了相當過分的事情。做了任性自私的事情。現在不能就這樣隨便算了。對嗎？不過我一直仔細聽著這音樂時，覺得貝多芬好像在這樣對我說似的。『嘿，星野老弟，那個歸那個，沒關係，沒關係啦。人生也有這樣的事啊。別看我這個樣子，其實我也是做了很多過分的事情活過來的。沒辦法，那種事情。有所謂的順其自然嘛。所以呀，只要從今以後好好努力就行了。』當然貝多芬畢竟是那副德性，所以實際上可能不會這樣說，可是好像有一點類似這樣的心情一點一點向我傳過來喲。你不覺得這樣嗎？」

石頭沉默著。

「算了沒關係。」青年說。「這只不過是我個人的意見而已。我不囉唆了。默默的聽音樂吧。」

2點過後看窗外時，一隻胖胖的黑貓站在陽台的扶手上，往房間裡探看。青年打開窗戶，打發無聊地跟貓打起招呼。

「嘿，貓老弟。今天天氣不錯啊。」

「是啊，星野老弟。」貓回答。

「傷腦筋。」青年說。然後搖搖頭。

叫做烏鴉的少年

叫做烏鴉的少年在森林上空，像畫一個大圓圈般慢慢飛著。畫完一個圓圈之後，又在稍微離開一點的另一個地方畫起同樣規規矩矩的圓圈。就這樣幾個圓圈被畫在天空，被畫出來後又消失掉。視線，簡直像在偵察的飛機般，一直專注於眼底下。他似乎在那裡尋找著什麼的蹤影。但是卻不容易找到。森林像沒有陸地的海洋一般，綠浪大大地起伏著，在眼底下遼闊地延伸出去。綠色枝頭互相糾纏，互相重疊，森林穿著深深的匿名外衣。天空被灰色的雲所覆蓋，沒有風。到處都見不到恩寵的光。叫做烏鴉的少年在這個時點，或許是世界上最孤獨的鳥。可是他沒有閒功夫去注意這種事情。

叫做烏鴉的少年終於，找到像是要找的樹海中的缺口，朝著那裡筆直下降。缺口下方，是一個小廣場般圓形開闊的場所。地面有一片稍微照得到陽光的地方，長出像某種記號般的綠草叢。邊邊有一塊圓形的大石頭，看得見石頭上坐著一個男人。他穿著上下一套光澤鮮豔的紅色針織料子的運動裝，頭上戴著一頂黑色絲質大禮帽。靴子穿的是厚底的登山靴，腳邊放著一個卡其色的帆布袋。裝扮得相當奇怪，不過對叫做烏鴉的少年來說這些都無所謂。這個人正是他在尋找的對象。至於他裝扮成什麼樣子都無所謂。

男人聽到突然的振翅聲抬起眼睛，看到停在附近大枝幹上叫做烏鴉的少年。「嗨。」男人向少年以開朗的聲音說。

叫做烏鴉的少年完全沒有回答。他就停在樹枝上，以一眨也不眨的眼睛無表情地一直注視著男人的樣子。只偶爾稍微歪一下頭而已。

「我知道你的事情噢。」男人說。並且伸出一隻手把大禮帽輕輕拿起來，又再戴回去。「我也猜到你差不多該來這裡了。」

男人乾咳一下，皺一下眉，往地面吐一口口水。用靴底把那來回擦掉。

「我正好在休息，沒有人可以講話正覺得有點無聊。怎麼樣，要不要到這邊來一下？兩個人坐下來聊一聊吧。雖然是第一次見到你，不過我們並不是完全沒有因緣的吧。」男人說。

叫做烏鴉的少年一直閉著嘴。羽翼也絲毫不動地重疊在身上。戴著大禮帽的男人輕輕搖搖頭。

「是嗎？原來如此，你不會說話啊？那麼算了。在這裡就讓我一個人來說吧。對我來說啊，怎麼樣都沒關係。就算你不說話，你現在打算要做什麼我也知道。也就是說啊，你不想讓我再往前走，對嗎？這一點小事我也知道。我可以洞察一切。你不想讓我再往前進。可是另一方面對我來說我當然想往前進。要問爲什麼嗎？因爲這是個難得的好機會呀。總不能眼睜睜看著機會跑掉。所謂千載難逢正是指這種事情啊。」

他用手掌啪一下打在登山靴的腳踝一帶。

「那麼，從結論來說吧，你無法阻擋我的前進。要問爲什麼嗎？因爲你沒有資格。例如我也可以在這裡試著吹一下笛子。於是你就會突然無法再靠近我身邊來。那是我的笛子。我不知道你是不是知道，不過這是相當特別的笛子。跟隨處可見的普通笛子不同。這袋子裡裝了好幾支這種笛子。」

男人伸出手，寶貝兮兮地咚咚拍一拍腳邊的帆布袋。然後再度抬頭看看叫做烏鴉的少年停著的大枝幹。

「我收集了貓的靈魂做成笛子。收集還活生生時切割剖開的貓的靈魂做出這笛子。並不是不覺得被剖開的貓很可憐，不過以我來說不得不這樣做。這東西是超越善與惡、情與恨這些世俗基準的笛子。製造這笛子是我長久以來的天職。我把這天職盡量做好，達成全部任務。這是對誰也不覺得羞恥的人生。我娶了妻，生了孩子，做了數目足夠的笛子。所以不用再多做笛子了。這是只有你跟我之間，只在這裡說的話，我打算用收集在這裡的笛子，做一把更大的笛子。更大、更強而有力的笛子。只要有那個就能形成一個系統的特大級笛子。而且我現在正要前往製造這笛子的場所。這笛子到底結果會是善的還是惡的，不是由我來決定。當然也不是由你。卻會因我當時所在的時間和地點，而有所不同。在這層意義上我是個沒有偏見的人。就像歷史和氣象一樣，沒有所謂的偏見。正因爲沒有偏見，我才能形成一個系統。」

他摘下大禮帽，用手掌撫摸一會兒頭頂一帶開始變薄的頭髮，然後再戴上帽子。手指迅速地調整帽簷。

「只要吹響這笛子，要把你輕輕趕走眞是不費吹灰之力。不過我想現在盡可能還不吹。因爲吹這笛子也需要耗費一些力氣。我是不太想白費力氣。力量盡可能留著以後再用。而且，不管吹不吹笛子，反正你都無法阻止我的行動。這是不管誰說什麼，都已經是明明白白的事情。」

男人又再乾咳一次。並從運動服上，撫摸幾次開始隆起的腹部。

「嘿，你知道什麼叫做靈薄獄（limbo）嗎？所謂靈薄獄，就是橫在生與死的世界之間的中間地帶。一個模糊暗淡的寂寞地方。那也就是，我現在所在的地方。現在的這片森林。我已經死掉了。我以我的意志主動死掉。但是我還沒有進入下一個世界。換句話說我是個移動中的靈魂。移動中的靈魂是沒有所謂形體這東西的。我只是採取這樣一個假借的形式而已。所以你無法傷害現在的我。你懂嗎？就算我流很多血，那也不是眞正的血。假設我非常痛苦，那也不是眞正的痛苦。能夠抹殺現在的我的，只有擁有這種資格的人。很遺憾你沒有這個資格。再怎麼說你都只是個未成熟而不夠格的幻想而已。不管你持有多堅強的偏見，你都無法抹殺我。」

男人朝向叫做烏鴉的少年咧嘴微笑。

「怎麼樣，要不要試一試啊？」

好像以這句話爲信號般，叫做烏鴉的少年大大地張開翅膀，一蹬腳離開枝幹，朝向男人筆直飛過去。一直線迅速的飛翔。他兩腳的爪子降落在男人胸前，頭猛然往後一扯，就像在揮動鶴嘴鋤似地，以銳利的喙尖使勁戳進對方的右眼裡去。在那之間漆黑的羽翼則在空中啪搭啪搭地發出巨大的聲音。男人完全沒有抵抗。隨便他怎麼樣，一隻手，一根手指都沒有動。也沒喊叫。男人反而哈哈大笑。帽子掉在地上，眼球轉眼之間就被割裂開來，從眼窩脫出掉落下來。叫做烏鴉的少年執拗地攻擊男人的兩眼。原來眼睛的部位變成像洞穴般空空的之後，接著又在臉上到處不停地用尖喙猛啄，男人的臉眼看著被啄成傷痕累累，處處噴出血來。滿臉染成血紅，皮膚破裂，肉屑飛濺，變成只剩一團肉塊而已。又在那頭髮變薄的部分毫不容情地猛啄。但是男人這還不停地繼續笑著。好像好笑得不得了似的。叫做烏鴉的少年越是猛烈攻擊，那笑聲變得越巨大。

男人失去了眼球的空虛眼睛，片刻沒有避開叫做烏鴉的少年，在笑著之間一面嗆著還一面說。

「喂喂，我不是說過了嗎？你別再讓我笑了好不好。不管你多有力，你都無法讓我受傷的。因爲你沒有那樣的資格。你只不過是個單薄的幻影而已。只不過像個廉價的樹木精靈之類的東西而已。不管你做什麼都白費力氣。你還不懂嗎？」

叫做烏鴉的少年，這一次尖喙往說著話的嘴巴裡猛刺。巨大的羽翼依舊猛烈地撲打振動，黑色光鮮的羽毛掉落了幾根，像靈魂的片斷般在空中飛舞。叫做烏鴉的少年啄破男人的舌頭，在那裡鑿穿一個洞穴，用喙尖抓緊，使出渾身的力氣往外拉扯。非常粗，而且非常長的舌頭。從喉嚨深處被拉出來之後，還像軟體動物般滑溜溜地滿地爬，在那裡形成黑暗的語言。失去了舌頭的男人，果然再也笑不出來了。似乎連氣都喘不過來了。雖然如此，男人依然在無聲中繼續捧腹大笑。叫做烏鴉的少年聽著那無聲的笑。像吹過遙遠的乾燥沙漠的風一般不祥而空虛的笑聲，一直繼續不停。那聽起來要說像從別的世界傳來的笛聲也未嘗不可。

第47章

天亮後不久醒過來。我用電爐燒了開水，泡了茶喝。坐在窗邊的椅子上，眺望外面的樣子。路上依然沒有人影，也聽不到任何聲音。聽不見清晨的小鳥們啼叫的聲音。周圍因爲被高山圍繞著，因此黎明時天色亮得遲，黃昏時則日落得早。現在只有東山的邊緣微微明亮起來而已。爲了確認時刻而走到臥室去，拿起枕頭邊的手錶來看。手錶停了。數字表的顯示幕消失。我試著隨便按了幾個按鈕看看，都完全沒有反應。電池應該還不到用完的時候。可是在睡著的時候手錶卻不知道爲什麼停掉不動了。我把手錶放回桌上，右手在平常戴著手錶的左腕上，摸了幾次看看。在這個地方所謂的時間並不是那麼重要的問題。

一面望著連鳥的蹤影都沒有的風景，一面想到如果有書可以讀就好了。不管什麼書都可以。只要印有活字，做成書的形狀就行了。我想把那拿在手上一頁一頁地翻，用眼睛去追逐排在那上面的活字。可是一本書都沒有。不，連文字本身在這裡似乎都完全不存在的樣子。我試著在屋子裡再環視一圈看看。但眼睛所及，沒有看到任何一件寫有文字的東西。

打開臥室的衣櫥，查看一下裡面的衣服，衣服都摺疊得整整齊齊，收在抽屜裡。都不是新衣服。顏色都褪了，而且因爲洗過多次布料都變柔軟了。不過看來都很乾淨。圓領衫和內衣褲。襪子。有領的棉襯衫。同樣棉料的長褲。每件都大概是——即使不算完全正確吻合——我的尺寸。每件衣服都沒有花紋。都是素面的，沒有一件例外。就像在說世界上從來不曾有過有花紋的衣服存在過似的。大概看一下，每件衣服上都沒有附廠牌的商標。上面也沒有寫著任何文字。我脫下原來穿著已有汗味的T恤衫，換上抽屜裡的灰色T恤衫。襯衫上有太陽和肥皂的氣味。

過一會兒——過了多久之後呢——少女來了。她輕聲敲門，不等我答應就開門。門上並沒有安裝所謂鎖這東西。她依然肩上背著大大的帆布袋。她的背景中看得見的天空，已經完全亮起來了。

少女和昨天晚上一樣地站在廚房，用小小的黑色平底鍋幫我作煎蛋。油熱了之後把蛋敲開放進去時，發出滋啦一下很舒服的聲音。屋子裡飄散著新鮮雞蛋的氣味。用以前老電影中出現過的那種形狀肥胖的烤土司機烤麵包。她穿著和昨夜相同的淺藍色洋裝，頭髮也一樣用髮夾固定在後面。她的皮膚光滑美麗。那兩隻纖細的手臂，在朝陽下閃著陶瓷般的光輝。從敞開的窗戶飛進來的小蜜蜂，是爲了要讓這個世界多少變得更完美一點。她把做好的東西端到餐桌上，在桌邊的椅子上坐下來，從旁邊看著我吃的樣子。我吃了放有蔬菜的煎蛋包，在麵包上抹新鮮的奶油吃。喝了青草茶。她自己什麼也沒吃，什麼也沒喝。一切都是昨夜同樣事情的反覆。

「這裡的人是不是都自己做東西吃？」我試著問她。「雖然妳這樣爲我做吃的。」

「有人自己做，也有人請別人做。」少女說。「不過大體上，在這裡的人不太吃東西。」

「不太吃東西？」

她點點頭。「有時候吃就行了。有時候想吃了就吃。」

「換句話說，其他的人沒有像我這樣的吃法。」

「你可以一整天什麼都不吃嗎？」

我搖搖頭。

「在這裡的人一整天什麼都不吃也不會覺得特別難過，實際上就常常忘記吃。有時候好幾天。」

「可是我還沒有習慣這裡，所以某種程度還是不得不吃。」

「大概吧。」她說。「所以才讓我來幫你做吃的。」

我看看她的臉。「在這個地方，到我習慣爲止，要花多少時間呢？」

「多少時間？」她複誦一次。然後慢慢地搖搖頭。「這個我不知道。不是時間的問題。跟時間的量沒有關係，那個時候到了，你就已經習慣了。」

我們現在隔著桌子談話。她把雙手放在桌上。手背朝上整齊地併攏著。結結實實的十根手指，以現實的東西存在那裡。我從正面筆直地注視她。注視她睫毛的微妙動靜，數著她眨眼的次數。觀察她前髮的輕微搖動。我眼睛無法離開她。

「那個時候？」

她說：「你不用切斷什麼，割捨什麼。我們不是捨棄那個，只是呑進自己的裡面而已。」

「我要把那個呑進自己的裡面。」

「對。」

「那麼，」我問，「我呑進那個的時候，到底會發生什麼呢？」

少女稍微歪著頭想一想。非常自然的歪法。隨著這樣她筆直的前髮也微微傾斜。

「大概你就會完全變成你。」她說。

「也就是說，我現在還不是完全的我對嗎？」

「你現在也足夠是你喲。」她說。然後稍微沉思起來。「可是，我要說的是跟那個有一點不同。我沒辦法用語言適當說明。」

「不實際變成那樣看看就不知道眞正的情形？」

她點點頭。

看著她覺得難過起來之後，我閉上眼睛。然後爲了確認她還在那裡，立刻再睜開眼。

「在這裡大家是不是過著共同生活之類的？」

她又再思考一下。「嗯，大家在這個地方一起生活，確實有幾個東西是共同使用的。例如淋浴室、發電所和交易所——關於這些東西，我想大概有幾項簡單的規定之類的。不過這些並沒有什麼。都是些不必一一去想也知道的事情。不必一一講也可以傳達的事情。所以我幾乎沒有什麼需要教你的。例如『這個可以這樣做』或『在這裡不能不這樣做』之類的。最重要的是，我們每一個人，要讓自己融入這裡。只要這樣做，就不會發生任何問題了。」

「讓自己融入？」

「也就是你在森林裡的時候，你要毫無縫隙地成爲森林的一部分。你在雨中的時候，要毫無縫隙地成爲降雨的一部分。你在早晨之間，要毫無縫隙地成爲早晨的一部分。你在我面前的時候，要成爲我的一部分。簡單說的話，就是這樣。」

「妳在我面前的時候，妳也毫無縫隙地成爲我的一部分？」

「是的。」

「那是什麼感覺呢？妳一方面既是完全的妳，一方面又毫無縫隙地成爲我的一部分？」

她直直地看著我。然後摸一下髮夾。「我一方面既是我，一方面毫無縫隙地成爲你的一部分，是很自然的事情，一旦習慣之後也是很簡單的事情。就像在天上飛一樣。」

「妳能在天上飛嗎？」

「這是比喻呀。」她說著微笑起來。其中沒有很深的意思，也沒有暗示。只是單純爲了微笑而微笑。「在天上飛是怎麼一回事，不實際在天上飛看看是沒辦法眞正知道的吧。就跟那一樣。」

「總之那是很自然的，不需要去想的事情對嗎？」

她點點頭。「對。那是很自然的，安穩的，安靜的，不需要想的事情。毫無縫隙的事情。」

「嘿，我是不是問妳太多問題了？」

「沒有這回事，一點都不會。」她說。「但願我能爲你說明得更清楚。」

「妳有沒有記憶這東西？」

她又再搖搖頭。然後雙手再一次放在桌上。這次是手掌朝上。她稍微看一下那手掌。但眼睛並沒有特別露出表情。

「我沒有記憶。在時間不重要的地方，記憶也不重要。當然昨夜的記憶是有噢。我爲了你到這裡來，做了蔬菜濃湯。然後你把那吃得很乾淨。對嗎？那前一天的事情也多少記得一些。可是更久以前的事情，就不太記得了。時間融入我裡面去，一個東西，和那旁邊的東西變得無法區別。」

「記憶在這裡不是那麼重要的問題。」

她微微一笑。「對，記憶在這裡不是那麼重要的問題。記憶和我們分開，在圖書館裡處理。」

少女回去之後，我走到窗邊，把手伸出在早晨的陽光裡照著看看。手的影子落在窗沿上。連五根手指的形狀都可以看得很清楚。蜜蜂停止繞飛，安靜地停在窗玻璃上。蜜蜂看起來好像跟我一樣在認眞思考著什麼的樣子。

太陽越過天空中央之後過一會兒，她到我住的地方來見我。不過那不是身爲少女的佐伯小姐。她輕輕敲門，打開入口的門。一瞬間我無法清楚分辨少女和她的差別。以爲是因爲光線照法的些微變化，或風吹的變化，而使事物很簡單地產生轉化似的。彷彿她在下一個瞬間變成少女，再下一個瞬間又變回佐伯小姐似的。可是並沒有發生那種事。我面前的始終是佐伯小姐，不是別人。

「你好。」佐伯小姐以非常自然的聲音說。簡直就像在圖書館的走廊擦身而過時那樣。她穿著深藍色的長袖襯衫，同樣也是深藍色的及膝裙子。細細的銀色項鍊，耳朵上戴著珍珠小耳環。平常看慣的樣子。她的鞋跟在門廊的木地板上發出喀滋喀滋簡短清脆的聲音。那聲音裡稍微含有些許與這場所不契合的聲響。

佐伯小姐還站在門口，隔著距離望著我的身影。好像在確認我是不是眞正的我似的。不過這當然是眞正的我。就像她是眞正的佐伯小姐一樣。

「要不要進來喝杯茶？」我說。

「謝謝。」佐伯小姐說。然後好像終於下定決心似地踏進房子裡來。

我到廚房去打開電爐開關，燒了開水。並在那之間調整呼吸。佐伯小姐坐在餐桌的椅子上。跟剛才少女坐過的完全同一張椅子。

「這樣子，簡直就像在圖書館裡一樣噢。」

「是啊。」我同意。「只是沒有咖啡，和大島先生不在而已。」

「還有一本書都沒有。」佐伯小姐說。

我泡了兩杯青草茶，把杯子端到餐桌去。我們隔著餐桌面對面。從開著的窗戶傳來鳥的啼聲。蜜蜂還在玻璃窗上睡覺。

佐伯小姐最先開口。「我現在到這裡來，說眞的，並不是那麼容易的事情。不過無論如何想跟你見面談一談。」

我點點頭。「謝謝妳來看我。」

她嘴角露出平日的微笑。「這是我不能不對你說的。」她說。那微笑跟少女的微笑幾乎一樣。不過佐伯小姐的微笑稍微有深度。這些微的差別動搖我的心。

佐伯小姐以雙手的手掌像包著茶杯般捧著。我望著她耳朵上的白色珍珠小耳環。她思考一下。跟平常比起來，花了些時間思考。

「我把記憶全部燒掉了。」她一面慢慢選擇用語一面說。「一切都化爲煙消失到空中。所以沒辦法長久記得各種事情。許多事情，一切事情。包括跟你的事情。所以想早一點跟你見面談一談。趁我的心還記得各種事情的時候。」

我轉過頭看玻璃窗上的蜜蜂。黑色蜜蜂的影子，化成一點孤零零地落在窗沿上。

「首先最重要的事情是，」佐伯小姐以安靜的聲音說，「你要在還不太遲之前離開這裡。穿過森林，從這裡出去，回到原來的生活。因爲入口不久又會關閉起來。你要答應我一定會這樣做。」

我搖搖頭。「佐伯小姐，妳不明白。我已經沒有任何可以回去的世界了。從我出生到現在，我不記得有被誰眞正愛過或需要過。也不知道除了自己之外能依賴誰。妳所說的『原來的生活』，對我來說是沒有任何意義的。」

「就算是這樣你還是不能不回去。」

「就算那裡什麼也沒有也一樣嗎？誰都不需要我在那裡也一樣嗎？」

「不是這樣。」她說。「我需要這樣。我需要你在那裡。」

「可是妳卻不在那裡。對嗎？」

佐伯小姐俯視雙手包著的茶杯。「是的。很遺憾我已經不在那裡了。」

「那麼佐伯小姐到底需要回到那裡的我做什麼呢？」

「我需要你的只有一點。」佐伯小姐說。然後抬起臉，直看著我的眼睛。「我要你記得我。只要你還記得我，那麼我就算被其他所有的人都忘記也沒關係。」

沉默降臨我們之間。深深的沉默。我胸中湧起一個疑問。那梗在我的喉嚨，變成讓我呼吸困難的大塊東西。不過我總算把那又吞回深處。

「記憶是這麼重要的東西嗎？」我問了別的問題。

「依情況而定。」她說。然後輕輕閉上眼睛。「那在某種情況下會成爲比什麼都重要的東西喲。」

「可是妳自己卻把那燒掉了。」

「因爲對我來說已經變成沒有用處的東西了。」佐伯小姐把雙手併攏，手背朝上地放在桌上。跟少女做過的完全一樣。「嘿，田村。我拜託你一件事。把那幅畫帶著。」

「妳是說掛在圖書館我住的房間裡，那幅海邊的畫嗎？」

佐伯小姐點點頭。「對。〈海邊的卡夫卡〉。我希望你帶著那幅畫。到哪裡都沒關係。到以後你要去的地方。」

「可是那幅畫是別人的所有物吧？」

她搖搖頭。「那是我的東西。他到東京的學校去時，送給我的禮物。從此以後我一直把那幅畫帶在身邊，走到哪裡都掛在自己房間的牆上。開始在甲村圖書館工作以後，才暫時放回那個房間而已。放回原來的地方。而且我寫了一封信給大島先生說要把那幅畫留給你，信已經預先放在圖書館我書桌的抽屜裡了。而且大體說來，那幅畫本來就是你的東西喲。」

「我的東西？」

她點點頭。「因爲你在那裡面哪。而且我在你旁邊，看著你。很久以前，在海邊。風吹著，雪白的雲飄浮著，季節總是夏天。」

我閉上眼睛。我在夏天的海邊。躺在海灘椅上。我的肌膚可以感覺到那粗粗的帆布質地。那海潮的香氣我可以吸進胸中。即使閉著眼瞼，陽光依然耀眼。我聽得見海浪的聲音。那聲音像被時間搖晃著般忽而變遠，忽而變近。有人在距離稍遠的地方畫著我的畫。身旁坐著身穿淺藍色短袖洋裝的少女，正看著這邊。她戴著附有白色絲帶的草帽，手指撈起沙子。直溜溜的頭髮，結實修長的手指。鋼琴家的手指。浴著陽光，那兩隻陶器般光澤鮮艷的手臂閃著光輝。筆直的嘴唇兩端浮現自然的微笑。我愛著她。她愛著我。

這就是記憶。

「那幅畫我要你一直幫我帶著。」佐伯小姐說。

她站起來，走到窗邊。然後眺望窗外。太陽才剛剛越過天空中央。蜜蜂還在睡覺。佐伯小姐舉起右手，做出遮陽手勢眺望著遠方。然後轉過身來向著我。

「我不能不走了。」她說。

我站起來走到她旁邊。她的耳朵碰觸到我的脖子。有耳環硬硬的感觸。我把兩手的手掌放在她的背上。並試著從那裡讀取記號。她的頭髮撫著我的臉頰。她兩手緊緊擁抱住我。指尖深深陷入我的背。那是抓緊所謂時間這牆壁的手指。有海潮的香氣。聽得見海浪飛濺的聲音。有人在呼喚我的名字。在遙遠的地方。

「妳是我的母親嗎？」我終於這樣問。

「這答案你應該已經知道了。」佐伯小姐說。

對，我已經知道答案。可是我和她，都無法把那化爲語言。如果化爲語言的話，那答案將失去意義。

「我很久以前，捨棄了不可以捨棄的東西。」佐伯小姐說。「捨棄了我比什麼都愛的東西。我害怕總有一天會失去它，所以不得不自己親手捨棄。我想與其被奪走，或因爲什麼而消失掉，不如自己捨棄比較好。當然其中也含有無法淡化的憤怒感情。不過我做錯了。那是絕對不可以拋棄的東西。」

我沉默不語。

「而你則被不可以捨棄你的人捨棄了。」佐伯小姐說。「嘿，田村君，你可以原諒我嗎？」

「我有資格原諒妳嗎？」

她朝著我的肩膀點了幾次頭。「如果憤怒和恐怖沒有妨礙你的話。」

「佐伯小姐，如果我有這個資格的話，我原諒妳。」我說。

母親，你說，我原諒妳。於是你的心中，已經冰凍的什麼發出聲音。

佐伯小姐默默放開擁抱。並把固定頭髮的髮夾拿下來，毫不猶豫地，以銳利的尖端刺進左腕內側。非常用力。然後以右手將那附近的靜脈用力壓住。血液終於開始從傷口流出來。第一滴滴落在地上，發出意外之大的聲音。然後她什麼也沒說就把那手腕向我伸出來。又一滴血滴落在地上。我彎下身子，用嘴唇吻那小傷口。我的舌頭舔她的血。我閉上眼睛品嚐那滋味。我把吸的血含在嘴裡，慢慢吞進去。我喉嚨深處承受了她的血。那被我的心乾渴的表皮非常安靜地吸進去。自己是多麼渴望那血，我第一次感覺到這件事。我的心在非常遙遠的世界。不過同時我的身體卻站在這裡。簡直就像生靈一樣。我甚至覺得想就這樣把她全部的血吸光。不過這不可能。我把嘴唇離開她的手腕，看著她的臉。

「再見，田村卡夫卡。」佐伯小姐說。「回到原來的地方去，然後繼續活下去。」

「佐伯小姐。」我說。

「什麼事？」

「我不太明白活著這件事的意義。」

她的手離開我的身體。然後抬頭看我的臉。伸出手，手指抵在我嘴唇上。

「看畫吧。」她以安靜的聲音說。「就像我所做的那樣，經常看畫噢。」

她走了。打開門，沒有回頭就走出去。然後關上門。我站在窗邊，目送她的背影。她腳步很快地走到一棟建築物的背後就消失了蹤影。我手還放在窗沿上，一直繼續眺望她消失的那一帶。她也許會想起有什麼忘了說，又折回來也不一定。但佐伯小姐沒有回來。那裡只有所謂不在的形狀，像個凹洞般留在那裡而已。

睡著的蜜蜂醒過來，在我週圍繞著飛一陣子。然後終於像想起來似地，從敞開的窗戶飛出外面去。太陽繼續照著。我回到餐桌，在椅子上坐下來。桌上她的杯子裡，還留下一點青草茶。我沒有伸手碰那杯子，就那樣讓它留在那裡。那杯子，看起來就像終究要失去的記憶的隱喻似的。

我脫下身上穿的襯衫，換回原來有汗臭的T恤衫。然後拿起死掉的手錶，戴在左腕上。把大島先生給的帽子反戴，把天藍色太陽眼鏡也戴上。穿起長袖襯衫。到廚房去，用玻璃杯接水龍頭的水一口氣喝下。把杯子放在流理台，回過頭看房子裡一圈。裡面有餐桌，有椅子。那是少女坐過的椅子，也是佐伯小姐坐過的椅子。桌上還留下她沒喝完的杯子。閉上眼睛深呼吸一次。那答案你應該已經知道了噢，佐伯小姐說。

打開門，走出房子外面。關上門。走下門廊的階梯。我的影子清楚地落在地面。那影子看起來好像緊緊抓著我的腳跟似的。太陽還很高。

在森林入口兩個士兵像靠在樹幹上似地等著我。看到我出現，他們連一句話也沒有問我。我正在想什麼，他們似乎都已經知道了。跟先前一樣把步槍斜掛在背上。高個子的士兵嘴上還銜著一根草。

「入口還開著噢。」高個子的士兵嘴上依舊銜著草說。「至少剛才看到的時候還開著。」

「以跟上次一樣的速度走沒關係吧。」體格強壯的那個說。「跟得上嗎？」

「沒問題。跟得上。」

「如果到了那裡入口已經關閉的話，你一定也很傷腦筋。」高個子的說。

「那樣的話回去就沒有用了。」另一個說。

「是啊。」我說。

「離開這裡你沒有猶豫嗎？」高個子的士兵說。

「沒有。」

「那麼就趕快走。」

「最好不要回頭看。」強壯的那個士兵說。

「嗯，那樣比較好。」高個子的士兵說。

於是我們再度穿越森林。

可是我一面上坡，還是稍微轉回頭看了一次。士兵說過最好不要回頭看。可是我不可能不回頭。那是可以俯瞰町的最後地點。過了那個地點之後，就會被樹牆擋住視線，在那裡的世界可能就要永遠從我眼前消失了。

路上還是看不到人的蹤影。美麗的河流橫切過盆地，沿著路邊排列著小房子，間隔等距離的成排電線桿在地面投下濃濃的影子。我一瞬間凝凍在那裡。我想無論如何都要回到那裡去。至少在那裡留到傍晚。到了傍晚，帶著帆布袋的少女就會到我住的房子來。如果我有需要，她隨時都會在那裡。我胸口忽然熱起來，很強的磁力正把我往回吸。腳簡直像嵌了鉛般動彈不得。過了這裡之後就再也看不到她了。我站定下來。我失去了時間的腳步。我想對往前走去的士兵們的背影出聲招呼。說我不回去了，我還是要留在這裡。可是這沒有成爲聲音。語言已經失去了生命。

我當時被夾進空白與空白之間。看不清什麼是對的，什麼是不對的。連自己在追求什麼都不知道。我一個人站在激烈的沙風暴中心。連自己伸出的手指都看不見。無法往任何方向前進。像骨頭一般白的沙塵把我整個包圍住。不過佐伯小姐不知道從哪裡對我說：「雖然這樣你還是不能不回去。」佐伯小姐斷然地說，「我希望你這樣做。我要你在那裡。」

咒縛解開了。我不再分心。我體內溫暖的血回來了。那是我從她承接而來的血。她最後的血。下一個瞬間我轉向前方，追上士兵們的後面。轉過彎，然後山谷間的小世界便從我視野中消失了。那已經被吞進夢與夢的夾縫中去了。之後我就只集中意識在穿越森林中。注意不要迷失了路。注意不要離開路。這比什麼都重要。

入口還開著。離黃昏還有一段時間。我向兩個士兵道了謝。他們把槍卸下來，像先前那樣在平坦的大岩石上坐下來。高個子的士兵嘴上銜起草。他們還是一點都沒有因爲快走而喘氣。

「別忘了刺刀的事情噢。」高個子的士兵說。「刺進對方之後，要用力往旁邊絞。然後把腸子割斷。不這樣的話，你就會被同樣刺傷。那就是外面的世界。」

「不過也不完全是那樣。」強壯的那個說。

「當然。」高個子的士兵說。然後乾咳一聲。「我只說黑暗的一面。」

「而且要判斷善惡非常難。」強壯的那個士兵說。

「可是你不能不做。」高個子的士兵說。

「大概。」強壯的那個說。

「還有一點。」高個子的說。「一旦離開這裡，到抵達目的地爲止，你都不可以再回頭看噢。」

「這是非常重要的事。」強壯的那個說。
「剛才總算度過難關。」高個子的說。「可是這次眞的是認眞說的，到那邊爲止，不可以回頭看。」
「絕對不可以。」強壯的那個說。
「我知道了。」我說。
我再道一次謝，跟兩個人告別。「再見。」我說。
他們站起來，腳跟併攏向我敬禮。我可能再也見不到他們了。我知道這個。他們也知道。就這樣我們分開了。

跟士兵們分手之後，我一個人是沿著什麼路線怎麼跋涉回到大島先生的山中小屋的，幾乎已經不記得了。我感覺一面穿過深深的森林，一面在那之間好像一直在想著其他的什麼事情似的。不過我沒有迷路。稍微記得的是，看見在去的路上丟掉的遠足袋，幾乎反射性地伸手撿起來。同樣地把羅盤和柴刀和噴漆罐撿起來。也記得我在沿路的樹幹上留下的黃色記號出現時的情形。那看起來就像巨大的蛾飛過後所留下的鱗粉似的。

我站在小屋前的廣場，仰望天空。一留神時，我周圍鮮活地充滿了自然的聲音。鳥的聲音、小溪的水聲、風搖動樹葉的聲音——都是微小的聲音。可是簡直就像原來塞著耳朵的栓子因爲某種原因忽然脫落，那些聲音呼一下全活了起來，然後親密地傳到我耳朵裡來。一切都互相聯繫著、混合著，然而每一種聲音依然可以清楚地分辨出來。我看一下戴在左腕上的手錶。手錶不知道什麼時候又動了起來。綠色畫面上浮現出數位數字。好像什麼事情都沒發生過似地繼續分秒變換著數字。4:16，這正是現在的時刻啊。

走進小屋，在床上和衣躺下。穿過深深的森林回來之後，身體強烈地需要休息。我仰臥著閉上眼睛。一隻蜜蜂在玻璃窗上休息。少女的兩隻手腕在朝陽中像陶器般閃著光輝。「這是**比喻**呀。」她說。

「你要看畫。」佐伯小姐說。「就像我做過的那樣。」

從少女纖細的手指之間雪白的時光之沙細細漏下。聽得見小浪濺起的聲音。海浪湧起，退下，碎掉。海浪湧起，退下，碎掉。然後我的意識逐漸被吸進陰暗的走廊般的地方去。

第48章

「傷腦筋。」青年重複說。

「有什麼好傷腦筋的，星野老弟。」黑貓一副嫌麻煩似地說。臉很大，看來相當有年紀的樣子。

「你不是一個人正無聊嗎？居然跟石頭講了一整天話。」

「可是，你爲什麼會說人話呢？」

「我可沒有說人話噢。」

「我眞搞不懂。那麼我們爲什麼能這樣對話呢？貓跟人之間。」

「我們是站在世界的邊境講著共通的語言。這樣而已呀。」

青年落入沉思。「世界的邊境？共通的語言？」

「不懂就不懂沒關係。要說明的話說來話長。」貓說，好像在唾棄麻煩似地短短地搖擺幾次尾巴。

「嘿，你不會是桑德斯上校吧？」青年說。

「桑德斯上校？」貓不高興地說。「這傢伙我不認識。我是我，不是其他任何人。只是普通的市井之貓。」

「有名字嗎？」

「名字當然有。」

「請問大名？」

「Toro。」貓好像很難說似地說。

「Toro？」青年說。「壽司的Toro？」（譯注：toro是鮪魚腹部的肉。）

「是啊。」貓說。「老實說，我是附近壽司店飼養的。也有養狗，名字叫做Tekka。」（譯注：Tekka，鐵火，指鐵火捲，包鮪魚肉的壽司。）

「那麼Toro桑知道我的名字嗎？」

「你相當有名啊。星野老弟。」黑貓Toro說。然後瞬間咿地笑了。這是第一次看見貓笑。不過那笑立刻就消失，貓又恢復成原來那老老實實的表情。

貓說：「貓什麼都知道。中田先生昨天死掉的事，那邊有重要石頭的事，都知道。這一帶所發生的事情，沒有我不知道的。因爲活了相當久了。」

「哦。」青年佩服地說。「那麼，站著說話也不太方便，要不要進來裡面，Toro桑。」

貓還躺在扶手上搖搖頭。「不，我在這裡就好。到裡面去反而不自在，天氣又好，就在這裡談好了。」

「我是無所謂，哪裡都可以。」青年說。「怎麼樣，肚子不餓嗎？我想應該有什麼可以吃的。」

貓搖搖頭。「不是我說大話，吃的東西我倒不缺，反而要爲減肥傷腦筋呢。畢竟是壽司店養的，所以膽固醇還太高呢。過胖的話，高的地方要爬上爬下也不輕便。」
「那麼，Toro 桑。」青年說。「今天你是不是有什麼事情才來到這裡的？」
「噢。」貓說。「我想你大概正在煩惱吧。一個人被留下來，還抱著一個那麼麻煩的石頭。」
「沒錯。正如你說的。我正為了這件事情一籌莫展呢。」
「那麼，我想如果你正在煩惱的話，我可以幫你一點忙。」
「如果能這樣的話我就太感激了。」青年說。「常言道人手不夠時連貓的手都想借來用噢。」
「問題在石頭。」Toro 說。然後猛搖頭，把飛近的蒼蠅趕走。「如果能把石頭復原的話，你的任務就完成了。你可以愛去哪裡就回哪裡去。是不是這樣啊？」
「嗯，就是這樣。只要把入口的石頭再關閉起來，事情就完全結束了。就像中田先生說的那樣，一旦打開的東西，不能不再關閉起來。這是規定。」
「所以要怎麼做才好，我來教你怎麼樣？」
「你知道該怎麼做才好啊？」青年說。
「當然知道。」貓說。「我剛才不是說過嗎？貓什麼都知道。跟狗不一樣噢。」
「那麼，該怎麼做才好呢？」
「把那傢伙殺掉。」貓以神奇的聲音說。
「殺？」青年說。
「對。星野老弟，你要把那傢伙殺掉。」

「你說的那傢伙是誰？」

「實際看到就知道了。原來這就是所謂的那•傢•伙。」黑貓說。「可是不實際看到的話什麼都不知道。因爲本來就是沒有確實形狀的東西。因爲不同的時候會不一樣。」

「那是人嗎？」

「不是人。只有這點是確定的。」

「那麼是長成什麼樣子呢？」

「這個我不知道。」Toro 桑說。「剛才不是說過了嗎？看一眼就知道。沒看到就不知道。明明白白的事情嗅。」

星野先生嘆一口氣。「那麼，那•傢•伙的本來實體到底是什麼？」

「你不必知道這個。」貓說。「這非常難說明，或者說，你不知道比較好。總之那傢伙現在正靜靜的不動。在黑暗的地方正屏著氣息觀察周圍的情況。不過不會一直不動。遲早要出來。可能大約就在今天吧。而且那傢伙一定會經過你面前。這是千載難逢的好機會。」

「千載難逢？」

「一千年才只有一次的好機會呀。」黑貓說明。「你就靜靜等著，把那傢伙殺掉就行了。這樣事情就結束了。然後你就可以到任何你喜歡的地方去了。」

「殺掉那個沒有法律上的問題吧？」

「法律的事情我不知道。」貓說。「因爲我是貓啊。不過那傢伙不是人，所以我想跟法律應該沒有關係吧。不管怎麼樣，有必要殺掉那傢伙。這種事情連市井的貓都知道。」

「可是要怎麼殺才好呢？不知道有多大也不知道是什麼樣子噢。那麼如何殺法也就無法預定了不是嗎？」

「怎麼做都沒關係。用鐵鎚打也好。用菜刀切也好。用勒死也好。用火燒也好。用咬死也好。你可以用你喜歡的方法沒關係。總之要讓那個斷氣。以壓倒性的偏見堅決地加以抹殺。對了，你不是進過自衛隊嗎？用國民的稅金學過開槍吧？也學過刺刀的磨法吧？你等於是阿兵哥啊。殺法不會用自己的腦袋想啊。」

「自衛隊所教的是普通戰爭的打法。」青年無力地抗辯。「要埋伏攻擊不是人的大小不知形狀不明的東西，然後用鐵鎚殺死，我可沒有接受過這種訓練啊。」

「那傢伙應該會想從『入口』進到裡面去。」Toro無視於青年的意見說。「可是你不能讓那個進去裡面。無論如何絕對不可以放牠進去。那傢伙要進入『入口』之前，你就要確實把牠幹掉。這是比什麼都重要的大事。知道了嗎？現在放牠逃走的話以後就沒有機會了。」

「千年一次的機會。」

「沒錯。」Toro說。「當然所謂千年一度，只是類似語言的修辭而已。」

「不過啊，Toro桑，那傢伙搞不好是非常危險的東西呢？」星野先生戰戰兢兢地問。「你想殺掉牠，搞不好反而被牠幹掉呢？」

「正在移動中大概沒有那麼危險吧。」貓說。「移動完畢時那傢伙才開始變危險。會變得非常危險。所以牠在移動的時候不可以讓牠逃掉。那時候就要給牠致命的一擊。」

「大概？」星野先生說。

黑貓沒有回答這個。他瞇細了眼睛，在扶手上伸一個懶腰，然後就慢慢站起來。「那麼再見囉，星野老弟。你要確實把那傢伙殺掉噢。要不然，中田先生死都不會瞑目的。你不是很喜歡中田先生嗎？」

「嗯，他是個好人。」

「那麼你就要殺掉那傢伙。以壓倒性的偏見堅決地加以抹殺。這是中田先生所希望的事情。爲了中田先生，你要做這件事。你已經承接資格了。你過去一直迴避人生的責任馬馬虎虎隨隨便便地活到現在。現在是你還債的時候了。別搞砸了噢。我也會暗中幫你加油的。」

「有你這句話讓我勇氣倍增。」青年說。「對了，我現在剛剛想到一件事。」

「什麼事？」

「入口的石頭沒關起來還敞開著，是不是爲了要引誘那傢伙呢？」

「也許是。」黑貓 Toro 怎麼都好似地說。「噢，星野老弟，我忘了說一件事。那傢伙只有夜間才會動。大概夜深的時刻才開始行動。所以趁著白天你就先好好的睡飽起來。要是打瞌睡讓牠逃掉了可就大事不妙啊。」

黑貓從扶手輕輕跳下鄰家的屋頂，尾巴筆直地豎立起來，就那麼走掉了。貓的身體雖然大，行動卻非常靈巧。青年從陽台目送著那背影。貓一次也沒有回過頭來。

「眞要命。」青年說。「傷腦筋。」

貓的蹤影消失後，青年走到廚房暫且尋找可以充當武器的東西。有刀尖銳利的生魚片刀，有形狀像柴刀般的沉重菜刀。廚房雖然只放簡單的烹飪器具，但各式菜刀種類卻相當齊全。除了菜刀之外，也找到沉重的大把鐵鎚，和尼龍繩。還找到冰鑿子。

「這時候如果有步槍的話就很有用了。」星野一面在廚房物色著一面想。如果有自動步槍的話，在自衛隊裡學過射擊法，射擊訓練時他經常拿到好成績。可是廚房裡當然沒有什麼自動步槍。而且在這樣安靜的住宅區使用自動步槍亂射的話，也會引起很大的騷動。

他在客廳的桌上把兩把菜刀、冰鑿子、鐵鎚、和繩子排出來。還把手電筒也放上。然後坐在石頭旁邊，撫摸著石頭。

「眞要命。」星野先生向石頭說。「居然要用鐵鎚和菜刀跟莫名其妙的東西戰鬥，眞是無理取鬧。而且，還是被鄰家的貓指示這樣做的。你也幫星野設身處地想一想嘛，眞是豈有此理。」

可是石頭當然沒有回答。

「黑貓 Toro 雖然說那傢伙大概不是危險東西，不過那終究只不過是大概喲。只不過是樂觀的預測而已。萬一有個閃失結果冒出一個像《侏儸紀公園》電影裡那種大怪物來，星野到底該怎麼辦才好嘛？我豈不完蛋了？」

無言。

星野先生手拿起鐵鎚，試著在空中揮舞幾次。

「不過試著想一想，這一切都是形勢所趨。想一想我從在富士川休息區讓中田先生搭便車開始，到最後變成這樣可能是命中註定的。不知道的只有我星野而已。所謂命運還眞是個古怪東西。」星野先生說。「嘿，石老弟。你石老弟也這樣覺得吧？」

無言。

「算了，沒辦法。東拉西扯的說也沒用，都是我自己選擇的路。只好奉陪到底了。雖然猜不透是什麼樣面目猙獰的傢伙會出現，算了，我星野只好使出全力了。雖然只是短暫的人生，不過也有過一些快樂回憶。也遇到過一些有趣的事情。根據黑貓 Toro 的說法，這是千年才有一次的好機會。在這裡星野就算像櫻花飄落般死掉或許也相當不錯。一切都爲了中田先生。」

石頭依然保持沉默。

青年依照貓說的那樣，爲了儲備夜晚的精力而在沙發上假寐。雖然遵照貓的指示睡午覺聽起來還眞是荒唐的怪事。不過實際躺下來看看居然也能沉沉熟睡1小時左右。到了傍晚走到廚房去，把冷凍咖哩蝦解凍了澆在飯上吃。週遭開始暗下來之後，就坐在石頭旁邊，把菜刀和鐵鎚放在手搆得到的地方。

關掉房間的燈，只點著桌上的小檯燈。因爲心想這樣比較好。這是個夜間才會行動的傢伙。還是盡量弄暗一點吧。星野老弟也想讓事情盡量趕快結束。好吧，你要出來就出來呀。趕快做個了斷。然後我就要回到名古屋的公寓去，打電話給哪個女孩子了。

青年幾乎已經不再跟石頭說話了。他一直保持沉默，眼睛偶爾看看手錶。無聊時就拿起菜刀和鐵鎚，在空中揮舞一番。如果發生什麼的話，他想那也可能是在眞正的深夜。不過搞不好比那提早發生也有可能，對他來說可不願意讓牠逃掉。畢竟這是千載難逢的好機會。不可以馬虎。嘴巴空虛時就咬一片餅乾，喝一點點礦泉水。

「嘿，石老弟。」到了半夜星野小聲說。「這下好不容易過了12點了噢。現在開始是怪物的時間。關鍵時刻。會發生什麼，我們兩個人來緊緊盯著吧。」

星野先生手摸著石頭。覺得石頭表面的溫度好像比平常稍微提高了一點。不過這也許只是心理作用。他好像在鼓勵自己似地，用手掌撫摸幾次石頭表面。

「石頭老弟你也要在暗中幫我加油噢。星野需要這種小小的精神鼓勵。」

從中田先生屍體所在的房間傳來窸窸窣窣的微小聲音，是在凌晨3點稍過的時候。好像有什麼爬在榻榻米上似的聲音。可是中田先生所在的房間沒有榻榻米。地上鋪著地毯。青年抬起臉來，側耳傾聽那聲音。沒錯。雖然不知道是什麼聲音，不過中田先生躺著的房間裡顯然有什麼正在發生。他胸中的心臟開始發出巨大的聲音。青年右手握緊生魚片刀，左手拿著手電筒。並把鐵鎚插進長褲的皮帶裡，從地上站起來。

「來吧。」他沒有針對誰這樣說。

青年躡著腳步走到中田先生房間的門前，輕輕打開門。然後撥開手電筒的開關，光線迅速朝向中田先生屍體所在的地方照。因爲窸窸窣窣的聲音確實是從那一帶傳出來的。手電筒的光線照出細細長長的白色物體。物體從死掉的中田先生嘴裡，一面蠕動著身軀一面正在爬出來。那形狀令人想到瓜類。粗細大約有大個子男人手臂那麼粗。全體長度還不太清楚，不過大概有將近一半已經出到外面來了吧。身體有像黏液般的東西黏黏滑滑的，閃著白光。中田先生的嘴巴，因爲那傢伙的通過，簡直像蛇的嘴巴般張開好大。可能連下顎骨都脫開了。

星野先生呑進一口唾液發出很大的聲音。拿著手電筒的的手微微發抖。隨著抖顫，光線也在晃動。眞要命。這傢伙要怎麼殺才好呢，他想。看起來既沒有手也沒有腳，沒有眼睛也沒有鼻子。黏黏滑滑的要抓也沒地方著力。這種東西要怎麼讓牠斷氣呢？而且這到底是什麼種類的生物呢？

這傢伙好像寄生蟲般，過去一直隱藏在中田先生的身體裡面嗎？或者這是像中田先生的靈魂之類的東西呢？不，不會的。不應該有這種事情。青年憑直覺這樣確信。這邪氣的東西不可能在中田先生體內。這一點事情連我也知道。這傢伙一定是從什麼地方出來，正要通過中田先生，進到入口裡面去而已。想來的時候就來，把中田先生當作方便的通路之類的利用而已。中田先生不可以被這樣利用。所以我不管怎麼樣都要想辦法把這傢伙幹掉才行。就像黑貓Toro說的那樣，抱持壓倒性的偏見堅決地加以抹殺。

他鼓起勇氣走到中田先生旁邊，在那白色東西好像是頭的一帶，用生魚片刀猛刺進去。拔出來，再刺。這樣重複幾次又幾次。但是手幾乎沒有刺到的感覺。只有像用菜刀切著柔軟的蔬菜時鬆脆的觸感而已。在黏黏滑滑的白色表面之下既沒有肉，也沒有骨頭。沒有內臟，也沒有腦。生魚片刀拔出之後傷口立刻被黏液所補滿。從那裡既沒有血液也沒有體液流出來。這傢伙完全沒有感覺，青年想。那白色東西無論被星野先生如何攻擊，都完全不介意的樣子，從中田先生口中滑溜溜確實地繼續往外爬出來。

星野先生把生魚片刀丟在地上，回到客廳，拿起桌上放的類似柴刀的大把菜刀回來。然後朝那白色東西使勁剁下。由於那一剁，白色東西的頭一帶裂開一個大缺口。正如預料的那樣裡面什麼也沒有。就像外皮一樣只是充滿白色糊糊的物質而已。雖然如此還是揮動幾次大菜刀，頭的一部分總算切斷下來了。被切斷的一部分掉在地上像蛞蝓般一時扭動著身軀，不久就像死掉了似地不動了。但是這樣還是無法阻止剩下的身體前進。傷口立刻被黏液包住，缺掉的部分又再膨脹隆起恢復成原來的形狀。而且那傢伙好像還若無其事毫不鬆懈地繼續前進。

那白色東西已經確實從中田先生口中穿出來，幾乎整體形狀都已經露出外面了。體長全部將近1公尺，還附有尾巴。幸虧有尾巴，才終於分得出前面和後面來。像山椒魚般粗短的尾巴。尖端忽然變細。沒有腳。沒有眼睛沒有嘴巴也沒有鼻子。但那確定是擁有意志的東西。不，這傢伙只有意志沒有別的，青年想。沒有任何道理他就是知道。只有在移動之間，這傢伙因爲某種原因碰巧採取了這種形狀而已。背脊忽然變得非常冰冷起來。總之無論如何都要把這傢伙幹掉。

青年這次試著用鐵鎚看看。可是這也幾乎沒有發揮效果。被鐵塊敲打時，那個部分會深深凹陷下去，可是那凹陷又被柔軟的皮膚和黏液立刻補充起來，恢復成原來的形狀。他把小桌子搬來，拿著桌腳的部分往白色東西身上猛打。可是不管怎麼用力打，都無法阻止那白色東西的行進。速度雖然絕不快，但那笨拙的蛇般的軀體卻一面蠕動，一面確實地往鄰室入口的石頭方向前進。

這傢伙跟任何生物都不同，青年想。無論用什麼武器，都無法把牠殺死。既沒有可以刺殺的心臟，也沒有可以勒住的喉嚨。到底該怎麼辦才好？不過不管怎麼樣都不能讓那傢伙進入「入口」裡面去。因為這傢伙是邪惡的東西。黑貓 Toro 說，「看一眼就知道」。說得沒錯。確實只要看一眼就知道。這是不能讓牠活下去的東西。

青年回到客廳尋找可以當武器的東西。可是什麼也沒找到。然後忽然看到腳下的石頭。入口的石頭。說不定可以用這個把牠壓死。石頭在淡淡的黑暗中好像顯得比平常略微帶有紅色。青年彎下身準備拿起來。石頭變得非常重，一點都搬動不了。

「嘿，你變成入口的石頭了。」青年說。「這麼說，那傢伙來到這裡以前只要把你關閉，那傢伙就進不去了。」

青年使出渾身的力氣想把石頭搬起來。可是石頭依然不動。

「動不了啊。」青年一面喘著大氣一面對石頭說。「嘿，石老弟，你好像變得比上次還要重了。簡直重得我睪丸都要掉出來了。」

背後窸窸窣窣的聲音繼續傳來。那白色東西確實在往這邊接近。時間已經剩下不多了。

「再來試一次。」青年說著，把手搭在石頭上。然後猛然深深吸進一口氣，充滿肺部，屏住呼吸。把意識集中在一點，雙手搭在石頭兩側。如果這樣還抬不起來的話，就再也沒有機會了。就看這一下了星野老弟，青年對自己說。這一下要一決勝負了。拚個你死我活吧。然後使出渾身的力氣，隨著一聲吆喝搬起了石頭。石頭只搬起一點。他更加把勁，把那從地上拔起般舉起來。

腦子裡一片空白。感覺兩臂的肌肉像撕裂了般。兩顆睪丸大概已經掉落地上了吧。雖然如此還是緊抓著石頭不放。他想到中田先生。中田先生可能因爲要打開和關閉這石頭而把生命都縮短了。不管怎麼樣我都必須代替中田先生把這件事情做到最後才行。承接下資格，黑貓Toro說。體內的肌肉渴求著能供給新的血液。肺爲了製造出新的血液正渴求著必要的新鮮空氣。但是卻無法吸進空氣。知道自己正無限接近死亡，虛無的深淵就在眼前張著大口。但是青年再一次凝聚所有的力氣，把石頭往身前拉進。總算把石頭抬高，發出巨大的聲音，翻轉過來掉落地面。那衝擊搖撼地面。玻璃窗卡達卡達震動。重得可怕。青年跌坐在地上，大口喘氣。

「終於完成了，星野老弟。」隔了一會兒青年才對自己說。

一旦將入口關閉起來之後，要解決那白色東西就比預料的簡單多了。去處已經被封閉起來了。白色東西也知道這個。於是停止前進，在房間裡徘徊著尋找躲避的地方。可能想回到中田先生的口中也不一定。可是能逃走的力氣已經所剩不多。青年迅速追上去，揮起柴刀般的大菜刀把牠剁成幾段。然後把已經斷掉的東西再剁得更細。那些白色片段在地上到處扭動，但不久就沒了力氣不再動了。那些片段逐漸僵硬縮緊終於死去。地毯被那黏液沾得閃著白光。星野先生用畚箕把那些屍體掃起來裝進垃圾袋，把封口用繩子綁緊，再把那放進另一個垃圾袋裡。那個垃圾袋也用繩子綁緊。然後把那裝進從壁櫥裡拿出來的厚布袋裡。

做完這些之後，青年像洩了氣般蹲在地上，抖動著肩膀大大地喘著氣。雙手不停地顫抖。想出聲說什麼，聲音卻出不來。

「幹得好，星野老弟。」過一陣子之後青年才對自己說。

攻擊白色東西，把石頭抬起來翻轉時發出那樣大的聲音，所以青年擔心公寓的住戶會不會醒來打電話報警呢。不過幸虧什麼事也沒發生。警報聲沒有響，也沒有誰來敲門。如果警察踏進這種地方來，那可眞受不了。

裝在袋子裡的那些零碎片斷的白色東西，應該不會再活過來了，星野先生也知道。因爲那傢伙已經無處可去。不過還是愼重再愼重比較好。等天亮後到附近的海邊去完全燒掉吧。讓牠化成灰。然後都結束以後就回名古屋去。

時刻已經將近4點。天終於亮了。該離開了。青年把自己的換洗衣服裝進旅行袋。爲了小心起見把太陽眼鏡和中日龍隊棒球帽也收進旅行袋裡。如果最後的最後居然被警察逮捕的話一切就完了。還帶了沙拉油瓶以便點火用。又想起來把《大公三重奏》的CD也裝進袋子。然後最後到中田先生躺著的床邊去。空調還以最強繼續開著，房間裡寒冷徹骨。

「嘿，中田先生，我要走了。」青年說。「不好意思，我不能永遠留在這裡。到車站以後我會打電話給警察，安排他們來送走歐吉桑的遺體。其他後事就讓親切的警察先生來辦了。這一分手就永遠不能再見了，不過我不會忘記歐吉桑的。不如說，就算想忘記都沒那麼容易忘記。」

空調發出喀噠一聲巨響停止了。

「我啊，歐吉桑，我在想，」青年繼續說，「以後一有什麼事情的時候，我大概都會一一想，如果是中田先生的話這時候會說什麼呢？如果是中田先生的話這時候會怎麼做呢？我有一點這種感覺。我是說，我覺得這種事情是相當重大的事情。換句話說在某種意義上中田先生的一部分，從今以後將在我心中繼續活下去的意思。雖然這確實不是什麼了不起的容器，不過總比什麼都沒有要好吧。」

可是他現在正在說話的對象，只是中田先生的空殼子而已。最重要的東西，已經在更久以前不知道跑到什麼別的地方去了。青年對那個也很清楚。

「嗨，石老弟。」青年對石頭說話。他撫摸石頭的表面。石頭恢復成沒有什麼不同的石頭。冷冷的，粗粗的。

「我要走了。現在要回名古屋去了。你的事情，也跟中田先生一樣，可能不得不讓警察來接手處理了。本來最好是把你帶回神社去歸還的，可是星野記憶力不好，完全記不得是哪裡的神社。雖然覺得過意不去，不過請你原諒。請不要懲罰我。我一切都是聽桑德斯上校的話照做的。所以，如果要懲罰就去懲罰他吧。不過總之能遇到你眞的很高興噢，石老弟。我不會忘記你的。」

然後青年穿上 Nike 的厚底運動鞋，走出公寓。門沒有上鎖。右手提著自己的旅行袋，左手拿著裝有白色東西死骸的布袋。

「各位，燒營火的時候到了。」他一面仰望著黎明的東方天空一面說。

第49章

第二天早晨9點過後，聽見引擎聲接近的聲音，我走出外面。終於看見一輛車身高高配備堅固輪胎的小型卡車出現。四輪驅動的Datsun，看來至少在這半年左右沒有洗過車的跡象。載貨台上堆放著2片好像用得很勤的長衝浪板。卡車停在小屋前面。引擎熄火，週遭恢復一片寂靜，車門打開，一個高個子的男人下車來。穿著寬大的白色T恤衫卡其色短褲，鞋後跟磨損的布鞋。沾著油污的T恤衫上，寫著NO FEAR的英文字。大約將近30歲。肩膀寬厚，全身曬得黝黑，臉上留著3天沒刮的鬍子。頭髮長到大約遮住耳朵的長度。我推測是在高知開衝浪店的大島先生的哥哥吧。

「嗨。」他說。

「你好。」我說。

他伸出手，我們在門廊上握手。大而有力的手。我的推測正確。果然是大島先生的哥哥。大家叫他Sada，他說。他慢慢的選著用語說話。一點也不著急。好像時間有的是，似的。

「高松那邊打電話來，叫我到這裡來接你，把你帶回去。」他說。「聽說那邊有什麼急事的樣子。」

「急事？」

「對。不過詳細情形我也不清楚。」

「不好意思讓你特地跑一趟。」我說。

「你也不必過意不去。」他說。「可以立刻收拾好準備離開嗎？」

「只要5分鐘就行了。」

我在整理行李塞進背包的時候，大哥一面吹著口哨一面幫忙關門窗。把窗戶關上，窗簾拉上，檢查瓦斯的開關，把剩下的食物收集起來，將流理台簡單洗一洗。從這每一個動作中可以感覺到他已經把這小屋視爲自己身體的延長一般了。

「我弟弟好像很喜歡你的樣子。」大島先生的哥哥說。「我弟弟很少喜歡人。性格有點難相處。」

「他對我非常親切。」

Sada 大哥點點頭。「他如果想對人親切的話，就會非常親切。」他簡短地表示意見。

我坐上卡車的前座，把背包放在腳邊。Sada 大哥發動引擎，打進排擋，最後從車窗伸出頭去再從外側慢慢檢查一次小屋，然後才踩油門。

「我們兄弟少數共通點之一就是這棟山中小屋。」Sada 大哥以熟練的手勢轉著方向盤，一面開下山路一面說。「我們兩個都一樣，偶爾心血來潮就會到這小屋來，一個人單獨住個幾天。」

他把自己現在說過的話加以考察一番，然後才又繼續說。

「這裡對我們兄弟來說經常都是很重要的地方。現在也一樣。來到這裡時，可以得到類似力量的東西。不過是安靜的力量就是了。我所說的話，你了解嗎？」

「我想我了解。」我說。

「我弟弟也說你大概會了解。」Sada大哥說。「不了解的人永遠都不了解。」

褪色的布製椅套上沾著許多白狗的毛。混著狗的氣味，乾掉的海潮香味。塗在衝浪板上的亮光蠟的氣味。香菸的氣味。空調的旋轉鈕脫落不見了。菸灰缸裡積滿了菸蒂。車門的側袋裡有隨手塞進去沒有盒子的卡式錄音帶。

「我進入森林裡好幾次。」我說。

「你說深處？」

「是的。」我說。「雖然大島先生提醒我不可以進去太深。」

「可是你卻進到相當深的地方。」

「是的。」我說。

「我也曾經下過一次決心，進到相當深的地方去。對了，不過已經是10多年前的事了。」

然後他暫時沉默下來，把精神集中在放在方向盤上的雙手。長長的彎道延續著。粗壯的輪胎把小碎石彈到懸崖下去。偶爾路邊有烏鴉。牠們在車子開近來了也不避開，只是像在看稀奇東西似地，一直盯著我們通過而去。

「你遇到士兵了嗎？」Sada大哥若無其事地問我。簡直就像在問時間一樣。

「兩個一組的士兵噢。」

「是啊。」Sada大哥說。然後瞄一眼我的側臉。「你去到那裡呀。」

「是的。」我回答。
他一面用右手輕輕操縱著方向盤，一面落入長長的沉默。沒有說任何感想。表情也沒有改變。
「Sada 大哥。」我說。
「嗯。」他說。
「你十幾年前遇到那兩個士兵，當時做了什麼呢？」我問。
「我遇到那兩個士兵，在那裡做什麼嗎？」他把我的問題照樣重複一遍。
我點點頭等著答案。他以後視鏡檢視著後方的什麼，然後視線又再轉回前方。
「這件事情我到現在爲止從來沒有跟任何人提過。」他說。「連我弟弟也沒說。該算是弟弟呢還是妹妹呢，都可以，不過還是弟弟吧。我弟弟完全不知道士兵的事情。」
我默默點點頭。
「而且我想這件事情我今後可能也不會對任何人說。就算是對你也一樣。而且我想你今後可能也不會對任何人說起這件事吧。就算是對我也一樣。我說的意思你了解嗎？」
「我想我了解。」我說。
「你想這是什麼意思呢？」
「就算以語言說明也無法正確傳達在那裡的東西。因爲眞正的答案是語言所無法回答的東西。」
「正是這樣。」Sada 大哥說。「沒錯。那麼，用語言說明也無法正確傳達的東西，最好的辦法就是完全不說明。」

「就算對自己嗎？」我說。

「是的。就算對自己。」Sada 大哥說。「對自己，大概也什麼都不說明比較好。」

Sada 大哥給我薄荷口香糖。我拿了一片吃。

「你玩過衝浪嗎？」他問。

「沒有。」

「如果有機會的話下次我教你。」他說。「當然我是說如果你有興趣的話。高知的海岸有非常好的浪。人也不太多。衝浪這東西，是比表面看來更深奧的運動。我們透過衝浪，學到不要抗拒自然的力量。不管那是多麼粗暴的東西。」

他從T恤衫的口袋拿出香菸，含在嘴裡，用儀表板上的點菸器點火。

「這也是無法用語言說明的事情之一。答案既不是 yes 也不是 no。」他說。

然後瞇細了眼睛，把煙往窗外慢慢吐出。

他說，「夏威夷有一個叫做 Toilet Bowl 的地點。在那裡湧浪和退浪相互碰撞形成巨大的漩渦。像廁所馬桶的沖水漩渦一樣滾滾轉圈子。所以一旦被浪掃出去、被拉到底下去的話，就很難浮上來了。依浪的情況而定，說不定就那樣永遠浮不上來了。不過總之你在海底下，不得不一面任憑海浪搓揉，一面安靜不動。如果你慌慌張張胡亂掙扎的話也一點都沒有用。反而只會把體力消耗掉而已。實際遇到那樣的情況時，會覺得沒有比這更令人提心吊膽的事了噢。不過如果你沒有克服過一次這種恐怖的話，就無法成為眞正的衝浪者。只有能夠面對死亡，互相了解，才能超越。在那漩渦底下你會想到很多事情，在某種意義上要成爲死亡的朋友，推心置腹地交談。」

他在柵欄邊下了卡車，關上大門加上鎖。搖了幾次大門，確定打不開來。

然後我們一直沉默著。他讓FM收音機的音樂節目一直開著，一面開車。可是我知道他並沒有認眞聽那東西。只是像某種記號般播著而已。進入隧道時廣播便中斷，只剩下雜音，他也毫不介意。因爲空調故障了，所以上了高速公路之後車窗也一直開著。

「如果你想學衝浪的話，可以到我那裡去。」Sada大哥在看得到瀨戶內海那一帶時說。「我有空房間，你愛住多久就住多久。」

「謝謝。」我說。「有一天我會去。雖然不知道是什麼時候。」

「你忙嗎？」

「我想有幾件事情不能不解決。」

「那我也有，」Sada大哥說，「不是我自豪。」

然後又有很長一段時間我們都沒有開口。他在想他的問題。我在想我的問題。他眼睛一直盯著前方，左手放在方向盤上，偶爾抽抽菸。他跟大島先生不同，沒有開很快。右手的手肘搭在敞開的窗框上，以規定時速優閒地開在一般車道上。只有眞的很慢的車子擋在前面時才會移到超車道，嫌麻煩似地踩緊油門超過去，立刻又再回到一般車道。

「Sada大哥一直在衝浪嗎？」我問。

「是啊。」他說。沉默繼續。我已經忘了那個問題的時候答案才終於回來。

「我是從高中開始衝浪的。只是玩一下。開始認眞起來大約是在6年以前。本來我在東京一家大廣告公司上班。工作覺得無聊而辭職，回到這裡來，開始衝浪。用自己的存款，加上跟父親借的錢，開始經營衝浪店。因爲是一個人，所以可以馬馬虎虎維持著做自己喜歡的事情。」

「你想回到四國是嗎？」

「這個也有。」他說。「如果不是緊接著就有海有山的地方的話，我覺得心情好像定不下來。人這東西，當然我是說到某種程度爲止，有些方面會被出生長大的地方所決定。想法和感覺可能跟地形、溫度、風向等連動著。你是哪裡生的？」

「東京。中野區的野方。」

「你想回中野區嗎？」

我搖搖頭。「不想。」我說。

「爲什麼？」

「因爲沒有回去的理由。」

「原來如此。」他說。

「而且我想我跟地形和風向並沒有那麼緊密連動著。」我說。

「是嗎？」他說。

然後我們又沉默下來。不過 Sada 大哥似乎對於繼續沉默完全不掛心的樣子。我也不在意。我什麼也不想，恍惚地聽著音樂。他總是眺望著路的前方。我們在終點下了高速公路，朝北進入高松市內。

到達甲村圖書館時還不到下午1點。Sada 大哥在圖書館前放我下車，自己卻沒有下車，引擎也沒有熄火，就那樣折回高知去。

「謝謝。」我說。

「改天再見囉。」他說。

然後從車窗伸出手短短地揮一次而已，就轉動粗壯的輪胎掉頭走掉了。回到大浪、他自己的世界和他自己的問題去了。

我背起背包，穿過圖書館的門。聞一聞修剪得漂漂亮亮的庭園草木的氣味。覺得最後一次看到圖書館好像是幾個月前的事了似的。但仔細想想，只不過是4天以前而已。

大島先生坐在服務台。他很稀奇地打著領帶。純白的扣領襯衫，芥子黃和綠色條紋領帶。長袖摺捲到肘部，沒有穿外套。他前面照例放著咖啡杯，桌上排著兩支削好的長鉛筆。

「嗨。」大島先生說。然後像平常那樣微笑。

「你好。」我打招呼。

「我哥哥送你回這裡對嗎？」

「是的。」

「他不太講話噢。」大島先生說。

「不過也談了一點。」我說。

「那眞好。你很幸運。看對象，看場合，有時他一句話也不說。」

「這裡發生了什麼事？」我問。「他說有急事。」

大島先生點點頭。「有幾件事情必須告訴你。首先是佐伯小姐過世了。心臟病發作。星期二下午，我發現她伏在二樓房間的書桌上死掉了。突然死的。看起來並沒有痛苦的樣子。」

我把背包從肩膀上卸下來，放在地上。然後在旁邊的辦公椅上坐下。

「星期二下午？」我問。「今天是星期五噢，沒錯吧？」

「對，今天是星期五。佐伯小姐是在星期二的導覽結束後死的。或許應該早一點告訴你，不過我也很混亂沒辦法整理自己。」

我還沉坐在椅子上，身體無法動彈。我和大島先生就那樣久久沉默著。從我坐的位置可以看到通往二樓的樓梯。擦得很亮的黑色扶手，和正對樓梯間的彩色玻璃窗。那樓梯對我而言總是具有深刻意義的地方。因爲只要走上那裡就可以見到佐伯小姐。可是現在那卻變成沒有任何意義的那種到處都有的普通樓梯。她已經不在那裡了。

「就像我以前也說過的那樣，那大概是事先就已經決定的事情。」大島先生說。「我已經知道，她也已經知道。不過不用說，實際發生時，卻非常沉重。」

大島先生在這裡停頓了一下。我想不能不說點什麼。可是卻說不出話來。

「依照逝者的遺願不舉行任何葬禮。」大島先生繼續說。「所以就那樣悄悄地火葬了。遺書在二樓的房間，放在她的書桌裡。她的遺產全部捐給營運這個甲村圖書館的財團。Mont Blanc 鋼筆留給我當紀念品。她給你一幅油畫。就是那幅海邊少年的畫。你願意接受吧？」

我點點頭。

「我幫你把畫包裝好了放在那邊，以便你隨時可以帶走。」

「謝謝。」我終於出聲了。

「嘿，田村卡夫卡老弟。」大島先生說。他拿起一支鉛筆，把那像平常一樣團團轉著。「我可以問你一個問題嗎？」

我點點頭。

「佐伯小姐死掉的事，不用我現在這樣告訴你，你也已經知道了嗎？」

我再點一次頭。「我想我知道。」

「我也這樣覺得。」大島先生說。然後嘆一口大氣。「要不要喝水或什麼？老實說，你看起來臉色像沙漠一樣。」

「麻煩你。」我說。確實喉嚨非常渴。被大島先生一說，我才開始注意到。

大島先生幫我拿來放了冰塊的水，我一口氣喝光。頭腦深處有一點痛。我把空了的玻璃杯放回桌上。

「還要喝嗎？」

我搖搖頭。

「你現在打算怎麼辦？」大島先生問。

「我想回東京去。」我說。

「回東京去做什麼？」

「首先去警察局，把到現在爲止的事情說明清楚。因爲如果不這樣的話，往後就要一直到處逃著躲警察。然後我想可能會回學校。雖然不想回去，不過再怎麼說中學總是義務教育，所以我想不能不回去。再忍耐幾個月就可以畢業了，而且一旦畢業後，就可以隨便自己喜歡做什麼了。」

「原來如此。」大島先生說。瞇細眼睛看我。「確實這樣可能最好。」

「我漸漸覺得這樣做也沒有關係了。」

「就算到處逃，也不能到哪裡去。」

「也許吧。」我說。

「你好像長大了。」他說。

我搖搖頭。什麼也說不出來。

大島先生以鉛筆的橡皮擦部分輕輕壓幾次太陽穴。電話鈴響起來了，但他沒有理會。

「我們都繼續在失去各種重要東西。」鈴聲停止之後他說。「重要的機會或可能性，無法挽回的感情。那些都是活著的含意之一。不過在我們的腦子裡，我想大概是在腦子裡，有把這些東西當作記憶留下來的小房間。一定是像這圖書館的書架一樣的房間。而我們爲了知道自己心的正確所在，就不得不繼續製作這房間的索引卡。也有必要勤快地打掃，換新空氣，換花瓶的水。換句話說，你永遠要在你自己的圖書館裡活下去。」

我看看大島先生手中的鉛筆。那使我覺得非常難過。不過我必須再支撐一下，不能不繼續做個世界上最強悍的15歲少年。至少不得不裝成那樣。我深深吸進一口氣，讓肺裡充滿空氣，勉強把一股感情壓回深處。

「我以後什麼時候還可以再回到這裡來嗎？」我問。

「當然。」大島先生說。然後把鉛筆放回服務台。手交叉在頭後面，從正面看著我的臉。「聽他們說的話，我感覺這家圖書館可能暫時會由我一個人營運下去。可能也需要助手吧。如果你被警察或學校解放了成為自由身之後，而且也想回來的話，可以再回到這裡來。這個城市，還有這個我，暫時都不會去任何地方。人是需要屬於自己的地方的。或多或少。」

「謝謝。」我說。

「不客氣。」他說。

「你哥哥也說要教我衝浪。」

「那很好。我哥哥喜歡的人不太多。」他說。「就像那樣脾氣有點彆扭。」

我點點頭。然後微笑。這點兩兄弟倒很像。

「嘿，田村。」大島先生一面窺視我的臉一面說。「也許是我搞錯了，不過我覺得我好像第一次看見你笑一點噢。」

「也許是吧。」我說。確實我在微笑著。我臉紅起來。

「什麼時候回東京？」

「我想現在就回去了。」

「能不能等到傍晚？圖書館關門以後，我可以用車子送你到車站。」

我考慮一下後搖搖頭。「謝謝。不過，我想可能現在立刻動身比較好。」

大島先生點點頭。他從裡面的房間幫我把仔細包裝好的畫拿出來給我。然後把〈海邊的卡夫卡〉的單曲唱片也放進袋子裡交給我。

「這是我送你的禮物。」

「謝謝。」我說。「我想最後再一次，到二樓看看佐伯小姐的房間，方便嗎？」

「當然，你慢慢看。」

「大島先生也陪我一起來嗎？」

「好啊。」

我們走上二樓，進入佐伯小姐的房間。我站在她的書桌前，用手輕輕摸那表面看看。然後想到花時間被吸進那裡去的東西。腦子裡想像臉伏在那桌上她最後的樣子。然後想起她經常背對窗戶，熱心地寫著東西的姿態。我總是爲佐伯小姐端咖啡來。從敞開的門口走進來時，她抬起臉來看我，總是露出同樣的微笑。

「佐伯小姐在這裡寫些什麼呢？」我問。

「她在這裡寫些什麼，我不知道。」大島先生說。「只有一件事可以說，就是她把很多祕密吞進去，就那樣從這個世界消失了。」

把各種假設吞下，我在心中加上一句。

窗戶開著，6月的風靜靜搖晃著白色蕾絲窗簾的下襬。有輕微的海潮氣味。我想起海灘細沙在手中的感觸。我離開桌子旁，走到大島先生前面，緊緊抱住他。大島先生苗條的身體，令我想起某種非常懷念的東西。大島先生靜靜地撫摸我的頭髮。

「世界是隱喻。田村卡夫卡。」大島先生在我耳邊說。「不過，對我而言和對你而言，只有這家圖書館什麼隱喻都不是。這家圖書館無論你去到哪裡——都是這家圖書館。在我和你之間，只有這點我要預先說清楚。」

「當然。」我說。

「非常具體的，個別的，特別的圖書館。任何其他東西都無法取代。」

我點點頭。

「再見了，田村卡夫卡。」大島先生說。

「再見了，大島先生。」我說。「這條領帶非常漂亮噢。」

他離開我，筆直看著我的臉微笑。「我還想你什麼時候才會說呢，我一直在等。」

我背起背包走到車站，搭電車到高松車站。從車站的窗口買了往東京的車票。到達東京時會是深夜。暫時到什麼地方住下，然後可能會回野方的家吧。回到那誰也不在的空盪盪的大房子去，在那裡我又變成孤零零一個人。沒有任何人在等我回家。可是除了那裡我也沒有地方可以回去。

我從車站的公共電話打到櫻花的手機。她正在工作中。不過她說可以講一下子。不能講太久噢。我說一下子就好。

「我決定要回東京了。」我說。「現在人在高松車站。只是想告訴妳這件事而已。」

「已經不再離家出走了是嗎？」

「我想是吧。」

「確實15歲離家出走還太早一點。」她說。「不過，你回東京以後怎麼辦？」

「大概會回學校。」

「以長遠的眼光來看，這樣一定也不錯噢。」她說。

「櫻花姊也會回東京吧。」

「嗯。大概要到9月。夏天我想到什麼地方去旅行。」

「在東京可以見面嗎？」

「可以呀。當然。」她說。「可以告訴我你的電話號碼嗎？」

我把家裡的電話號碼告訴她。她用筆記下來。

「嘿，上次我夢見你喲。」她說。

「我也夢見櫻花姊。」

「嘿，那會不會是非常黃的夢啊？」

「也許。」我承認。「不過那終究只是夢而已。櫻花姊的夢呢？」

「我的夢不是黃色的夢。是田村一個人到處走在好像迷魂陣似的大房子裡的夢，你好像在尋找某個特別的房間，可是卻完全找不到那房間。而那房子裡，反過來有人到處在找你。我大叫，想提醒你注意，可是我的聲音卻傳不到。非常可怕的夢噢。因爲在夢中一直大聲喊，醒來以後非常累。所以我開始非常擔心你。」

「謝謝。」我說。「不過那也只是夢而已。」

「沒有發生任何壞事吧？」

「沒有發生任何壞事。」

沒有發生任何壞事，我這樣說給自己聽。

「再見。卡夫卡。」她說。「我差不多要回去工作了，如果你想跟我說話的話，隨時都可以打電話到這裡來喲。」

「再見。」我說。「姊姊。」我加上一聲。

越過橋，渡過海，在岡山站轉搭新幹線。然後在椅子上閉眼睛。讓身體習慣列車的震動。腳邊放著包裝得密密實實的〈海邊的卡夫卡〉那幅畫。我的腳繼續感覺著那感觸。

「我希望你**記得**我。」佐伯小姐說。然後筆直看著我的眼睛。「只要你記得我，就算被其他所有的人忘記都沒關係。」

有比重的時間，像具有多重意義的古老夢境般向你壓來。你想穿過那時間而繼續移動。就算到世界的邊緣，你可能都無法逃出那樣的時間。不過，就算是這樣，你還是不能不到世界的邊緣去。因為你也有可能不到世界的邊緣去不行。

過了名古屋一帶之後開始下起雨來。我眺望著在黑暗的玻璃窗上畫著線的雨絲。這麼說來我想起離開東京時也正在下雨。我想起在各種地方下的雨。在森林裡下的雨，在海上下的雨，在高速公路上下的雨，在圖書館下的雨，在世界邊緣下的雨。

我閉上眼睛把身體力量放鬆，讓僵硬的肌肉放鬆下來。耳朵傾聽著列車所發出的單調聲音。幾乎沒有任何預告地，流下一道眼淚。臉頰上感覺到那溫暖的感觸。那從我的眼睛溢出來，順著臉頰，流到嘴邊。然後在那裡經過一段時間逐漸乾掉。沒關係，我對自己說。只有一道而已。何況那甚至感覺不像我的眼淚。那感覺像打在窗上的雨的一部分。我做的事情對嗎？

「你做的事情是對的。」叫做烏鴉的少年說。「你做了最對的事情。其他任何人，應該都沒辦法做得比你好。因爲你是眞正的全世界最強悍的15歲少年。」

「可是我還不知道人活著的意義。」我說。

「看畫啊。」他說。「聽風的聲音。」

我點點頭。

「你可以辦得到。」

我點點頭。

「不妨睡一覺。」叫做烏鴉的少年說。「醒過來的時候，你已經成爲新世界的一部分了。」

你即將睡一覺。然後醒過來時，你已經成爲新世界的一部分了。

安西水丸

比村上春樹大幾歲的安西水丸在村上春樹剛出道時，就已經是首屈一指的插畫家。安西水丸曾任電通、平凡社藝術總監，後為自由插畫家，活躍於廣告、封面設計、漫畫、小說、散文等不同領域。他與村上春樹第一次合作的書是《開往中國的慢船》。之後村上的短篇集要找人做設計時，便想到安西。村上覺得安西水丸的直覺很敏銳，對方想要什麼樣的東西，都可以清楚表現出來，並掌握氣氛。所以村上很放心地將短篇作品的插畫託付給他。關於這一點，安西水丸笑稱是在廣告公司待過，受過訓練的結果。村上說，與安西水丸一起工作，是一種nice and easy的感覺；而安西則說，村上的超級短篇小說每每令他熱切期待，就像要打開不知會有什麼東西跳出來的驚奇盒似的。這兩位創作者一文一畫這麼多年的合作，一篇篇的文章，裹上水丸性的外衣，舒服地安頓在一起，呈現給讀者最美好的視覺享受。

AI0909

夜之蜘蛛猴

安西水丸◎圖・賴明珠◎譯

192頁　200元

〈炸薯餅〉、〈撲克牌〉、〈報紙〉、〈甜甜圈化〉、〈夜之蜘蛛猴〉等收編在這本書中的三十餘篇「短短篇」，本來是村上為雜誌的系列廣告寫的作品，再由安西水丸配合文章畫上插圖。第一部分是爲了西裝，第二部分是爲了鋼筆。不過內容倒不是跟西裝或鋼筆有關，只是村上隨筆寫的短文。

AI0933

蘭格漢斯島的午後

安西水丸◎圖・張致斌◎譯

112頁　150元

本書中所收錄的，是村上春樹與安西水丸於兩年之間發表在CLASSY雜誌上的二十五篇文章與圖畫。村上說這些文章，很像在一家樸素而氣氛良好的酒吧吧台寫信給友人的情況。走進店裡，在吧台前坐下，用眼神與酒保打個招呼，酒保送上辛辣得恰到好處的酒，古老的歌曲輕聲播放著。於是村上拿出筆記本與原子筆開始動筆「近來好嗎……」。類似這樣的感覺。村上總是將忽然浮現在腦海的東西原封不動信手寫下，然後直接裝進信封寄給安西水丸，讓他配上插圖，裹上水丸性的外衣。

AI0928

日出國的工場

安西水丸◎圖・賴明珠◎譯

256頁　230元

村上春樹和安西水丸一起去探訪各式製造工廠，再以作家無窮無盡的想像力，構築了收在本書中的七個工廠，依序是：（1）人體標本工廠，（2）結婚會場，（3）橡皮擦工廠，（4）酪農工廠，（5）Comme des Garçons工廠，（6）CD工廠，（7）愛德蘭絲假髮工廠。村上春樹天馬行空的想像力配上安西水丸同樣有趣的插圖，處處呈現令人驚喜的幽默效果。

AI0924

象工場的HAPPY END

安西水丸◎圖・張致斌◎譯

176頁　160元

本書爲村上春樹與安西水丸八〇年代合作的短篇系列，村上的小品創作配合安西的清新畫風，打破文字與圖象的區隔及界限，亦表現出創作人的獨特性格及生活見聞。書中的插圖和文章完全是獨立的。村上的散文和安西的插圖其實是各自進行的：安西說，書中沒有一幅圖是他讀過村上的文章之後才畫的，可是文圖卻意外地契合。書末並收錄村上春樹與安西水丸的對談，內容提到兩人首次合作的緣起、安西去村上家拜訪的「隔扇畫」事件，表現出畫家自然率眞的一面。

藍小說935

海邊的卡夫卡（下）

作者—村上春樹
譯者—賴明珠
主編—葉美瑤
編輯—邱淑鈴
企畫—黃俊隆
校對—張致斌．邱淑鈴．賴明珠
總編輯—余宜芳
發行人—趙政岷
出版者—時報文化出版企業股份有限公司
10803台北市和平西路三段二四〇號三樓
發行專線—（〇二）二三〇六—六八四二
讀者服務專線—〇八〇〇—二三一—七〇五．（〇二）二三〇四—七一〇三
讀者服務傳眞—（〇二）二三〇四—六八五八
郵撥—一九三四四七二四 時報文化出版公司
信箱—台北郵政七九～九九信箱
時報悅讀網—http://www.readingtimes.com.tw
電子郵件信箱—liter@readingtimes.com.tw
印刷—盈昌印刷有限公司
初版一刷—二〇〇三年二月二十四日
初版四十一刷—二〇一八年七月二十日
定價—新台幣三〇〇元
（缺頁或破損的書，請寄回更換）

時報文化出版公司成立於一九七五年，
並於一九九九年股票上櫃公開發行，於二〇〇八年脫離中時集團非屬旺中，
以「尊重智慧與創意的文化事業」爲信念。

國家圖書館出版品預行編目資料

海邊的卡夫卡／村上春樹著；賴明珠譯. --
初版. -- 臺北市：時報文化，2003〔民92〕
冊； 公分. --（藍小說；934-935）

ISBN 978-957-13-3840-0（上冊：平裝）
ISBN 978-957-13-3841-9（下冊：平裝）

861.57　　92000567

ISBN 978-957-13-3841-9
Printed in Taiwan